대륙풍

대륙풍

大陸風

사신지연(四神之緣)

임훈웅 신무협 장편 소설

뿔미디어

차례

작가서문 6

서장 9

제1장 범양의 인연[范陽之緣] 21

제2장 평로군(平盧軍) 55

제3장 명안대(明眼隊) 83

제4장 출정(出征) 119

제5장 정주지사(鄭州之事) 151

제6장 전귀(戰鬼) 185

제7장 귀검랑(鬼劍郎) 225

제8장 백호의 꿈[白虎之夢] 259

제9장 봉래항(蓬萊港) 303

작가서문

역사는 추억입니다.

친구들과의 즐거웠던 학창 시절의 추억, 첫사랑의 설렘에 대한 추억, 실연의 아픔에 뜬 눈을 지새우던 밤들의 추억, 만취해서 거리를 헤매던 추억, 첫 월급을 받고 날아갈 것만 같았던 추억.

그 모든 추억들이 차곡차곡 쌓여 만들어진 것이 한 사람의 역사이듯이 우리의 역사도 그렇게 자랑스러운 혹은 부끄러운 사실들이 추억처럼 우리의 가슴에 새겨져 만들어진 것입니다.

우리는 너무나 많은 것들을 기억하고 살아야 하는 시대를 살아가기에 가끔은 추억이란 말을 잊고 살기도 합니다.

그러나 추억을 떠올리지 않는다고 해서 그 추억이 우리의 가슴에서 사라져 버린 것은 아닙니다.

빗소리가 유난히 크게 들리는 날이면, 파전에 동동주를 앞에 놓고 둘러앉아 이제는 총을 쏘는 법조차 가물가물한 기억을 되돌려 가며, 모두가 특전사가 되고, 일당백의 용사가 되는 남자들의 군대 이야기처럼 그저 묻어 두었다가 가끔씩 꺼내 곱씹어 보는 것이 추억입니다.

우리가 시험을 보기 위해 달달 외웠던 옛날 옛적의 이야기들 혹은 자신도 모르게 빠져들었던 옛 사람들의 흔적들도 그렇게 우리의 가슴에 묻혀 있습니다.

그러나 분명히 존재하는 추억이지만 전혀 기억나지 않는 일들이 있듯이 우리의 역사임에도 알지 못하는 역사들이 있습니다.

이번에는 그런 이야기를 해 볼까 합니다. 불확실성의 희무인 역사가 잊어버렸던 이야기.

그러나 이제는 누군가의 노력으로 세상에 제법 많이 알려진 이야기.

으스댈 만큼 자랑스럽지도 그러나 결코 부끄럽지도 않은 우리의 역사 속에 묻혀 있던 작은 조각의 하나인 평로치청 왕국,

대륙에 제나라를 건국하고 당나라를 패망 직전까지 몰아붙였던 영웅들의 이야기를, 잊고 있었던 추억을 곱씹어

가며 술잔을 나누듯이 같이 나누어 보겠습니다.

끝으로 아직도 세상의 빛을 보지 못하고 있는 수많은 역사의 조각들이 하루 빨리 세상에 모습을 보여 우리나라의 추억이라는 거대한 퍼즐을 완성할 수 있었으면 좋겠습니다.

서장

"무슨 일이냐?"

붉그스름한 갑주를 한 무장이 호통을 치며 다가오자 병사들이 급히 고개를 조아리며 물러섰다.

무장은 병사들과 실랑이를 벌이고 있던 노인을 힐긋 쳐다보고는 다시 시선을 돌려 병사들에게 물었다.

"양민들에게 피해를 주지 말라고 하였거늘 어찌하여 소란을 피우고 있는 것이냐?"

"그것이……. 저 미친 노인네가 막무가내로 강을 건너려고 해서……."

조장으로 보이는 늙수그레한 병사의 대답에 무장은 노인을 쳐다보았다.

백발의 노인은 칠 척은 넘어 보이는 큰 키에 당당한 체격을 지녔고 특히 현기를 지닌 서늘한 눈매가 인상적이었다.

잠시 노인을 살펴보던 무장의 안색이 갑작스럽게 급변하였다. 눈앞의 노인은 그가 결코 잊을 수 없는 사람이었던 것이다.

무장이 급히 고개를 조아리며 말을 건넸다.

"은공! 저를 모르시겠습니까?"

"은공이라니, 나를 아느냐?"

노인이 의아한 눈빛으로 무장을 쳐다보며 물었다.

무장은 공손하게 손을 모으고는 다시 고개를 조아리며 말을 건넸다.

"소인 장보고, 아니 궁복이옵니다."

"궁복……. 그럼 십 년 전에 신라에서 건너왔다던 그 아이가 너란 말이냐?"

"그렇습니다. 친구인 정연이와 함께 은공께 구명지은을 입었지요."

"그래, 그 눈을 보니 네가 맞구나……."

노인은 과거를 회상하는지 혼잣말을 중얼거리며 잠시 장보고의 얼굴을 물끄러미 쳐다보았다.

다부진 체격과 각진 턱을 지닌 장보고는 지난 십 년의 세월이 평탄치는 않았는지 십 년 전의 앳된 얼굴은 남아 있지 않았다. 그러나 유난히 반짝이던 그의 눈은 여전히 정광이 어려 있었다.

장보고의 눈을 쳐다보던 노인이 눈에 이채를 띠며 다시 입을 열었다.

"단지 봉황의 눈을 지녔다고 여겼는데 네가 바로 주작지안의 주인이었더냐?"

"은공의 가르침 덕분에 인연을 얻을 수 있었습니다."

"그야 하늘의 뜻이거늘 어찌 나의 공이라 하겠느냐. 그런데, 하필이면 무령군의 소장이라……."

노인은 병사들의 표기와 장보고의 갑주를 보더니 아쉬운 눈빛으로 말끝을 흐렸다.

노인의 눈빛을 본 장보고는 표정이 딱딱하게 굳어졌다. 그는 아쉬워하는 노인의 눈빛 뒤에 숨겨진 살의를 느낀 것이다. 노인은 그가 몸을 담고 있는 무령군과는 적대할 수밖에 없는 존재이니 은연중에 살의를 내비치는 것은 당연한 일이었다.

굳어진 표정으로 잠시 노인을 쳐다보던 장보고는 처연한 표정으로 말을 건넸다.

"은공께서는 저를 베시렵니까?"

"제(齊)나라를 궁지에 몰아넣고 있는 자들의 선봉에 무령군이 있다는 말을 들었다. 나를 막아선다면 아무리 네가 나와 인연이 있고, 또한 네가 주작지안을 얻었다고 할지라도 너를 벨 것이다."

말을 마친 노인이 가볍게 손을 젓자 어느새 그의 손에는 한 자루의 검이 들려 있었다.

병사들은 갑자기 나타난 검에 어리둥절한 표정을 지었지만 곧 얼굴이 하얗게 질리고 있었다. 검을 쥔 노인의 몸에서 무시무시한 기세가 뿜어져 나와 그들을 압박하고 있었던 것이다.

그러나 장보고는 병사들과는 달리 그다지 놀란 기색을 보이지 않았다. 그는 노인이 어떤 존재인지 잘 알고 있었기 때문이다. 그가 아는 노인은 살기를 뿜어내는 것만으로도 자신을 제외한 병사들을 모두 죽음에 이르게 할 수 있는 사람이었다.

장보고가 착잡한 표정으로 말을 건넸다.

"은공께서 운주성(鄆州城)으로 가고자 하신다면 저를 비롯한 무령군 오만이 모두 막아선다고 하더라도 결코 은공을 막을 수 없음을 잘 알고 있습니다. 다만, 이제는 운주성으로 가실 필요가 없습니다."

"무슨 의미로 하는 말이냐?"

"사흘 전에 운주성에서 제(齊)의 왕 이사도가 죽임을 당하였습니다."

"사도, 그 아이가 죽었다고……?"

"그렇습니다. 전세가 기울자 그의 수하인 도지병마사(都知兵馬使) 유오가 그를 죽이고 당에 투항하였습니다."

노인은 상당히 충격을 받았는지 잠시 멍한 눈빛으로 장보고를 쳐다보았다.

그렇게 이어진 침묵의 순간은 일각의 십분지 일에도 미치지 않는 짧은 순간이었지만 장보고의 등은 식은땀으로 축축하게 젖어 들었다. 그는 곧 이어질 노인의 분노가 두려운 것이다.

잠시 멍한 눈으로 장보고를 쳐다보던 노인은 다시 냉랭하게 표정을 바꾸고는 장보고를 매섭게 노려보며 입을 열었다.

"너의 본심이 무엇이냐?"

"……."

장보고는 노인이 갑작스럽게 물음을 던진 의중을 짐작하였지만 함부로 답을 할 수가 없어 잠시 망설였다.

노인은 자신에게 삼한의 후예인 신라인으로서 어찌하여 당나라의 장수가 되어 고구려 유민이 세운 제나라를 치는데 앞장섰는지를 묻고 있었다.

결국 자신이 어떻게 대답을 하느냐에 따라 생사가 갈릴 수 있는 것이다.

그러나 장보고의 고민은 오래가지 않았다. 이미 인간의 경지를 벗어난 존재라 할 수 있는 노인의 마음을 움직일 수 있는 것은 오직 진심이 담겨 있는 대답뿐이라는 것을 알기 때문이었다.

장보고는 잠시 숨을 가다듬고는 차분하게 입을 열었다.

"만약, 제가 좀 더 일찍 세상에 태어났더라면 당연히 이정기 장군이나 은공과 함께 당나라를 멸하기 위해 장안으로 출정하였을 것입니다. 비록 신라인이기는 하지만 저 또한 삼한의 후예이니 당을 멸하고 대륙에 삼한의 나라를 세우는 것을 반기지 않을 이유가 없기 때문입니다. 그러나 제가 뜻을 세우고자 할 때에는 이미 제나라는 기울어져 가고 있었습니다."

"그래서 왕모중과 같은 삶을 살려고 하였느냐?"

노인은 더욱 냉랭해진 표정으로 묻고 있었다.

장보고는 노인이 언급한 왕모중의 일화를 떠올렸다. 왕모중은 고구려 유민 출신으로 당 현종인 이융기의 노비에서 시작하여 훗날 당의 재상까지 지냈던 인물이었다.

결국 노인은 자신에게 당나라의 신하가 되어 일신의 영화를 누리고자 하느냐고 묻고 있는 것이다.

장보고는 고개를 들어 노인을 쳐다보면서 정색을 하고는 말을 이었다.

"왕모중을 비롯한 고선지나 흑치상지와 같은 삼한의 후예들이 모두 당 황실의 부림을 받다가 결국에는 비참한 최후를 맞이하였음을 알고 있습니다. 그러한 사실들을 알진대 어찌 제가 어리석은 꿈을 꾸겠습니까. 다만 저는 이제 망국의 길로 접어든 제나라가 보여 준 새로운 길을 가고자 할 따름입니다."

"그 새로운 길이 무엇이더냐?"

"해로(海路)입니다."

"해로?"

"그렇습니다. 제나라가 한때 당나라를 멸망 직전까지 몰아넣을 정도로 성장하게 된 배경에는 해상 교역을 장악하여 축적한 막대한 부(富)가 있음을 알고 있습니다."

노인은 장보고를 잠시 물끄러미 쳐다보다가 다시 말을 이었다.

"네 말이 그르지는 않다. 하지만 제나라는 교역 상인들에게 인심을 잃지 않았다. 그런데 그들이 너를 따르겠느냐?"

"비록 제나라가 상인들을 우대하여 그들의 인심을 잃지 않았다고는 하지만, 결국 상인의 무리는 이익을 좇는 자들입니다. 멸망의 길에 접어든 제나라를 대신하여 그들의 이익을 지켜 줄 힘을 필요로 할 것입니다."

장보고가 결연한 표정으로 대답하자 노인은 잠시 놓아 묵묵히 장보고를 쳐다보았다.

잠시 후 노인은 장보고와 병사들의 간담을 서늘하게 하였던 기세를 거두고는 잠시 희미하게 보이는 태산의 봉우리들 저 너머를 쳐다보았다. 그곳에 제나라의 터전인 청주와 당시 해상 교역의 중심지인 등주가 자리하고 있었던 것이다.

그렇게 한참 동안 등주가 자리한 태산 너머를 바라보던 노인은 고개를 돌려 다소 체념한 표정으로 장보고를 쳐다보며 다시 말을 건넸다.

"흐음……. 하긴 해상 교역을 장악한 등주와 청주의 상인들은 대부분이 신라방이나 백제와 고구려의 유민들 같은 삼한의 후예들이니 어쩌면 주작지안을 얻은 네가 백호의 일족을 대신하여 그들을 이끄는 것도 하늘의 뜻일지 모르지……"

"제나라의 이씨 일가가 백호의 일족이었습니까?"

"이정기 장군, 그분이 백호지안의 주인이었다. 이제 와 돌이켜 보니 참으로 하늘이 야속하다. 하늘이 너를 조금만 일찍 세상에 내보냈다면, 사신(四神)의 힘이 하나가 되어 삼한의 후예가 대륙의 주인이 되었을 것이거늘……"

노인의 말에 장보고가 흠칫 놀라며 물었다.

"장안 출정 당시에 현무도 함께 하였던 것입니까?"

"그렇다. 발해의 대씨 일가가 현무의 일족이었다. 당시 발해의 황제인 문왕께서 왕자 대영준이 이끄는 원군을 파견하였다. 그러나 결국 삼신의 힘만으로는 천하의 주인이 될 황룡의 탄생을 이끌어 낼 수가 없었던 것이지."

"사신지연(四神之緣)……"

장보고는 나직하게 혼잣말을 중얼거렸다.

그는 자신도 모르게 머릿속에 각인된 예언을 떠올렸다.

사신의 의지와 힘이 하나가 되면 삼한의 후예들 가운데 황룡이 나와 천하의 주인이 될 것이라는 예언이었다.

장보고는 천천히 고개를 끄덕였다. 청룡의 힘을 이은 노인과 당나라를 궁지에 몰아넣을 정도의 힘을 지녔던 백호 이정기의 군대, 그리고 현무인 해동성국 발해의 원군이 힘을 합하고, 거기에 주작의 힘을 지닌 자신이 신라의 군사를 이끌고 당나라의 도읍인 장안으로 진군하였다면 대륙의 주인은 삼한의 후예가 되었을 것이다.

그러나 하늘은 삼신의 힘만으로 천하의 주인이 바뀌는 것을 허락하지 않았다. 백호 이정기가 당나라의 동쪽 도읍[東都]인 낙양의 함락을 코앞에 두고 악성종양으로 병사하고만 것이다. 결국 사신의 힘이 모이지 않는 한 대륙의 주인을 바꿀 수는 없었던 것이다.

노인이 다시 말을 이었다.

"이미 백호의 기운이 끊어졌고, 발해 또한 불과 이십 년 남짓한 시기에 황세가 일곱 번이나 바뀌는 혼란을 겪으면서 현무의 기운마저 끊어진 것 같으니, 다시 사신지연이 이루어질지는 의문이다. 그러나 아직 삼한의 기운이 쇠하지는 않았으니 주작의 힘을 이은 네가 해로를 장악하여 힘을 키우는 것도 그리 나쁘지는 않을 것 같구나."

"송구하오나 은공께서 저를 이끌어 주십시오."

장보고가 고개를 조아리며 말을 건네자 노인은 천천히

고개를 저으며 입을 열었다.
"네게 새로이 가야 할 길이 생겼듯이 나 또한 마지막으로 해야 할 일이 생겼구나."
"사신의 후예들을 찾으실 것입니까?"
"그래, 다행히 내가 죽기 전에 그들을 찾는다면 모두 네게 보낼 것이니 네가 다시 한 번 사신지연을 이루어 보거라."
"은공! 아직은 제 힘이 너무 미약합니다."
장보고가 아쉬운 표정으로 말을 건네자 노인은 희미한 미소를 지어 보이며 말을 이었다.
"현무의 주인이셨던 고왕 대조영께서 동모산에서 발해를 건국하실 때에도 그 힘은 미약하였고, 내가 백호지안을 지닌 이정기 장군을 처음 만났을 때에도 그와 나는 참으로 미약한 존재였지……."
강물 저 너머로 희미하게 펼쳐진 태산의 봉우리를 쳐다보는 노인의 눈에는 아련한 회상의 그림자로 젖어 들었다.

제1장

범양의 인연[范陽之緣]

"저자 말이야?"

"그래. 저기 화복을 입은 뚱뚱한 놈 말이다."

홍복은 연호가 가리킨 화복을 입은 중년 사내를 흘깃 쳐다보았다. 뚱뚱한 체구에 희멀건 얼굴을 한 중년 사내는 외지에서 온 상인으로 보였는데 허리춤이 불쑥 솟아나 있는 것으로 봐서는 제법 두둑한 전낭을 차고 있는 것 같았다.

중년 상인을 살펴보던 홍복이 살짝 인상을 찌푸리며 말을 뱉었다.

"에이, 시발! 왕치다."

"저 개새끼……."

홍복에 이어 연호도 미간을 잔뜩 찌푸리며 혼잣말을 중얼거렸다.

중년 사내의 뒤에서 얼쩡거리고 있는 털보 사내는 막 노야의 부하인 왕치였다.

막 노야는 막가장의 장주로 시전 상인들을 상대로 염왕채를 놓아 상인들의 피를 빨아먹고 사는 전충(錢蟲)이었다.

왕치는 막 노야의 심복으로 평소에는 막 노야가 시킨 수금 일을 하지만, 손버릇이 나빠서 가끔씩 외지인들의 주머니를 털기도 하였다.

지금도 왕치는 중년 사내의 전낭을 노리고 있는 것 같았다.

연호가 아랫입술을 살짝 깨물더니 왕치를 노려보며 나직하게 말을 뱉었다.

"가자. 어서 뛰어!"

"뭐? 뭔 소리야! 왕치 새끼가 보고 있잖아! 저 새끼가 우릴 가만둘 거 같아?"

"시발! 잡히지만 않으면 될 거 아냐! 어서 뛰어!"

"그래도……."

"빨리 뛰어 새끼야! 내가 알아서 한다니깐!"

"에이, 시발!"

왕치가 있는 쪽을 힐끔거리며 망설이던 홍복은 연호의

채근에 어쩔 수 없다는 표정으로 욕설을 내뱉고는 중년 사내가 있는 쪽을 향해 냅다 달려 나가기 시작하였다.

연호가 잠시 뒤에 홍복을 쫓아가며 고함을 쳤다.

"거기 서! 서란 말이야. 이 자식아!"

"병신 같은 게, 잡아 봐라!"

홍복이 뒤를 돌아보며 놀리자 연호는 잔뜩 인상을 찌푸리며 달려가는 속도를 올렸다.

홍복은 연호가 고함을 치며 미친 듯이 달려들자 화들짝 놀란 표정을 지어 보이더니 다시 뛰기 시작하였다.

순식간에 거리가 좁혀져 팔이 닿을 만한 거리에 이르자 연호가 발을 구르며 홍복을 덮쳐 갔다.

연호가 목을 낚아채려 하는 순간, 홍복은 허리를 숙였다가 어깨를 슬쩍 들어 올려 연호의 배를 밀어 버렸다.

연호는 공중에서 중심을 잃고는 크게 한 바퀴 회전을 하다가 당황한 표정을 짓고 있는 외지에서 온 상인으로 보이는 중년 사내에게 날아가 처박혔다.

중년 사내는 갑자기 날아든 연호의 무게를 감당하지 못하고 바닥에 주저앉으며 소리를 쳤다.

"어이쿠! 뭐, 뭐냐! 이놈들이!"

"끙! 미안해요, 아저씨! 저 새끼 때문에……."

연호가 힘겹게 일어나면서 중년 사내에게 말을 건넸다.

그 모습을 보고 있던 홍복이 실실거리며 다시 말을 뱉

었다.

"병신! 늙다리 아저씨와 붙어먹으니까 좋냐?"

"너 이 새끼! 잡히면 죽어!"

"지랄! 잡아 봐라, 병신아!"

"이 새끼가!"

홍복이 욕설을 내뱉고는 신형을 돌려 냅다 달려가자 연호도 버럭 고함을 치며 발을 내딛었다.

그러나 연호는 앞으로 달려갈 수가 없었다. 털이 숭숭 난 우악스러운 손이 그의 목덜미를 낚아채 버렸기 때문이다. 손의 주인은 바로 털보 사내인 왕치였다.

왕치는 달아나려는 연호의 목덜미를 뒤로 끌어당겨 연호를 땅바닥에 패대기치고는 혁피화를 신은 발로 등을 찍어 버렸다.

왕치의 무지막지한 발길질에 채인 연호는 복날에 두들겨 맞은 비루한 개새끼마냥 머리를 감싼 채 온몸을 비틀며 낮은 신음만을 흘리고 있었다.

쓰러졌던 중년 사내가 일어나더니 황급히 왕치를 만류하며 말했다.

"아니, 이보시오! 어린애를 그리 패면 어떡하오!"

"거참! 둔한 양반이네. 이 새끼가 당신 전낭을 훔쳤는데도 그런 소리가 나오쇼?"

"예, 그게 무슨……."

왕치의 말에 중년 사내는 말끝을 흐리고는 급히 자신의 허리춤을 만져 보더니 화들짝 놀란 표정을 지었다. 왕치의 말대로 허리춤에 차고 있던 전낭이 감쪽같이 사라진 것이다.

 왕치는 연호의 얼굴을 발로 밟은 채 득의에 찬 웃음을 흘리며 다시 말을 뱉었다.

 "거 보시오. 내 말이 맞다니깐. 이 새끼가 훔치는 걸 보고 내가 잡은 거요. 그러니 사례비나 두둑이 주시오."

 "허! 그냥 어린아이들이 장난치는 것인 줄만 알았는데……."

 중년 사내가 망연자실한 표정으로 연호를 쳐다보며 중얼거렸다.

 그러자 왕치가 비릿한 조소를 띠고는 허리를 숙여 연호의 멱살을 잡아 일으켜 세웠다.

 퍽!

 그때 갑자기 왕치의 얼굴에 연호의 머리가 박혀 들었다. 달아날 기회를 엿보고 있던 연호가 틈이 생기자 머리로 왕치의 얼굴을 냅다 박아 버린 것이다.

 그러나 연호는 왕치의 손아귀에서 벗어나지 못하였다. 왕치가 끝까지 그의 멱살을 틀어잡고 있었기 때문이다.

 연호가 달아나기 위해 발버둥을 치자 퍼뜩 정신을 차린 왕치는 코피를 줄줄 흘리면서도 솥뚜껑만 한 손으로 연호의 뺨을 냅다 갈겨 버렸다.

연호가 입에서 피 분수를 내뿜으며 나가떨어졌다.

그러나 왕치는 여전히 분이 풀리지 않는지 씩씩대며 연호의 배를 발길질로 찍어 대기 시작했다. 연호가 반항도 하지 못하고 새우처럼 몸을 굽은 채로 왕치에게 당했다.

그러자 중년 사내가 급히 왕치를 만류하였다.

"그러다 애 죽이겠소. 돈만 찾으면 되니 그만하시오!"

"비켜! 쌩! 이 오랑캐 놈의 종자새끼가! 감히 내 면상에 대가리를 박아! 시파 새끼가!"

왕치는 만류하는 중년 사내를 밀치고는 욕설을 내뱉으며 연호를 향해 다시 발을 뻗었다.

빠악!

"크억!"

갑자기 왕치가 신음을 내지르며 땅바닥에 나뒹굴었다.

어디선가 창대가 하나 날아와 왕치의 발을 찍어 버렸기 때문이다.

갑작스러운 상황 변화에 화들짝 놀란 구경꾼들이 급히 뒤로 물러서자 말을 탄 십여 명의 군사들이 모습을 드러냈다.

군사들을 이끌고 있는 젊은 장수는 화가 잔뜩 난 표정으로 왕치를 노려보고 있었는데 아마도 그가 창을 날린 주인공인 모양이었다.

잠시 냉랭한 표정으로 땅바닥에 쓰러져 있는 연호와 왕치 등의 모습을 훑어본 젊은 장수가 왕치를 향해 나직하게 호통을 쳤다.

"백주에 어린아이를 폭행하다니 대체 뭐하는 놈이냐!"

"그, 그게 아니옵고……. 저놈이 도적질을 해서……."

겨우 신형을 일으킨 왕치가 더듬거리며 대답하자 젊은 장수는 연호를 쳐다보았다.

얼굴이 피범벅이 된 연호는 몸을 웅크리고 있기는 했지만 정신은 있는지 표독스럽게 눈을 치켜뜨고는 왕치를 노려보고 있었다.

연호의 눈빛을 본 젊은 장수는 눈에 이채를 띠고는 다시 물었다.

"저 어린아이가 도적질을 했단 말이냐!"

"예, 그렇습니다요. 저놈의 새끼는 종자가 오랑캐 종자라서 그런지 어린놈의 새끼가 간땡이가 부어서 상습적으로 도적질을 하는 놈입지요."

"오랑캐 종자?"

"예! 독하고 악랄하기로 유명한 고구려 놈의 종자……."

퍽!

젊은 장수 옆에 있던 날렵하게 생긴 군관 하나가 갑자기 말 위에서 득달같이 신형을 날려 발길질로 왕치의 턱을 날려 버렸다.

 부서진 이빨과 함께 피를 뿜으며 나가떨어진 왕치가 부들부들 떨며 쳐다보자 군관이 차가운 어조로 말을 뱉었다.

 "감히 누구 앞에서 그 더러운 입으로 오랑캐 운운하느냐!"

 "펴, 평로……."

 왕치는 그제야 자신의 앞에 서 있는 군사들의 갑주와 말에 새겨진 '평로(平盧)'라는 글자를 발견하고는 나직하게 신음을 흘렸다.

 젊은 장수와 군사들은 반란군을 진압하기 위해 이곳 범양(范陽)으로 진군한 평로군들이었다. 요동 지역에 자리한 평로의 군사들은 상당수가 고구려 유민 출신들로 이루어져 있었다.

 왕치는 재수 없게도 고구려 유민 출신들이 주축을 이루는 평로군 앞에서 고구려 유민들을 오랑캐라고 욕을 한 것이다.

 젊은 장수가 나직하게 호통을 쳤다.

 "설영, 물러서라!"

 젊은 장수의 호통에 설영이라고 불린 군관이 신형을 날려 사뿐하게 말 위에 올랐다.

 그의 무공에 놀란 구경꾼들은 모두 두 눈을 휘둥그레 떴다. 허공에서 신형을 뒤집어 말 위에 내려앉았음에도 말이 전혀 미동하지 않은 것이다.

 중인들의 이목이 집중되자 살짝 미간을 찌푸리던 젊은 장수가 냉랭한 표정으로 다시 입을 열었다.

 "본관은 평로군의 비장인 이회옥이다. 죄는 그 출신에 따른 것이 아니고, 그 행실에 따르는 것이다. 아직 어린아이라 하더라도 마땅히 지은 죄가 있다면 벌을 받아야 한다. 저 아이가 도적질을 한 것을 본 자가 있느냐?"

 "……"

 구경꾼들 가운데 선뜻 나서는 사람이 아무도 없자 이회옥이라고 자신을 밝힌 젊은 장수가 다시 말을 이었다.

 "그럼 재물을 잃은 자는 누구냐?"

 "제, 제가 전낭을 잃어버렸사옵니다."

 중년 사내가 머뭇거리며 대답하였다.

 이회옥이 다시 물었다.

 "그럼 너는 저 아이가 너의 전낭을 훔치는 것을 봤느냐?"

 "그, 그것이 직접 본 것은 아니옵고, 저 사람이 말하기를 저 아이가 제 전낭을 훔쳤다고 하기에……"

 중년 사내가 왕치를 가리키며 대답했다.

 왕치는 얼른 고개를 조아리며 입을 열었다.

 "맞습니다요. 저 녀석이 분명히 훔쳤습지요."

 "안 훔쳤어! 난 안 훔쳤다고!"

웅크리고 있던 연호가 몸을 일으키며 발악하듯이 고함을 쳤다.

왕치가 눈을 부라리며 호통을 쳤다.

"이놈의 새끼가! 네놈이 장난질을 하는 척하면서 전낭을 훔치는 걸 내가 모를 줄 아느냐!"

"털보 새끼! 네놈이야말로 시장 상인들 등쳐 먹으면서 사는 도적놈이잖아!"

"뭐야! 이 새끼가!"

"그만!"

연호의 악다구니에 왕치가 눈을 부라리며 주먹을 치켜들자 이회옥이 호통을 쳤다.

왕치가 움찔하며 쳐다보자 이회옥이 냉랭한 시선으로 그를 노려보며 물었다.

"너는 뭐하는 자이냐?"

"저, 저기 막 노야 밑에서 일을 돕고 있습니다만……. 그게 이번 일과 무슨 상관이 있는지……."

"막 노야?"

이회옥이 고개를 갸웃하며 중얼거리자 설영이라 불렸던 군관이 나직하게 말을 건넸다.

"며칠 전 인사를 하겠다고 찾아왔던 그 막가장의 장주를 말하는 모양입니다."

"그렇군. 그럼 네가 막가장의 일을 하는 자이더냐?"

"그렇습니다요. 그 막 노야의 심복입지요."

이회옥의 물음에 왕치는 반색하며 대답했다. 이회옥과 설영의 대화로 보아 그들이 막 노야를 만난 것 같았기 때문이다. 막 노야는 술수가 좋아 범양을 장악한 저들에게 이미 적당한 금전을 줘어 주었을 것이고, 저들이 막 노야의 돈을 먹었다면 필시 자신의 편을 들어줄 것이 분명하였다.

그러나 왕치의 기대와는 달리 이회옥은 더욱 냉랭해진 어투로 말을 뱉었다.

"염왕채로 상인들의 고혈을 짜내는 쓰레기 같은 자의 심복이라니 거머리 같은 놈이군……."

"예에?"

왕치가 화들짝 놀라며 두 눈을 휘둥그레 뜨고는 이회옥을 쳐다보았다. 그는 마치 벌레를 보는 것 같은 경멸의 시선으로 노려보고 있었다.

잠시 왕치를 노려보던 이회옥이 다시 연호에게 시선을 돌리며 물었다.

"너는 고구려의 유민이냐?"

"그, 그렇습니다."

"좋다. 고구려의 후예는 정정당당하여 어떠한 상황에서도 결코 거짓을 말하지 않는다. 너는 진짜 도적질을 하였느냐?"

"⋯⋯!"

연호는 선뜻 대답하지 못하고 고개를 살짝 숙였다. 고의춤에 감춘 전낭이 살갗에 닿아 거북한 느낌을 주고 있었다. 평소의 그라면 당연히 절대 도적질을 하지 않았다고 잡아 뗄 것이다.

그러나 이번에는 그 말이 선뜻 나오지 않았다. 고구려의 후예 운운하는 이회옥의 말이 왠지 거슬렸기 때문이다.

짧은 순간 고민하던 연호는 자신에게 집중되는 시선을 느끼자 고개를 들어 이회옥을 똑바로 쳐다보며 대답했다.

"저는 도적질을 하지 않았습니다!"

"이 새끼가 어디서 거짓부렁을 하느냐! 당장 저놈의 몸을 뒤져 보십시오!"

연호의 말에 왕치가 눈을 뒤집으며 소리쳤다.

그러나 이회옥은 묘한 눈빛으로 연호를 쳐다볼 뿐 별다른 대꾸를 하지 않았다.

이번에도 움직인 것은 군관인 설영이었다. 그가 다시 신형을 날려 왕치의 아랫배를 발로 찍어 버렸던 것이다.

왕치가 아랫배를 붙잡고 주저앉자 설영이 냉랭한 표정으로 말을 뱉었다.

"장군께서 하신 말씀을 듣지 않았느냐! 고구려의 후예는 결코 거짓을 말하지 않는다."

"끅⋯⋯ 그, 그런⋯⋯."

왕치가 억울하다는 표정으로 뭔가 말을 하려고 하자 설영이 다시 냉랭하게 말을 뱉었다.
 "이놈은 염왕채를 놓아 양민들의 고혈을 빨아먹는 자의 수하이다. 당장 이놈을 포박하라!"
 설영의 지시에 병사 두 명이 득달같이 달려들어 왕치를 포박했다.
 그러자 구경하던 상인들의 얼굴에 희색이 돌았다. 누가 도적인지 의아스럽기도 하였고, 왠지 평로군들이 같은 고구려 유민 출신인 연호의 편을 들어주는 것도 같았다.
 하지만 어쨌든 평소에 거머리처럼 그들을 괴롭히던 왕치가 개처럼 두들겨 맞고 포박을 당하는 것을 보니 괜스레 기분이 좋아지는 것이다.
 병사들이 왕치를 포박하여 뒤로 물러서자 이회옥이 다시 고연호에게 말을 건넸다.
 "너의 이름이 무엇이냐?"
 "연호, 고연호입니다."
 "고연호라……. 좋다. 너는 이만 가 보아라! 그리고 고구려의 후예는 늘 정정당당하여야 함을 잊지 말라!"
 "……."
 연호는 쭈뼛거리며 눈치를 보다가 일어나서는 슬금슬금 뒤로 물러났다.
 연호는 왠지 설영이라는 무서운 군관이 자신을 잡아챌

것 같아서 두려운 마음이 들어 조심스럽게 걸음을 옮겼다.
 일 장, 이 장, 그렇게 팔 장이 넘게 거리가 벌어졌음에도 군사들이 전혀 움직이지 않자 연호는 갑자기 냅다 달리기 시작했다. 이 정도 거리라면 절대 잡히지 않을 것이라고 생각한 것이다.
 정신없이 달리던 연호는 고개를 돌려 힐긋 뒤쪽을 쳐다보았다. 이회옥이라는 장수나 설영이라는 군관은 물론이고 다른 병사들도 여전히 그 자리에서 움직이지 않고 있었다.
 연호는 다시 고개를 돌리고는 정신없이 내달리기 시작했다.
 그러나 달려가는 연호는 사타구니에 전낭이 부딪힐 때마다 왠지 찝찝한 기분을 떨칠 수가 없었다.

▼   ▼   ▼

 거의 반 시진가량을 정신없이 달려가던 연호는 숨을 헐떡거리며 멈추어 서서는 뒤를 돌아보았다. 다행히 그의 뒤를 따라오는 자들은 아무도 없었다.
 연호는 허리를 숙여 잠시 가쁜 숨을 몰아쉬고는 다시 터벅터벅 걸음을 옮겼다. 계획대로라면 홍복이 기다리고 있을 노루바위 쪽으로 가야 했다.

그러나 연호는 왠지 집으로 가고 싶었다. 이회옥이라는 장수와 설영이라는 군관이 고구려의 후예 운운할 때부터 왠지 그의 부친 얼굴이 자꾸 떠올랐던 탓인지도 몰랐다.

연호는 냇가에 이르자 손으로 물을 떠서 얼굴에 묻은 피를 닦아 내고는 잠시 물에 비친 자신의 얼굴을 보았다. 눈초리가 위로 살짝 올라간 눈매에 광대뼈가 튀어나와 성깔이 사나워 보이는 얼굴이었다.

연호는 자신의 얼굴이 마음에 들지 않았다. 손으로 물을 헤집어 버리자 자신의 얼굴이 사라졌다.

잠시 동안 멍하니 냇가에 앉아 있던 연호는 집이 있는 고호촌을 향해 걸음을 옮겼다.

주위가 어둑어둑해질 무렵에야 집에 도착하자 동생인 운호가 집 앞에서 서성거리고 있었다.

연호가 다가가자 운호는 놀란 눈으로 쳐다보다가 황급히 달려왔다.

운호가 숨을 헐떡거리며 말을 건넸다.

"형아! 어디 갔다 왔어?"

"어, 그냥 홍복이랑 어디 갔다 왔어. 뭐하냐, 들어가자."

"안 돼! 지금 들어가면 큰일 나!"

"그게 무슨 소리……."

의아한 표정으로 묻던 연호는 집에서 고함 소리가 들려

오자 차갑게 눈빛을 바꾸며 말끝을 흐렸다. 그가 들은 고함 소리는 부친의 것이었다.
 잠시 집을 노려보던 연호는 시선을 돌려 운호에게 물었다.
 "아버지 또 술 드셨냐?"
 "응……."
 "형은?"
 "안에……."
 연호는 시선을 돌려 집 쪽을 노려보았다. 동생의 대답을 들을 필요도 없이 형인 윤호를 나무라는 부친의 호통이 들려오고 있었다.
 연호는 심드렁한 표정을 한 채 싸리로 엮은 울타리 앞에 털썩 주저앉았다.
 지금과 같은 일은 그의 아버지인 고준남이 술을 먹고 들어오는 날이면 어김없이 벌어지는 일상이었다. 이럴 때는 그저 잠잠해질 때까지 집 밖에서 기다리는 것이 상책이었다. 아버지가 설교를 하다가 지쳐서 잠이 들어야 상황이 끝이 나는 것이다.
 운호가 옆에 쭈그리고 앉자 연호는 동생의 머리를 쓰다듬으며 말을 건넸다.
 "배 안 고프냐?"
 "응, 약간 고프긴 한데, 아까 아까 감자 먹어서 괜찮아."

"감자?"

"그게, 형 주려고 남겨 두려고 했는데……."

"괜찮아, 자식! 형은 홍복이랑 많이 먹고 왔다."

미안해하는 운호의 표정을 보고는 고연호가 피식 실소를 흘리며 머리를 쓰다듬어 주었다.

그러자 운호는 그제야 씨익 웃음을 보였다.

연호를 쳐다보던 운호가 갑자기 눈을 동그랗게 뜨고는 물었다.

"어, 형아 얼굴이 왜 그래? 누구한테 맞은 거야?"

"맞기는 뭘 맞아. 임마! 이 형아가 누구한테 맞고 다니는 거 봤냐? 그냥 산에서 홍복이랑 놀다가 넘어져서 그런 거야."

"그렇지? 형아가 우리 마을에서 제일 세잖아!"

"그래, 임마! 그러니까 너도 어디 가서 맞고 다니면 안 돼!"

"응! 지난번에 형아가 박치기 가르쳐 줘서 홍박이도 이겼잖아."

"그렇지. 그렇게 하면 되는 거야."

"어, 근데 형아 있잖아. 어머니가 그러는데 옛날에 울 할아버지의 할아버지가 동쪽에서 되게 큰 나라의 황제였대. 활도 무지 잘 쏘고 호랑이도 맨손으로 때려잡았대!"

운호가 자랑스러워하는 표정으로 말을 하자 연호는 심드렁한 표정으로 대꾸를 하였다.

"그래서 뭐? 얼굴도 모르는 할아버지도 아니고, 그 할아버지의 할아버지가 그랬다고 해서 뭐가 달라지는데?"

"아니, 그냥 어머니가 그렇다고 해서……."

"그래서 뭐? 아버지가 저러는 거 다 할아버지가 그리워서 그러는 거라고 이해해 줘야 한다고 그러시던?"

"그냥 아버지 미워하면 안 된다고……."

"관두자. 어린 니가 뭘 알겠냐."

연호는 굳어진 얼굴로 말을 하려다가 이내 체념한 표정으로 고개를 돌리며 혼잣말을 중얼거렸다.

운호가 뾰로통한 표정으로 말을 하였다.

"치이! 형아도 어리잖아!"

"뭐야! 쪼그만 게……."

"안 들어오고 뭐하냐?"

운호의 머리를 쥐어박으려던 연호는 형인 윤호의 목소리에 고개를 돌렸다.

윤호가 문 앞에 서서 그를 쳐다보고 있었다.

연호는 머쓱한 표정으로 대꾸했다.

"들어가야지……."

"운호야, 빨리 들어가 봐라. 어머니가 저녁상 차려 놓으셨다."

"응! 형아들도 빨리 와!"

운호가 쪼르르 집안으로 달려들어가자 연호도 천천히 뒤따르며 윤호에게 말을 건넸다.

"오늘은 어째 빨리 끝났네."

"그게 무슨 말버릇이냐!"

윤호가 나직하게 호통치자 연호는 걸음을 멈추고는 윤호를 쳐다보았다. 세 살 위의 형인 윤호는 미간을 살짝 찌푸린 채 연호를 쳐다보고 있었다.

잠시 윤호를 쳐다보던 연호가 고개를 돌리며 중얼거리듯이 말을 뱉었다.

"관두자! 어쨌거나 형은 참 대단해. 그 지겨운 술주정을 매일 들으면서도 잘 참는 거 보면 말이야. 큭큭."

"연호야! 우리 아버지시잖아. 자식인 우리가 이해해 드리지 않으면 누가 이해해 드리겠냐."

"그래서 '망국의 황손께서 비루한 화전민으로 떠도시게 되셨으니 참으로 비통하시겠습니다' 하고 말씀드리면 되는 거야? 아니면 뭐 다른 말……"

짝!

"너 이 자식!"

비아냥거리는 연호의 말에 윤호는 노기를 참지 못하고 뺨을 올려붙이며 나직하게 호통을 내질렀다.

고개가 돌아간 연호가 뺨을 감싼 채 노려보자 윤호는

다소 미안한 표정으로 다시 말을 건넸다.

"손찌검을 한 것은 미안하다. 하지만, 우리 아버지이기 이전에 대고구려의 마지막 황손이신 분이다. 함부로 말하지 말거라."

"큭! 마지막 황손? 그게 뭐하는 것인지 모르지만, 나는 그냥 날마다 술에 쩔어서 어머니를 두들겨 패고 우리를 다리에 쥐가 나도록 꿇어앉힌 채 귀신이 되어서도 이미 늙어 죽었을 할아버지 타령만 하는 아버지가 싫으니까, 형이나 많이 받들어 모시세요!"

"너, 이 자식!"

윤호는 노기가 어린 목소리로 호통을 치며 연호의 멱살을 틀어잡았다.

눈을 부라리며 윤호의 손을 뿌리치려던 연호는 인기척을 느끼고는 마당 쪽으로 고개를 돌렸다.

그들 형제의 어머니인 연씨 부인이 노기 띤 얼굴로 다가오고 있었다.

"도대체 너희들 이게 무슨 짓들이야!"

윤호가 멱살을 놓자 연호는 슬그머니 고개를 돌렸다.

연씨 부인은 윤호와 연호를 번갈아 보며 다시 나직하게 말을 건넸다.

"이제야 막 아버지께서 잠이 드셨는데, 너희들까지 이게 무슨 해괴한 짓이야!"

"죄송해요, 어머니……."

윤호가 고개를 숙이며 말끝을 흐리자 연씨 부인은 달래듯이 말을 건넸다.

"무슨 오해가 있는지는 모르지만 절대로 형제들끼리 싸워서는 안 된다. 알았지!"

"예, 안 그럴게요. 그만 들어가세요."

"같이 들어가자꾸나. 연호 너도……. 아니, 연호 너는 또 어디 가니?"

윤호와 함께 신형을 돌리던 연씨 부인은 연호가 고개를 돌린 채 집 밖으로 향하자 안타까운 표정으로 물었다.

연호는 고개도 돌리지 않은 채 걸어가며 대꾸했다.

"전 밥 먹었어요. 홍복이한테 갔다 올게요."

"연호야!"

연씨 부인이 다시 불러 보았지만 연호는 아무런 대꾸도 하지 않고 고개를 돌린 채 걸어갔다.

윤호가 연씨 부인의 손을 끌며 말을 건넸다.

"그만 들어가세요, 어머니. 홍복이한테 가서 잘 자고 오잖아요."

"휴……."

윤호가 다독거리며 손을 잡아끌자 연씨 부인은 나직하게 한숨을 쉬고는 신형을 돌렸다. 그녀는 도통 집에 정을 붙이지 못하는 연호가 안쓰러운 것이다.

범양의 인연[范陽之緣] 43

연씨 부인이 마당을 가로질러 부엌으로 향하자 윤호는 방으로 들어가지 않고 마당에 서서 어둠 속으로 저만치 걸어가고 있는 연호의 등을 쳐다보았다. 윤호는 뒤늦게 동생의 얼굴이 잔뜩 부어 있던 것이 생각났던 것이다.

 워낙에 성질이 사나운 연호인지라 얼굴에 상처가 생기는 일은 흔한 일이었다. 그러나 지금 생각해 보니 오늘은 예전과 달리 유난히 많이 부어 있는 것 같았다.

 연호의 자그마한 등이 어둠 속으로 완전히 사라질 때까지 우두커니 쳐다보던 윤호는 착잡한 표정으로 다시 걸음을 옮겼다. 오늘따라 연호의 부은 얼굴이 유난히 그의 신경을 거스르고 있었다.

※   ※   ※

 툭! 툭!

 돌멩이 두 개가 날아들어 봉창을 두드리자 홍복은 재빨리 방문을 열고는 고개를 길게 빼내 밖을 보았다. 연호가 달빛 아래에서 누런 이빨을 드러낸 채 웃고 있었다.

 급히 밖으로 달려 나온 홍복이 놀란 표정으로 물었다.

 "어떻게 된 거야?"

 "뭘 어떻게 돼, 임마! 이렇게 멀쩡하잖아."

 "네놈이 잡혀간 줄 알고 다시 가 보니 시전에 난리가

났던데……."

"어떻게 되었대?"

"뭐? 너도 잘 모르냐?"

"잘 모르지. 나야 그 장군님이 가 보라고 해서 그냥 냅다 달렸으니까. 왕치 그 개자식이 잡혀갔대?"

"응. 그 평로군의 군사들이 개처럼 끌고 갔다던데. 시전의 상인들이 희희낙락거리며 말들 하더라."

"그래? 잘 됐네! 아우……. 개자식, 아직도 턱이 얼얼하네! 시발."

"그 새끼한테 많이 맞았냐?"

턱을 매만지던 연호는 홍복이 걱정스러운 표정으로 묻자 짐짓 정색을 하고는 대꾸했다.

"맞기는 시발! 그냥 뺨 한 대 스쳤어. 그래도 이 형님이 그냥 당하고 있을 사람이냐. 그 개자식의 면상을 대가리로 박아 버렸지. 크크크!"

"헤헤, 그러냐. 근데 서낭은 털었어?"

"어? 근데 시발 새끼가! 설마 내가 네 몫 안 줄까 봐 그러냐?"

"아니, 뭐 그냥 궁금해서……."

홍복이 머쓱한 표정을 짓자 연호는 고의춤에서 주섬주섬 전낭을 꺼내 들고는 안에 손을 넣었다. 쇠붙이의 차가운 감촉이 손끝에 느껴졌다.

범양의 인연[范陽之緣] 45

갑자기 연호가 미간을 찌푸리며 말을 뱉었다.

"에이, 시발! 이거 엽전이네!"

"뭐? 은자 아냐?"

"아냐, 시발! 그냥 엽전들이야."

말을 하면서 연호는 전낭에서 손을 빼서 펴 보였다.

연호의 손바닥 위에는 가운데에 구멍이 뚫린 엽전들이 놓여 있었다. 돈이 많아 보이는 상인이라 당연히 은자를 지니고 있을 줄 알았는데 전낭에서 엽전이 나오자 연호와 홍복의 얼굴에는 실망스러운 기색이 가득했다. 엽전과 은자의 가치는 하늘과 땅 차이였던 것이다.

연호가 손에 쥐고 있던 엽전들을 홍복에게 건네주면서 짜증스러운 표정으로 말을 뱉었다.

"시발! 이거 가지고 당과나 사 먹으면 딱이겠다."

"쩝, 그래도 이게 어디냐……."

아쉬운 듯이 입맛을 다시면서도 홍복의 입꼬리가 길게 찢어지고 있었다.

연호가 손에 쥐고 있던 한 움큼의 엽전을 모두 건네주자 홍복은 꽤나 기분이 좋은 것이다. 둘이서 일을 벌이기는 하지만 대부분 연호가 위험한 역할을 하기에 그에게 돌아오는 몫은 그다지 많지 않았다.

그런데 오늘은 웬일인지 연호가 생각보다 많이 건네준 것이다.

연호가 전낭을 품에 갈무리하면서 다시 말을 건넸다.

"근데 시발, 평로군이란 게 무슨 말이냐?"

"그거 나도 아까 만두 가게 장씨 아저씨가 하는 말을 들었는데, 그거 평로에서 온 군사들이래."

"평로?"

"어. 원래는 북쪽 어디인가 있는 곳의 군사들인데 반란군을 진압하기 위해서 바다를 건너왔다던데."

"북쪽? 동쪽이 아니고?"

"북쪽이라고 하던데. 그리고 장씨 아저씨 말이 그 사람들 대부분이 우리 같은 고구려 유민 출신이라던데."

"유민은 무슨, 시발! 좋게 말해서 고구려 유민이지, 그냥 망한 나라의 거지들이지……."

연호가 심드렁하게 말을 하자 홍복이 고개를 갸웃거리며 대꾸했다.

"그게 유민이잖아. 나라를 잃었으니까 유민이라고 하는 거 아냐?"

"몰라, 시발!"

연호는 짜증스럽게 말을 뱉었다. 좀 전에 집 앞에서 형인 윤호와 다투던 일이 생각난 것이다.

"그래도, 그 평로군이라는 사람들은 좋겠다. 그렇게 다니면 고구려 개 종자라고 지랄하는 새끼들도 없을 거 아냐. 왕치 같은 개자식도 때려잡고……. 시발, 나도 평로군

범양의 인연[范陽之緣] 47

이나 들어갈까?"

 홍복이 손에 쥐고 있던 엽전들을 고의춤에 쑤셔 넣으며 혼잣말을 하듯이 중얼거렸다.

 홍복의 말에 눈에 이채를 띠던 연호가 비아냥거리는 투로 말을 받았다.

 "지랄! 너같이 꼬치에 털도 안 난 비리비리한 애새끼를 누가 병사로 받아 주냐?"

 "뭐야! 시발, 나도 꼬치에 털 났다니까!"

 "지랄! 꺼내 봐! 코밑에 솜털도 안 난 새끼가 어디서 거짓부렁을 하냐?"

 "됐어, 시발! 야밤에 바지 내리고 지랄 염병할 일 있냐. 그냥 시발, 찾아가서 나도 평로군 되고 싶으니 받아 달라고 하면 되잖아."

 "지랄하네. 그 사람들이 어디 있는 줄 알고 찾아가냐?"

 "모르긴 왜 몰라. 장씨 아저씨가 그러는데 그 사람들 저기 강변의 월하평에 진을 치고 있다더라."

 홍복이 핏대를 세우며 대꾸하자 잠시 눈빛이 흔들렸던 연호는 곧 심드렁한 표정으로 말을 건넸다.

 "헛소리하지 말고 먹을 거나 좀 가져와라. 배고파 뒤지겠다."

 "지랄! 이 밤에 먹을 게 어디 있냐?"

 "감자 같은 거라도 없냐?"

"나도 집에 오니까 홍박이 새끼가 다 처먹고 하나도 없더라. 시발!"

"에이, 시발. 배고파 뒈지겠네. 어디 닭이라도 잡아먹을 데 없냐?"

"닭 같은 소리하네. 새벽에 꼬끼오 소리 안 들은 지가 몇 년은 된 거 같은데, 우리 마을에 닭이 있겠냐?"

"시발……. 거지 같은 동네. 니미 간다!"

"어디 가냐?"

"어디 가기는 시발! 배고파 뒈지겠는데 집에 가서 귀리밥이라도 있는지 봐야지."

연호는 심드렁하게 대꾸를 하고는 걸음을 옮겼다.

❦   ❦   ❦

삐거덕!

연호는 부엌문을 조심스럽게 열고 안으로 들어섰다. 가마솥이 걸린 부뚜막의 한쪽 구석에 놓인 대바구니에 하얀 보자기가 덮여 있었다. 대바구니에는 시커먼 귀리밥 한 덩어리가 담긴 놋그릇 하나와 삶은 감자 두 개가 놓여 있었다. 아마도 어머니가 그의 몫으로 남겨 둔 것 같았다.

연호는 부뚜막에 걸터앉아 삶은 감자를 한 개를 들고서는 물끄러미 쳐다보았다. 누런 감자는 먹음직스러웠다. 그러나 연호는 감자를 보자 괜스레 기분이 더러워졌다.

그가 아주 어렸을 때, 어머니는 하루 종일 밭일을 하고는 이 감자 몇 개를 얻어 왔었다. 그것으로 갓난아기인 운호를 비롯해 삼형제가 끼니를 때웠다. 당신은 주린 배를 물로 채워 가며 자식들을 먹여 살리셨던 것이다.

그러나 아버지는 자식이 굶어도, 어머니가 땡볕에서 허리가 부러져라 일을 해도 아무런 관심이 없었다. 그저 동네 사람들 제사에 제문을 써 주거나 성내의 상갓집이나 잔칫집을 떠돌며 비문이나 축수연에 같잖은 글들을 몇 글자 끼적거리고는 술 한 잔 얻어먹는 것 외엔 하는 일이 아무것도 없었다.

오직 하는 것이 있다면 얼굴도 모르는 할아버지 타령을 하며 술주정을 부리는 일뿐이었다.

연호는 감자를 한입 베어 물었다. 식은 감자의 타박한 질감이 입안 가득 느껴졌다. 연호는 늘 먹던 감자의 맛이 오늘따라 유난히 타박하게 느껴졌다. 마치 감자가 그의 목을 꽉 메워 버릴 것 같은 느낌이었다. 오늘따라 늘 먹던 감자마저도 그의 신경을 거슬리고 있었다.

따지고 보면 오늘은 운이 좋은 날이었다. 재수 없게 왕치에게 걸렸어도 바보 같은 평로군의 장수 때문에 별 탈 없이 달아날 수 있었고, 전낭에 든 돈은 기대했던 은자는 아니었지만 최근에 벌인 일 가운데 가장 돈이 많이 들어 있었다. 왕치 개자식한테 몇 번 밟히고 뺨 한대 두들겨 맞은 것 외에는 딱히 기분 나쁠 일이 없는 하루였던 것이다.

비록 집에 와서 형인 윤호와 말다툼을 벌이긴 했지만, 그도 가끔 있는 일이어서 그다지 그의 신경을 건드릴 만한 일은 아니었다. 아무튼 꽤나 운이 좋은 날임에도 불구하고 이상하게 기분이 나쁜 연호였다.

남아 있는 감자와 귀리밥을 우걱우걱 입에 억지로 쑤셔 넣고 벌컥벌컥 물을 마시던 연호는 문득 떠오르는 생각에 물바가지를 든 채로 멍하니 서 있었다. 오늘따라 유난히 신경이 예민해진 이유가 뭔지 알 것 같았다. 그것은 평로군이라는 존재였다.

비록 망해 버린 나라의 후예였지만, 그 고구려를 멸망시킨 당나라 황실이 지배하는 이 땅에서도 이회옥이란 장수는 당당하였다. 범양성에서 아무도 건드리지 못한다는 막 노야의 심복인 왕치를 때려잡고, 고구려의 후예는 결코 거짓을 말하지 않는다고 당당하게 외치던 그 모습이 자꾸만 생각이 났다.

연호의 눈에 비쳐진 이회옥의 모습은 고구려라는 미지의 이름이 현실로 나타난 것과 같았다. 술에 취해 주정을 부리는 아버지에게서 귀에 못이 박히도록 들었던 고구려라는 나라의 존재. 그 실체를 처음으로 자신의 두 눈으로 보고 느낀 것이다.

연호는 갈증을 느꼈다. 그 갈증은 타박한 감자를 먹어서 생겨난 것이 아니라, 아버지를 미워하는 마음에 애써 무시하고 있었던 할아버지의 나라, 고구려의 작은 파편을 보고 생겨난 궁금증과 호기심에서 오는 갈증이었다.

또한 그것은 그동안 애써 눌러 왔던 이 지긋지긋한 삶에서 벗어나려는 일탈의 마음을 강하게 자극하는 독초를 삼키고 생겨난 갈증이기도 하였다.

잠시 후 조심스럽게 부엌문을 닫고 밖으로 나선 연호는 툇마루의 끝으로 다가가 허리를 숙이고는 기둥 아래를 손으로 파내기 시작했다. 얼마 지나지 않아 땅속에 묻힌 자그마한 단지가 모습을 드러냈다.

단지를 밖으로 꺼낸 연호는 고의춤에 차고 있던 전낭을 풀어 단지 안에 쏟아 부었다. 단지에는 그동안 연호가 시전에서 훔쳤던 돈이 들어 있었다.

단지의 뚜껑을 닫은 연호는 한참 동안 멍하니 단지를 바라보다가 갑자기 단지를 옆구리에 끼고는 벌떡 일어났다.

단지를 들고 밖으로 나온 뒤, 잠시 마당을 서성이던 연호는 곳간 옆의 방으로 향하였다.

조용히 방문을 열자 잠들어 있는 동생 운호와 형 윤호의 모습이 희미하게 보였다. 형제들이 자는 모습을 물끄러미 보고 있던 연호는 들고 있던 단지를 형 윤호의 머리맡에 놓고는 소리 나지 않게 문을 닫았다.

문을 닫은 연호는 까치발로 소리를 죽여 뒷걸음질 쳤다.
 잠시 후 조용히 마당 한가운데 이른 연호는 한동안 묵묵히 큰방의 방문을 쳐다보다가 몸을 돌려 천천히 싸리문을 나섰다.
 연호는 집 밖으로 나선 뒤 크게 숨을 들이쉬었다. 유난히 습하게 느껴지는 초여름의 서늘한 공기가 폐 한가득 들어찼다.
 머금고 있던 숨을 천천히 내뱉은 연호는 고개를 돌려 잠시 주위를 둘러보다가 어둠 속에 잠긴 고호촌을 가로질러 걸어가기 시작했다.
 연호는 범양으로 진군한 평로군에 들어가기 위해 집을 떠난 것이다.
 때는 서기 761년 당 숙종(肅宗) 6년, 상원(上元) 2년 5월이었고, 고연호는 열네 살이었다.

제2장
평로군(平盧軍)

"뭐냐, 이 애새끼는?"

사시에 번초 교대를 하기 위해 진영의 입구로 다가온 강진남은 한쪽에 쪼그리고 앉아 있는 연호를 힐긋 쳐다보고는 앞 조의 조장인 황기천에게 물었다.

황기천이 고개를 가로서으며 내답했다.

"몰라! 미친놈이 아침부터 찾아와서 이회옥 장군을 만나게 해 달라고 하는데……. 완전 꼴통이야. 안 된다고 해도 꼼짝도 안 하네."

"흠……. 이거 어디서 본 물건인데……. 어라? 이거 어제 그 자식 아냐!"

강진남의 말을 들은 연호는 반색했다. 자신을 알아보는

걸 보니 어제 시전에 있던 병사들 중의 한 명인 모양이었다.

연호가 벌떡 일어나며 말을 건넸다.

"아저씨! 어제 그 이회옥 장군님을 좀 만나게 해 줘요!"

"뭐야! 아저씨? 이 자식이 누굴 늙다리 취급하는 거야! 이 형님이 어디로 봐서 아저씨로 보이냐! 응?"

"형님! 그러니까 장군님 좀 만나게 해 주세요."

"햐! 요 자식 보게! 그새 형님이냐. 헛소리하지 말고 돌아가거라. 여긴 너 같은 애들이 노닥거리는 곳이 아니야!"

강진남이 가소롭다는 표정으로 손을 저으며 호통을 치자, 연호는 미간을 살짝 찌푸리며 강진남을 노려보았다.

연호가 자신을 노려보자 강진남은 어이가 없다는 듯이 주먹으로 연호의 머리를 가볍게 쥐어박으며 말했다.

"요거, 요거 성질머리 보게! 어따 대고 인상을 쓰냐! 썩 물러가거라!"

"에이, 시발! 안 되면 안 되는 거지, 왜 사람을 치고 그래! 시발!"

"뭐, 뭐야! 이놈의 새끼가 환장을 했나!"

연호가 욕설을 하며 악다구니를 쓰자 강진남이 기가 막힌다는 표정으로 말을 뱉으며 주먹을 치켜들었다.

그러나 연호는 겁을 먹기는커녕 오히려 강진남에게 눈을 부라리며 다시 악다구니를 썼다.

"에이, 시발! 쳐 봐! 때려 보라고. 돼지같이 살만 뒤룩뒤룩 쪄 가지고, 시파! 나이 많으면 아무나 쳐도 돼?!"

"허! 이 개놈의 새끼가!"

얼굴이 벌겋게 달아오른 강진남이 욕설을 내뱉으며 주먹을 날리자, 황기천이 얼른 그의 팔을 잡으며 만류했다.

"어허, 진남이. 자네가 참게. 이 자식이 성깔이 보통이 아니라네."

"뭐 이딴 자식이 다 있어! 쥐방울만 한 새끼가 죽을라고!"

강진남은 황기천의 만류에도 노기를 추스르지 못하고 고함을 치며 연호를 향해 발길질했다.

"뭐하는 짓들이냐!"

날카로운 호통에 강진남과 황기천 등이 돌아보았다. 영준하게 생긴 젊은 군관이 냉랭한 표정으로 그들을 노려보고 있었다. 그는 바로 이회옥의 부관인 설영이었다.

강진남과 황기천이 얼른 허리를 숙이며 고개를 조아리자 설영이 다시 냉랭한 어투로 나직하게 호통을 쳤다.

"진영의 번초를 서는 놈들이 소란을 피우다니 감히 죽고 싶은 것이냐!"

"그, 그것이 아니옵고, 저 어린놈의 새끼가 찾아와서 악다구니를 써 대는 바람에……."

황기천이 더듬거리며 대답하자 설영은 고개를 돌려 씩

씩대고 있는 연호를 슬쩍 쳐다보았다.

연호를 본 설영은 의아한 눈빛을 한 채 이번에는 강진남에게 물었다.

"저 아이가 여긴 무슨 일로 왔느냐?"

"그게……이회옥 장군님을 뵙게 해 달라고 합니다."

"장군님을?"

"그렇습니다. 안 된다고 돌아가라고 했는데도 저 아이가 무조건 만나게 해 달라고 하면서 악다구니를 써 가지고……."

강진남의 대답을 들으면서 설영은 잠시 연호를 쳐다보았다.

연호는 어제 본 설영의 무공이 생각났는지 다소 두려운 얼굴로 설영의 표정을 살피고 있었다.

설영이 연호에게 말을 건넸다.

"너는 무슨 일로 장군님을 만나러 왔느냐?"

"그, 그러니까……. 그게, 저도 평로군의 군사가 되고 싶어서요."

연호가 쭈뼛거리며 대답하자, 설영을 비롯해서 모두들 어이가 없다는 얼굴을 하였다. 군사가 되기에는 연호가 터무니없이 어려 보였던 것이다.

설영이 다시 물었다.

"아마, 고연호라고 했지. 너 지금 몇 살이냐?"

"여, 열일곱이요!"

연호는 머뭇거리다 큰소리로 대답하고는 설영의 눈치를 봤다. 연호는 제 나이를 말하면 어리다고 받아 주지 않을 것 같아서 세 살이나 올려서 말을 한 것이다.

황기천이 터무니없다는 표정으로 말을 뱉었다.

"이놈의 자식이 어디서 거짓부렁이냐! 네놈이 무슨 열일곱이야. 이제 겨우 열서넛 되어 보이는구먼!"

"아니에요! 열일곱이에요."

연호가 소리치며 대꾸하자 설영은 묘한 표정으로 다시 물었다.

"진짜 네 나이가 열일곱이냐?"

"그, 그렇다니까요!"

"열일곱이라……. 보기보다 나이가 제법 많다만, 어쨌든 돌아가거라. 여기는 병정놀이를 하는 곳이 아니다."

연호를 잠시 쳐다보던 설영이 냉랭하게 말하고는 몸을 돌렸다.

그러자 연호가 다급하게 다시 소리쳤다.

"저도 병정놀이 따위를 하러 온 거 아니에요. 저도 고구려의 유민으로서 평로군이 되고 싶어서 왔단 말이에요!"

설영이 걸음을 멈추고는 고개를 돌려 연호를 잠시 쳐다보다가 말을 건넸다.

"검이나 창을 잡아 보기는 했느냐?"

"그건 아니지만……. 그래도 활쏘기는 자신 있어요!"

잠시 머뭇거리던 연호는 설영을 똑바로 쳐다보며 대꾸했다.

검이나 창을 제대로 구경도 못 해 본 연호였지만 활쏘기는 달랐다. 비록 대나무로 대충 얽어서 만든 조잡한 활이었지만 어쨌든 고호촌의 아이들 가운데서 가장 활을 잘 쏘는 것은 사실이었다.

묘한 눈빛으로 연호를 쳐다보던 설영이 고개를 끄덕이며 다시 입을 열었다.

"활쏘기라……. 좋다. 만일 네가 이들 중에 하나와 활쏘기 시합을 하여 이긴다면 너를 평로군의 군사로 받아주마."

"저, 정말이죠?"

"그렇다. 진남! 저 아이에게 활을 주어라."

"예? 아, 예. 근데 제 것은 해궁(解弓)도 안 했는데요?"

강진남이 어리둥절한 표정으로 동그랗게 말려 있는 맥궁을 허리에서 끌렀다.

고구려의 한 부족인 속맥족들이 만든 데서 이름이 유래된 맥궁은 물소 뿔과 나무 등의 갖은 재료를 써서 만든 합성궁으로, 그 탄성이 좋아 활줄을 걸어 놓지 않으면 평소에는 둥그렇게 말려 있었다. 해궁이란 둥그렇게 말려 있는 활을 펴고 활줄을 걸어 바로 화살을 쏠 수 있는 상태로 만

드는 것을 말한다.

 설영은 연호를 흘깃 쳐다보고는 다시 말을 이었다.

 "혼자서 해궁을 하기에는 힘들어 보이니 네가 해궁을 하여 건네주어라."

 "예, 근데 시위를 당길 수나 있을지 모르겠는데요."

 "제 입으로 활을 잘 쏜다고 하였으니 시위 정도는 당기겠지."

 "쩝, 이거 조심해서 다뤄야 하는데……."

 강진남은 아끼는 맥궁을 연호에게 건네는 것이 내키지 않았지만 설영의 명이라 할 수 없이 입맛을 다시면서 활의 가운데 부분인 줌통을 잡고 맥궁을 역으로 굽혀 활줄을 거는 부분인 도고자에 활줄을 걸었다.

 강진남이 해궁하여 활줄을 걸자 맥궁은 두 개의 봉우리가 굽어 있는 만궁(彎弓)의 형태를 이루었다.

 잠시 자신의 맥궁을 살펴보던 강진남은 활에 시위가 당겨지지 않도록 하는 둥근 고리이며 삼지라고도 불리는 깔지를 슬쩍 끼워 넣은 뒤 연호에게 건넸다. 그는 어린 연호가 맥궁을 써 본 적이 없을 것이라 생각하고는 놀리려고 깔지를 끼워 넣은 것이다.

 강진남의 맥궁을 받아 든 연호는 미묘한 표정을 짓고 있었다. 어떻게 보면 당황해하는 것 같았고, 또 다르게 보면 뭔가를 골똘히 생각하는 것 같았다.

실제로 맥궁을 보는 연호의 속내는 그의 표정처럼 미묘하였다. 맥궁을 만져 보는 것이 처음이 아니었다.

 늘 술에 취해 사는 아버지가 유일하게 아끼는 물건이 바로 할아버지의 유품이라는 맥궁이었다. 그리고 그 맥궁은 연호에게 미묘한 감정을 갖게 하는 물건이었다.

 아버지가 술에 취해 형과 그를 꿇어앉힌 채 설교를 할 때면 어김없이 꺼내 놓는 물건이 바로 맥궁이었다. 아버지는 할아버지의 유품인 맥궁을 꺼내 놓고 망해 버린 나라 고구려의 후예 타령을 늘어놓았던 것이다.

 그래서 맥궁은 연호에게는 짜증 나는 물건이었다.

 한편으로 맥궁은 유일하게 부친에 대한 좋은 추억을 떠올리게 하는 물건이기도·하였다. 아버지는 아주 가끔씩 기분이 좋을 때면 맥궁을 들고 직접 시범을 보여 주며 형과 그에게 활쏘기를 가르치기도 하였던 것이다.

 그렇게 활쏘기를 가르칠 때면 아버지는 전혀 다른 사람이 되어 있었다. 세상에서 그 누구보다 자상한 아버지의 모습이 되었던 것이다. 연호가 엉터리 대나무 활이지만 고호촌에서 가장 활을 잘 쏘는 아이가 되었던 것도 그렇게 아버지에게서 배웠던 활 쏘는 법 덕택이었다.

 연호의 복잡한 표정을 보고 있던 설영은 입가에 살짝 조소를 띠고는 다시 말을 이었다.

 "맥궁은 본시 대충 쏘아도 화살이 백 장은 날아가니,

저기 강가에 매어 둔 거룻배를 과녁으로 하마. 다섯 발을 쏘아서 많이 맞추면 이기는 것으로 하겠다."

"……."

연호는 아무 말 없이 설영이 말한 거룻배를 쳐다보았다. 백 장 가까이 떨어져 있는 강가에 매어 둔 거룻배가 손바닥만 하게 보였다.

비록 활쏘기는 자신이 있다고 큰소리를 쳤지만 도저히 그가 맞출 수 있는 과녁이 아니었다.

연호의 표정에 근심이 어리는 것을 본 황기천이 맥궁을 들고 앞으로 나섰다.

"저 녀석이 조금 전 저에게 함부로 말한 것도 있고 하니 상대는 제가 하지요."

"그래. 진남, 전통도 건네주어라."

"예!"

강진남이 대답하고는 전통을 건네주자 연호는 전통에 든 화살을 만져 보았다. 화살은 그가 가시고 놀던 대나무로 만든 조잡한 죽시(竹矢)가 아니라 아버지가 쓰던 광대싸리 나무로 만든 호시(楛矢)였다.

쉬익!

연호가 착잡한 표정으로 화살을 만지작거리는 사이 황기천이 먼저 한 발을 쏘아 설영이 말한 거룻배에 정확하게 박아 넣고 있었다.

설영을 비롯한 모두의 시선이 자신에게 몰리자 연호는 살짝 아랫입술을 깨물고는 앞으로 한 발 나서며 좌측 발을 과녁인 거룻배를 향하여 두고 섰다.

잠시 앞쪽을 쳐다보던 연호가 깔지를 빼어 왼손의 아래쪽 세 손가락에 걸자 강진남의 표정이 살짝 일그러졌다. 뜻밖에도 연호가 깔지의 사용법을 알고 있었던 것이다.

그러나 강진남의 표정에는 곧 호기심이 어리기 시작했다. 연호가 과연 맥궁을 다루는 법을 알고 있는지 궁금해진 것이다.

천천히 화살을 살펴보며 사위에 화살을 거는 살매김을 한 뒤, 단전에 숨을 가득 담은 연호는 활을 높이 들어 올려 거궁을 하고는, 줌통을 쥐고 있던 왼 손목을 바깥쪽으로 비틀면서 등을 활짝 폈다. 그러자 맥궁이 부러질 듯 휘어지며 활시위가 최대한 당겨진 만작이 이루어졌다.

활시위가 끝까지 당겨졌음에도 연호는 곧바로 화살을 날리지 않고 천천히 속으로 셋까지를 헤아리며 호흡을 가다듬었다. 아버지가 말한, 최대한 활시위를 당긴 상태에서 목표를 노려보며 호흡을 가다듬는 유전의 법을 행한 것이다.

쉭!

연호의 손에 들린 맥궁을 떠난 화살이 날카로운 파공음과 함께 허공을 날아갔다.

"아……!"

구경하던 병사들 가운데 누군가의 입에서 나직한 탄성이 흘러나왔다. 연호가 날린 화살이 아쉽게도 거룻배를 빗나가 강물 위에 떨어지고 만 것이다.

비단 탄성을 지른 병사뿐만이 아니라 연호와 상대하고 있는 황기천의 얼굴에도 놀라움이 가득하였다. 고구려의 자랑인 맥궁은 다루기가 까다로워 그 사용법을 제대로 모르면 시위조차 당기지 못하는 물건이었다. 그럼에도 어린 아이로 보이는 연호가 맥궁을 제대로 다루었으니 놀랄 수밖에 없는 일이었다.

연호가 실망한 표정으로 고개를 숙이자 설영은 눈에 이채를 띠며 물었다.

"활 쏘는 법을 누구에게 배웠느냐?"

"아버지께 배웠습니다."

"역시 고씨의 후손이라는 건가……."

"……?"

설영이 이해할 수 없는 말을 혼잣말로 중얼거리자 연호는 어리둥절한 표정으로 그를 쳐다보았다.

설영이 다시 말을 건넸다.

"맥궁과 전통은 진남에게 돌려주고, 너는 나를 따라오너라!"

"그, 그럼 저를 평로군에 뽑아 주시는 것입니까?"

"일단은 장군님을 만나 보자."

설영이 냉랭하게 말하고는 신형을 돌렸다.

연호는 얼굴 가득 희색을 띠었다. 이회옥을 만나기만 하면 왠지 자신을 평로군의 군사로 뽑아줄 것 같았기 때문이다.

※ ※ ※

"추웅!"

군막 안에 널브러져 시시덕거리고 있던 명안대의 대원들은 갑작스러운 군호에 자리를 박차고 벌떡 일어나 좌우로 시립하였다.

군막의 휘장이 걷히며 평로군의 척후 부대의 대장인 군후(軍候)로 있는 절충장군 이회옥이 모습을 드러냈다.

이회옥은 무덤덤한 표정으로 가볍게 고개를 끄덕이고는 곧장 군막의 제일 안쪽으로 향하였다. 그의 뒤를 연호가 어리둥절한 표정으로 주위를 둘러보며 따르고 있었다.

이회옥은 군막의 맨끝에서 허리를 꾸부정하게 구부리고 있는 늙수그레한 초로인 앞에서 걸음을 멈추었다.

초로인은 흑 영감이라고 불리는 가장 나이가 많은 명안대의 대원이었다.

"흑 노사께 부탁이 있어서 왔습니다."

이회옥이 가볍게 목례하며 말을 건네자 연호는 놀란 표정으로 흑 노사를 쳐다보았다. 장군인 이회옥이 비루하게 보이는 병사에게 최대한 공손하게 말을 건넨 것이다.

그러나 그러한 이회옥의 모습을 흑 노사나 다른 명안대원들은 모두 당연하다는 듯이 받아들이고 있었다. 전혀 표정의 변화가 없었던 것이다.

흑 노사는 호기심이 어린 시선으로 쳐다보는 연호의 시선과 마주치자 머쓱한 표정으로 슬쩍 고개를 돌리며 이회옥에게 물었다.

"장군께서 이 늙은이에게 무슨 부탁을……?"

"잠시 이 아이를 맡아 주십시오."

이회옥의 부탁을 짐작하고 있었는지 흑 노사는 주름이 깊게 패여 있는 이마를 살짝 찌푸린 채 천천히 고개를 끄덕이고는 다시 말을 이었다.

"장군께서 명하신다면 당연히 따라야겠지만, 아직 어린 아이 같은데 어찌하여 내게 맡기는 것인지 물어봐도 되겠소?"

"비정비팔(非丁非八)의 법을 알고 있는 아이입니다."

"이 아이의 성이 고씨인 것이오?"

"그렇습니다. 고연호라고 합니다."

"흠……."

흑 노사는 연호를 다시금 찬찬히 살펴보았다.

이회옥이 말한 비정비팔의 법은 고구려 황족인 고씨들만의 맥궁을 다루는 비법이었다. 고연호가 그것을 안다고 하는 것은 곧 그가 고구려 황족의 후예라는 말이었다.

흑 노사는 이회옥이 자신에게 고연호를 맡기려는 진정한 의도가 궁금하였다.

흑 노사가 다시 물었다.

"장군께서도 알다시피 명안대는 이 아이가 있기에 적당한 곳이 아니오. 무슨 뜻으로 내게 이 아이를 맡기려는 것이오?"

"이 아이가 평로군의 군사가 되겠다고 찾아왔습니다. 아직은 어리나 정기가 남다른 아이입니다. 노사께서 보살펴 주신다면 이 아이에게 큰 도움이 될 것입니다."

"정기가 남다르다……"

혼잣말을 중얼거리며 연호를 살펴보던 흑 노사는 잠시 후 눈에 이채를 띠고는 천천히 고개를 끄덕이며 다시 말을 이었다.

"흠. 알겠소이다. 이 아이를 곁에 두지요."

"감사합니다."

이회옥이 고개를 조아리자 흑 노사는 어색한 미소를 지어 보이며 가볍게 고개를 끄덕였다.

이회옥이 몸을 돌려 연호에게 다시 말을 건넸다.

"이제부터 노사는 너에게 스승이 되시는 것이니 배사지

례를 하고 가르침에 절대복종을 하여야 할 것이다."

"예……."

연호가 고개를 숙이며 대답하자 이회옥은 다시 흑 노사에게 목례를 건넨 뒤 몸을 돌려 군막을 빠져나갔다.

연호는 어리둥절한 표정으로 주위를 둘러보다 흑 노사와 눈이 마주치자 씨익 웃음을 지어 보이며 말을 건넸다.

"근데, 할아버지. 배사지례가 뭐예요?"

"엉? 커험. 그, 그게……."

흑 노사가 당황한 표정으로 말끝을 흐리자 여기저기서 말들이 들려왔다.

"호! 고놈 당차네! 배사지례가 뭐냐고 묻는데?"

"배사지례는 얼어 죽을! 그냥 엉덩이나 한 번 내밀어 줘라!"

"지랄! 흑 영감이 그게 서냐!"

"그럼 대신 나한테 주던가!"

"망할 놈의 새끼가 고향에 두고 온 자식 생각도 안 나냐?"

"니미, 왜 또 고향 이야기는 꺼내고 지랄이야!"

"시발, 애새끼를 여기 데려다 놓으면 어떻게 하냐!"

"뭘 어떻게 해! 네가 젖동냥 다니면 되지!"

"염병! 젖탱이 큰 네놈이 젖 물리면 되겠네."

"뭐냐, 이 새끼야! 시팔 새끼가 내 젖통을 네놈이 빨아

봤냐!"

 "그냥, 나에게 아홉 번 절을 하면 되는 거란다."

 정신없이 쏟아지는 말들에 놀라 멍하니 서 있던 연호는 흑 노사의 말에 의아한 눈으로 노사를 쳐다보았다.

 별의별 해괴한 소리들이 난무하는 가운데에서도 흑 노사의 인자한 목소리가 너무나도 분명하게 들려왔기 때문이다. 아무리 그와 가까운 거리에 있다고는 해도 나직하게 중얼거리듯이 말하는 흑 노사의 목소리가 그토록 정확하게 들렸다는 것은 놀라운 일이었다.

 어리둥절해하던 연호는 흑 노사가 보통 사람이 아니라는 생각이 들었기에 퍼뜩 정신을 추스르고는 황망하게 흑 노사를 향해 구배했다.

 그사이 엉덩이가 자그마한 것이 예쁘다는 둥 다시 해괴한 말들이 쏟아지기 시작했다.

 흑 노사에게 구배를 마친 연호는 주위를 둘러보다가 눈에 이채를 띠었다. 군막 내에 있는 명안대의 대원들은 여기저기 널브러진 채로 자신을 보고 온갖 해괴한 소리들을 하고 있었지만 정작 옆으로 다가온 사람은 아무도 없었다.

 흑 노사가 의아해하는 연호의 모습에 살짝 미소를 지어 보이고는 나직하게 누군가를 불렀다.

 "검 대주!"

 "나 불렀수?"

한쪽 구석에서 졸고 있던 덩치가 큰 삼십대 초반의 장한이 벌떡 일어나 다가오며 대답했다. 그가 명안대의 대주인 검우곤이었다.

흑 노사가 고개를 끄덕이며 말을 이었다.

"당분간 이 아이도 명안대와 같이 있어야 할 것 같으니 이것저것 좀 챙겨 주게."

"알겠수."

검우곤은 별다른 말없이 뚱한 표정으로 대답하고는 연호의 손을 잡아끌었다.

연호가 놀란 표정으로 흑 노사를 쳐다보자, 흑 노사는 묘한 미소를 지어 보이며 고개를 끄덕거리고 있었다.

잠시 후 다시 명안대의 군막에 모습을 드러낸 연호는 가슴에 명(明) 자가 새겨진 흑의 무복을 입고 있었는데 옷이 커서 헐렁한 자루를 뒤집어 씌워 놓은 것 같았다. 아무리 삭은 무복을 입어도 아직 오 척이 되지 않는 연호에게 맞는 옷이 없었던 것이다.

그나마 허리에 걸린 짧은 검은 연호의 작은 체구와 제법 어울렸다. 아마도 명안대의 대원들이 대부분 짧은 검을 선호하는 탓에 준비된 것이 있었던 모양이다.

어쨌든 연호는 무복과 검을 지급받자 진짜 평로군이 되었다는 생각에 꽤나 즐거운 표정이었다.

연호가 다가오자 흑 노사가 미소를 지으며 말을 건넸

다.
 "평로군의 군사가 된 것이 그리 좋으냐?"
 "예!"
 연호가 헤벌쭉 웃으며 대답하자 또다시 여기저기서 말들이 들려왔다.
 "힐! 군대가 좋다고 하네!"
 "저거 미친 애새끼 아냐?"
 "시박 새꺄! 나도 자원해서 군대 왔는데 그럼 나도 미친 거냐!"
 "당연하지, 미친놈아! 그럼 네 정신이 제정신이냐?"
 "뭐야, 씨앙! 내가 미친놈이라고!"
 정신없이 해괴한 말들이 오가는 속에 흑 노사가 웃으며 말을 건넸다.
 "여기 애들이 말들은 험하게 해도 다들 좋은 녀석들이니 사이좋게 지내도록 해라. 그래 아침은 먹었느냐?"
 "아, 아뇨. 아직……."
 "그럼 얼굴은 차차 알게 될 것이니 밥부터 먹자꾸나. 가자!"
 "예!"
 흑 노사가 걸음을 옮기자 연호는 씩씩하게 대답하고는 그를 따라나섰다.

▼   ▼   ▼

"끙!"

 연호는 비지땀을 흘리면서 연신 신음을 흘리고 있었다.

 밥을 먹고 난 뒤, 흑 노사는 연호에게 평로군의 군사로서 기본적으로 익혀야 할 검술과 간단한 신법과 보법을 가르쳐 주마고 하였다.

 시전에서 설영의 무공을 보고 놀랐던 연호로서는 귀가 솔깃해 질 말이었다.

 그러나 흑 노사가 무공의 가장 기초 수련이라고 하며 가르쳐 준 마보는 생각처럼 쉬운 것이 아니었다. 반 각이 채 지나기도 전에 팔다리가 후들거려 오고 있었다.

 연호는 곧바로 자신이 괜한 짓을 한 것 같다는 후회를 하기 시작했다.

 그러한 연호의 속내를 짐작했는지 흑 노사가 안쓰러운 표정으로 말을 건넸다.

 "힘들면 그만하여라. 오늘 일은 잠시 꿈을 꾼 것이라고 생각하고 그냥 집으로 돌아가면 된다."

 "아, 아니에요. 할 수 있어요. 끙!"

 연호는 포기하고 집으로 돌아가면 된다는 말에 퍼뜩 정신을 차리고 이를 악물었다. 아침에 그 난리를 치면서 겨우겨우 평로군에 들어왔는데 다시 집으로 돌아간다는 것은 말이 안 되는 일이었다.

흑 노사가 빙긋이 웃으며 말을 이었다.

"그냥 돌아가기는 싫은 모양이구나. 하지만 평로군의 군사가 되는 것은 쉬운 일이 아니니 힘들면 언제든지 말을 하여라. 곧장 집으로 돌려보내 주마."

"아, 아니에요. 전 절대 돌아가지 않아요."

연호는 집을 떠나오던 어젯밤을 떠올리며 이를 악물었다.

흑 노사가 다시 말을 건넸다.

"네 뜻이 그러하다니 한 시진만 버텨 보거라. 평로군의 군사라면 누구나 한 시진은 가뿐하게 버티는 수련이니 너도 할 수 있을 게야."

"끙! 하, 한 시진……."

연호는 한 시진이란 말에 눈앞이 캄캄해져 왔다. 자신은 고작 일각도 버티기 힘들 것 같은데 한 시진이나 마보를 유지해야 한다니 암담한 것이다.

그러나 이대로 집으로 돌아갈 수는 없다는 생각에 마음을 다잡았다.

흑 노사는 연호의 표정을 보더니 빙긋이 미소를 짓고는 한쪽 옆에 벌러덩 누워 버렸다.

연호로서는 그토록 인자하게 느껴지던 흑 노사의 미소가 더 이상 인자하지 않다는 것을 느끼는 순간이었다.

다시 일각 정도의 시간이 흐르자 연호는 전신이 사시나무 떨듯이 흔들리는 것을 느꼈다. 충권과 양장의 형태를 하고 있는 양팔은 당장에라도 떨어져 나갈 것 같았고, 두 다리의 허벅지 심줄이 끊어져 나가 그대로 주저앉아 버릴 것만 같았다.

그때 잠꼬대처럼 중얼거리는 흑 노사의 말이 들려왔다.

"마보는 몸의 중심이 하단전에 있다는 것을 알게 해 주는 자세이지……."

순간 연호는 어릴 적 아버지가 활쏘기를 가르치면서 하던 말이 떠올랐다.

'활을 쏘기 전에 들이쉰 숨을 모두 아랫배의 단전으로 몰아넣고 유전을 하는 것은 몸이 흔들리지 않도록 하기 위해서다. 단전은 사람의 중심이라, 단전에 숨을 가득 담은 채 단전만을 의식하면 비록 강풍이 불더라도 궁사의 손끝은 한 점 미동도 없게 된다.'

혼미해져 가는 기운데 아버지의 말을 떠올린 연호는 퍼뜩 정신을 차리고 코끝으로 들이쉰 숨을 모두 배꼽 아래 한 치 세 푼의 자리에 있다는 단전으로 밀어 넣고는 오직 단전만을 의식하려고 하였다.

그렇게 몇 번 들숨을 아랫배의 단전으로 밀어 넣기를 반복하자 사시나무처럼 떨리던 온몸의 진동이 점차 잦아들더니 한순간 거짓말처럼 안정이 되었다. 비록 양팔과 두

평로군(平盧軍) 77

다리의 감각은 전혀 없었지만 들숨으로 가득 찬 단전은 확실하게 인식이 되고 있었다.

소란한 소리에 연호가 퍼뜩 다시 정신을 차렸을 때, 그는 명안대의 군막 안에 누워 있었다. 아마도 마보를 하다가 쓰러진 그를 흑 노사가 군막 안으로 데려온 모양이었다.

정신을 추스른 연호가 힘겹게 몸을 일으키려 하자 또다시 주위에서 소란스러운 말들이 쏟아졌다.

"어! 애새끼 깨어났네."

"병신 같은 놈이 겨우 마보 반 시진도 버티지 못하고 쓰러지냐!"

"니미! 나는 마보를 한 채 삼시 세끼도 다 먹을 수 있는데 말이야."

"애새끼가 그렇지 뭐!"

자신이 반 시진도 버티지 못하고 쓰러졌다는 말에 살짝 아랫입술을 깨물고는 분한 마음을 달래던 연호는 흑 노사를 찾아보았다.

흑 노사는 한쪽 구석에 앉아 눈을 감고 뭔가를 골똘히 생각하고 있었다.

연호가 엉금엉금 기다시피하여 다가가자 흑 노사가 눈을 뜨고는 특유의 인자한 미소를 지어 보였다.

"깼느냐?"

"예…… 죄송합니다."

"죄송할 게 무에 있느냐. 처음부터 한 시진을 버틸 수 있는 사람은 없는 법이다. 다만 그 이치를 깨닫는 것이 중요한 것이지. 정신을 차렸으니 이제 본격적인 수련을 하도록 하자."

"보, 본격적인 수련……?"

연호는 두 눈을 휘둥그레 떴다. 가장 기초 수련이라는 마보만으로 이미 쓰러졌다가 겨우 정신을 차렸는데, 본격적인 수련이라고 하니 간담이 서늘해지는 것이다.

잠시 후, 연호를 데리고 강변에 이른 흑 노사는 주위를 둘러보고는 고개를 끄덕이며 입을 열었다.

"본시 무공이라는 것은 정기신(精氣神)이 일체가 되어야 제 힘이 나오는 것이다. 그것은 상대를 베고자 하는 의념(意念), 강한 기(氣)와 조화된 신체(身體)가 바탕이 되어야 한다는 말이다. 궁법으로 따지면 과녁에서 시선을 떼지 않고 호흡을 다스린 뒤 올바른 자세로 시위를 당겨야 과녁에 화살을 명중시킬 수 있는 것과 같은 이치다. 무슨 말인지 알겠느냐?"

"예……."

"그래 궁법을 이미 익혔으니 어느 정도 이해가 될 것이다. 그렇게 정기신을 일치하기 위해서는 가장 먼저 길러야 하는 것이 체력이다. 올바른 자세를 유지하기 위해서는 기본적으로 체력이 바탕이 되어야 하기 때문이다. 마보를 가장 기초적인 수련이라고 하는 이유도 그 때문이다."

"……."

연호는 말없이 고개를 끄덕였지만 그의 눈에는 수심이 가득하였다. 흑 노사가 체력을 길러야 한다고 강조하는 것으로 봐서 보나마나 마보와 같이 힘든 수련을 시킬 것이 분명하였기 때문이다.

흑 노사가 다시 말을 이었다.

"너도 무공을 익히다 보면 알게 되겠지만 무공은 평생을 배워도 끝이 보이지 않을 정도로 방대하다. 그래서 대부분의 무인들은 한두 가지 무공을 정하여 그것을 특화시켜 매진한다. 나 역시도 그러하다. 나는 하나의 검법만을 익혔다. 네가 만약 포기하지 않고 수련한다면 나의 검법을 배울 수 있을 것이다."

"제가 포기만 하지 않는다면 사부님께 검법을 익혀 설영처럼 허공을 막 날아다니고 그럴 수 있는 거죠?"

연호가 기대 가득한 눈으로 묻자 흑 노사는 실소를 흘리며 입을 열었다.

"설영의 재주는 신법이라는 것으로 무인이라면 특화된 무공 외에 기본적으로 익혀야 하는 것들 중의 하나이다. 너 또한 그러한 신법과 보법을 익히게 될 것이다."

"우와! 그럼 저도 설영처럼 막 허공을 날아다니고 그럴 수 있는 거네요."

"허공을 날아다니는 것은 몰라도 너는 나의 제자이니 설영 정도는 가볍게 제압을 해야 하지 않겠느냐."

"히!"

연호는 무공을 익히게 되면 무섭게만 보이던 설영을 가볍게 제압할 수 있다는 말에 잔뜩 신이 났다.

흑 노사가 미소를 띠며 다시 말을 건넸다.

"그래, 그러니 절대 포기하지 말거라."

"예!"

"아무튼 내게서 검법을 익히기 위해서는 먼저 보법 몇 가지와 신법 몇 가지, 그리고 심공을 익혀야 한다."

"저기 사부님, 심공은 뭐예요?"

"심공은 기를 기르기 위한 수련이다. 호흡을 길게 가져가고 순간적으로 강한 힘을 내기 위한 방법을 익히는 것이지. 심공은 나중에 어느 정도 체력이 길러진 후에 가르쳐 주마. 먼저 오늘은 신법만 배워 보자."

"예, 알겠어요."

"신법에는 두 가지가 있다. 경신법과 유법이다. 경신법은 네가 말한 허공을 날아다니기 위해서 반드시 익혀야 하는 것으로 몸을 가볍게 하여 빠르게 이동하는 것을 말한다. 그리고 유법은 몸을 부드럽게 하여 상대의 공격을 흘리거나 외부의 충격을 완화하여 자신을 보호하는 것이다."
 연호는 흑 노사의 말을 단 한마디도 놓치지 않으려는 듯이 두 눈을 반짝이며 흑 노사의 얼굴을 쳐다보고 있었다. 그의 마음은 무공이라는 새로운 세상에 대한 기대감을 잔뜩 부풀어 있는 것이다.

"쓰읍! 으흐! 쓰읍! 으흐!"

연호는 입을 다문 채로 코로 묘한 소리를 내며 배를 들썩이고 있었다. 숨이 가쁘고 힘이 들 때 호흡을 안정시키는 연호만의 방법이었다.

처음 경신법을 익히기 위해 강변의 백사장을 돌고 난 뒤 숨이 가빠진 연호가 허리를 숙이고 입으로 거칠게 숨을 몰아쉬자 흑 노사는 불호령을 내렸다. 가슴으로 호흡을 한다는 것이었다.

호흡은 당연히 가슴으로 하는 줄 알았던 연호로서는 당황스러운 질책이었다. 그러나 흑 노사의 설명을 듣고 계속 몸으로 겪어 보자 얼마 지나지 않아 그 이유를 알게 되었다. 가슴을 들썩이며 입으로 호흡을 하게 되면 기가 약해지고 오히려 회복이 느렸다.

반면에 아무리 숨이 가빠도 입을 닫고 코로 숨을 들이쉰 뒤에 단전으로 숨을 밀어 넣기를 반복하는 복식호흡법은 당장에는 힘이 들지만 회복이 빨랐다. 또한 기의 흐트러짐도 전혀 일어나지 않았다.

한 달이 지난 지금에는 들숨을 몇 번 들이쉬지 않아도 곧 안정을 찾게 된 것이다.

순식간에 안정을 찾은 연호는 자신이 달린 백사장 위를 쳐다보며 고개를 좌우로 흔들었다. 사부인 흑 노사의 말대로라면 경신법을 제대로 익혔다면 백사장 위에 발자국을 남기지 않아야 하는데 그것은 도저히 불가능해 보였다.

그러나 연호는 사부인 흑 노사의 말을 믿지 않을 수가 없었다. 경신법을 가르쳐 주던 첫날 흑 노사가 직접 아무런 흔적을 남기지 않고 백사장 위를 달리는 모습을 보여 주었기 때문이다.

낙담한 표정을 짓고 있던 연호는 천천히 걸음을 옮겨 명안대가 있는 군막으로 향했다. 다음 수련인 마보를 비롯한 체력 훈련을 하기 위해서는 반드시 아침을 먹어야 하기 때문이다. 조식 시간에 늦으면 정말 국물도 없었다.

연호가 조식을 먹기 위해 명안대가 모여 있는 곳으로 다가가자 새까만 얼굴에 빼빼 마른 체형의 장한이 입꼬리를 말아 올린 채 다가왔다. 그는 오골계라는 별명으로 불리는 강연추였다.

"여! 꼬맹이. 산보 다녀오냐?"

"……."

연호는 아무런 대꾸를 하지 않았다. 강연추는 평소에도 그를 볼 때마다 비아냥거리는 말투로 그의 신경을 긁어놓곤 하던 자였다. 괜스레 대꾸를 해 봤자 그에게서 좋은 소리를 들을 일이 없는 것이다.

강연추가 살짝 미간을 찌푸리며 다시 말을 뱉었다.

"니미! 이 새끼가 아침부터 또 말을 씹네. 흑 영감만 아니면, 시파!"

"사부님만 아니면 뭐요!"

연호가 걸음을 멈추고 눈을 치켜뜨며 대꾸했다. 그냥 무시하려고 했는데 오늘따라 왠지 강연추의 말이 유난히 그슬렸던 것이다.

강연추가 기가 차다는 표정으로 주먹을 치켜들면서 말을 뱉었다.

"햐! 요 쥐방울만 한 놈이 눈 부라리는 것 보게. 이걸 콱!"

"때리지도 못할 거면 쓸데없이 힘 빼지 말고 밥이나 처드시죠!"

"야! 오골계 시박 새캬! 애새끼 건드리지 말라고 했잖아!"

 연호의 냉랭한 대꾸에 화가 치밀어 오른 강연추가 주먹을 날리려고 하자, 어느새 나타난 구레나룻을 기른 장한이 그의 팔을 잡으며 호통을 쳤다. 장한은 명안대의 부대주인 조주한이었다.

 "이거 좀 놔 보슈! 이 개놈의 애새끼가 싸가지 없이 말하잖아요!"

 "시발! 당신이 처음부터 말을 거지같이 했잖아!"

 강연추가 조주한에게 하소연하듯이 말하자 연호가 눈을 부라리며 대꾸했다. 그동안 명안대에 적응하느라고 애써 누르고 있었던 연호의 성질이 폭발한 것이다.

 "뭐! 시발! 이 개놈의 종자가!"

 강연추가 조주한의 팔을 강하게 뿌리치고는 욕설을 내뱉으며 주먹을 휘둘렀다.

 연호는 슬쩍 몸을 뒤로 물려 강연추의 주먹을 피해 버렸다.

 까무잡잡한 얼굴에 인상이 더러운 강연추가 휘두르는 주먹이니만큼 어린 연호가 겁을 먹을 만했지만, 오히려 여유만만했다. 어릴 적부터 성질이 사나웠고, 싸움에는 이골이 났기 때문에 그 정도에 겁먹을 연호가 아니었다.

 조주한이 다시 강연추를 붙잡자 연호는 바닥에 침을 뱉고는 강연추를 노려보았다.

도발적인 연호의 모습을 본 강연추는 치밀어 오르는 화를 참지 못하고 다시 조주한을 뿌리치며 신형을 박찼다.

짝!

연호를 향해 신형을 날리던 강연추가 갑작스러운 격타음과 함께 저만치 날아가서 처박혀 버렸다.

조주한이 강연추의 뺨을 냅다 갈겨 버린 것이다.

"이 자식은 꼭 때려야 말을 들어요! 시박!"

뻗어 버린 강연추를 노려보며 혼잣말을 하던 조주한이 고개를 돌려 날카로운 눈빛으로 연호를 노려보았다.

연호는 조주한의 매서운 눈빛에 순간적으로 움찔하였지만 이내 눈을 똑바로 뜨고는 고개를 빳빳하게 들었다.

그러자 조주한은 다소 어이가 없다는 표정으로 연호를 향해 입을 열려 했다.

바로 그 순간 옆에서 굵직한 음성이 들려왔다.

"뭐여! 왜 지랄들이여!"

명안대의 대주인 검우곤이 어리둥절한 표정으로 조주한과 연호를 번갈아 쳐다보며 다가오고 있었다.

조주한이 고개를 조아리며 말을 건넸다.

"별거 아닙니다. 오골계와 꼬맹이가 말다툼을 조금 했습니다."

"말다툼? 사내자식들이 불만이 있으면 치고 박아야지 뭔 말다툼이여. 오골계, 너 일어나 봐!"

"끙! 대, 대주님……."

정신을 차린 강연추가 두려워하는 눈빛을 보이며 신형을 일으켰다.

그 모습을 본 연호의 눈에 이채가 돌았다. 확실히 그동안 지켜본 바대로 명안대의 대원들은 대주인 검우곤을 두려워하고 있었다.

연호로서는 이해 할 수 없는 일이었다. 그가 보기에 훈련하는 시간 이외에는 늘 졸고 있는 검우곤은 좀 무뚝뚝하기는 해도 아무리 봐도 무서운 구석이 없는 사람이었다.

강연추가 슬그머니 다가오자 검우곤이 말을 건넸다.

"오골계, 너 쟤랑 싸웠냐?"

"싸, 싸우기는요. 제가 꼬맹이랑 싸울 일이 있습니까? 그냥 훈계를 좀 하려고 했는데……."

강연추가 손사래를 치며 변명을 해 대자 검우곤은 귓구멍을 손가락으로 후비면서 뚱한 표정으로 말을 뱉었다.

"싸울 일이 있지. 아무튼 네가 일 번이다."

"예?"

강연추가 의아한 표정으로 쳐다보았지만 검우곤은 이미 신형을 돌려 연호에게 말을 건네고 있었다.

"꼬맹이 너도 빨리 밥이나 처먹어라!"

"……?"

연호도 의아한 표정으로 검우곤을 쳐다보았지만 그는

이미 등을 돌려 군막을 향해 걸어가고 있었다.

 연호가 검우곤이 한 말이 무엇을 의미하는지를 알게 된 것은 그날 저녁이었다.
 저녁을 먹고 난 뒤 흑 노사가 그를 불러 신법의 또 다른 한 가지인 유법에 대해 설명을 하고는 유법을 익히기 위해서는 몸으로 겪어 보는 것이 제일 좋다고 하면서 명안대 대원들과 박투를 해 보라고 한 것이다.
 바로 그 박투의 첫 번째 상대가 바로 오골계 강연추였다. 아침에 검우곤이 싸울 일이 있다고 한 말은 바로 그 유법을 익히기 위한 박투를 말하는 것이었다. 아마도 사부인 흑 노사가 명안대주인 검우곤에게 부탁을 한 모양이었다.

 잠시 후, 명안대 대원들이 둥그렇게 둘러싸서 만든 원 안으로 들어선 연호는 특유의 호흡법으로 마음을 다잡았다. 어릴 적부터 싸움을 많이 해 보았지만 상대는 평로군 가운데서도 무공이 가장 뛰어나다는 명안대 대원이었다. 동네의 또래 아이들이나 저잣거리의 왈패들이 아닌 것이다.
 연호가 잠시 마음을 추스르는 사이, 오골계 강연추는 잔뜩 신이 난 표정으로 이리저리 고개를 까닥거리며 몸을 풀고 있었다. 아침의 일도 있었던 데다가 평소에도 아니꼽게 보던 연호를 흑 노사나 대주인 검우곤의 눈치를 보지 않고 마음껏 두들겨 팰 기회가 생긴 것이다.

연호는 강연추를 힐긋 노려보고는 사부인 흑 노사가 말해 준 유법의 이치를 다시 한 번 떠올리며 마음을 다잡은 뒤에 천천히 강연추를 향해 다가갔다.

그러자 역시나 여기저기서 명안대 대원들의 잡다한 헛소리들이 들려왔다.

연호는 들려오는 말소리들을 무시한 채 눈을 치켜뜨고는 강연추를 잡아먹을 듯이 노려보았다.

쉭!

강연추의 양발이 짧게 앞으로 번갈아 이동하더니 곧바로 파공음과 함께 그의 오른발이 연호의 옆구리로 파고들었다.

연호는 뒤로 물러서지 않고 오히려 신형을 앞으로 튕겨 강연추를 향해 파고들었다.

퍽!

옆구리를 강타당한 연호가 한쪽으로 날아가더니 재빠르게 바닥을 굴러 신형을 일으켰다. 강연추의 발길질에 당하기는 했지만 거리를 좁히는 바람에 충격을 거의 입지 않은 것이다.

연호는 흑 노사가 일러준 대로 유법의 이치가 통하는

것 같다는 생각에 안색이 조금 밝아졌다.

반면에 강연추는 미간을 살짝 찌푸렸다. 제대로 타격을 하지 못한 것을 잘 알고 있기 때문이다.

기분이 나빠진 강연추가 벼락같이 달려들어 다리를 높게 쳐들고는 연호의 머리를 찍어 왔다.

연호는 위에서 내리꽂는 강한 풍압을 느끼면서 몸을 살짝 비틀면서 어깨를 낮추었다가 무릎의 반동을 이용하여 신형을 세웠다.

강연추의 허벅지가 연호의 어깨에 걸렸다.

연호의 대응에 중심을 잃은 강연추는 수치심을 느꼈는지 눈빛이 사납게 변하였다. 만만하게 보던 꼬마에게 당한 것이다. 원래 검은 얼굴이 더욱 시커멓게 되어 버린 강연추는 재빨리 신형을 뒤로 누이면서 왼발을 들어 연호의 목 부분을 찍어 왔다.

쉭!

연호가 다급하게 뒤로 물러서자 정말 간발의 차이로 강연추의 왼발이 연호의 얼굴 앞을 스치고 지나갔다.

연호로서는 가슴이 서늘해지는 순간이었다. 가까스로 피하기는 했지만 강연추의 발길질은 풍압만으로도 그의 얼굴을 일그러뜨릴 정도로 강력했던 것이다.

곧바로 강연추의 발이 다시 연호의 복부로 파고들었다.

그러나 연호는 강연추의 공격을 뻔히 보면서도 피할 수

명안대(明眼隊) 93

가 없었다. 난생처음으로 무시무시한 발길질을 겪자 이 자리에서 죽을지도 모른다는 생각이 그의 뇌리를 마비시키고 있었다. 연호의 이성과 본능은 이미 죽음에 대한 공포에 사로잡혀 버린 것이다.

"커억!"

내장을 끊어 내는 것 같은 고통에 연호는 정신이 혼미해졌다.

"오골계, 저 새끼 돌은 거 아냐?"
"애새끼를 진짜 죽이려고 하는데."
"시박 새끼가 뒷일을 어떻게 감당하라고!"
"죽기는 시발! 살살 찼다니까!"

온갖 잡다한 말소리들이 희미하게 들려오는 가운데 연호는 서서히 정신을 놓아 버렸다.

연호가 다시 정신을 차렸을 때 그의 눈에 처음 들어온 것은 사부인 흑 노사의 인자한 미소였다.

연호가 신음을 내며 몸을 일으키려 하자 흑 노사가 부축하여 앉게 해 주었다.

연호는 풀이 죽은 표정으로 입을 열었다.

"죄송해요. 사부님."
"그래, 네가 무엇을 잘못했는지 알겠느냐?"
"예, 두려움이요. 죽을지도 모른다는 생각이 드니까 몸이 말을 안 들었어요."

"그래, 바로 그 두려움이 유법을 익히는 이유 중의 한 가지다."

"……."

연호가 말없이 고개를 숙이자 흑 노사는 빙긋이 웃으며 다시 말을 이었다.

"언젠가 너에게 무공은 정기신이 일체가 되었을 때라야 제 힘이 발휘된다고 말한 적이 있을 것이다. 두려움이란 바로 정(精)의 부분이다. 두려움이 생기면 정이 혼란하게 되고, 정이 혼란하면 기와 신이 어려움을 겪는다. 상대의 검이 나의 목을 베어 내는 순간에도 한 치의 흐트러짐이 없어야 진정한 정이라고 할 수 있다."

"그럼 정을 익히려면 어떻게 해야 해요?"

"많이 죽어 봐야지."

"예?"

"사람은 낯선 것에 대해 막연한 공포를 지니게 된다. 그래서 낯선 곳을 가게 되면 저도 모르게 긴장을 하게 되지. 그와 반대로 자신이 자란 마을과 같이 익숙한 곳에서는 없는 힘도 나는 법이지. 그처럼 두려움을 극복하기 위해서는 죽음이라는 낯선 경험에 익숙해 질 필요가 있는 것이다."

연호가 고개를 갸웃거리며 쳐다보자 흑 노사는 슬쩍 명

안대원들이 자고 있는 침상을 쳐다보고는 다시 말을 이었다.

"네가 보기에는 군율도 없고 해괴한 소리나 해 대는 저들이 평로군 최고의 군사들이라는 사실이 믿기지 않겠지만 저들이 다른 군사들보다 강한 이유는 단지 무공이 뛰어나기 때문에 그런 것은 아니다. 저들은 전시에 적의 진영 깊숙이 들어가서 싸우는 이들이기에 누구보다도 죽음에 익숙한 자들이다. 그래서 강한 것이지."

"……."

연호는 말없이 명안대원들이 잠들어 있는 침상을 보며 천천히 고개를 끄덕였다. 그제야 사부인 흑 노사가 하는 말을 어느 정도는 이해할 수 있었던 것이다.

흑 노사가 다시 말을 이었다.

"내일 또 오늘과 같은 수련을 너에게 시킬 것이다. 네가 두렵다면 더 이상 하지 않아도 된다. 전에도 말했듯이……."

"아뇨. 할게요."

"정말 할 수 있겠느냐?"

"예. 몸이 부서져도 할 거예요."

연호는 대답과 함께 아랫입술을 강하게 깨물었다.

그는 지금도 강연추의 발이 얼굴 바로 앞을 지나가던 순간을 생각하면 소름이 돋았다.

그러나 이대로 물러서고 싶지 않았다. 그가 보기에 어딘가 모자라게 보인다고 생각하던 명안대의 사람들이 자신보다 정신적으로 훨씬 강하다는 사실을 안 이상, 자신은 저들보다 더 강한 사람이 되고 싶었다.

흑 노사가 슬그머니 미소를 지으며 다시 말을 건넸다.

"물론 유법이 정을 단련하기 위한 것만은 아니다. 유법의 진정한 의미는 사량발천근(四兩撥千斤)이나 이화접목(移花接木)의 이치를 깨닫기 위해서다. 그러한 것들은 당장 깨달음을 가질 수 있는 것은 아니니 천천히 배워 보도록 하여라."

"예……."

"그래, 그럼 힘들더라도 자세를 바로 하고 용호결을 운기하도록 하여라. 용호결은 단전을 키우고 기경팔맥을 단련하는 데에도 뛰어난 효능이 있지만 내상을 다스리고 심신의 피로를 회복하는 데에도 크게 도움이 되니 매일 밤 잊지 말고 행하여야 한다."

"알겠습니다."

연호는 강연추에게 복부를 강하게 두들겨 맞은 탓에 움직일 때마다 통증이 밀려왔지만 애써 가부좌를 하고는 수결을 맺은 뒤 천천히 용호결을 운기하기 시작했다. 흑 노사의 말대로 용호결은 심신을 회복하는 데 탁월한 효능이 있었다.

매일 수련으로 지친 연호로서는 자기 전에 하는 용호결의 운기는 더 이상 수련이 아니었다. 오히려 흑 노사가 말린다고 하더라도 스스로 자진해서 용호결을 운기해야 할 판이었다.

▼　　　▼　　　▼

"저기요 사부님!"

매일 저녁마다 행해지는 박투 수련을 마친 연호는 흑 노사에게 슬그머니 다가가 어리광을 부리듯이 비음이 섞인 어투로 말을 건넸다.

흑 노사가 묘한 미소를 지어 보이며 물었다.

"요 녀석의 목소리를 보니 뭔가 또 궁금한 게 있나 보구나."

"헤헤. 그게요. 제가 매일 맞고만 끝나는데요. 저도 때리면 안 될까요?"

"그거야 너도 기회가 있으면 때리려무나."

"그치만, 사부님이 저한테 때리는 방법은 하나도 안 가르쳐 주셨잖아요. 만날 뛰는 거랑 덜 아프게 맞는 것만 말씀하시고서는……."

연호는 입을 삐죽 내밀며 대꾸했다. 유법을 익히기 위해 명안대 대원들과 박투를 시작한 지도 이미 한 달이 넘어 이제는 제법 멀쩡하게 끝내는 날들이 많아졌다. 또 자신을 공격하는 명안대 대원들의 허점이 하나씩 보이기 시작했다.

그렇게 되자 슬슬 자신도 때려 보고 싶다는 생각이 드는 것이다.

그리고 갑자기 공격법 운운하게 된 것은 오골계 강연추 때문이기도 하였다. 그동안 매일같이 몸으로 부닥치다 보니 명안대원들과는 상당히 친해져서 대부분은 손속에 사정을 두고 있었다.

그러나 여전히 사이가 안 좋은 오골계 강연추는 다른 대원들과는 달리 손속에 사정을 두는 법이 없었다.

지난 한 달 동안 강연추와는 첫날을 포함하여 세 번의 박투를 벌였는데 매번 기절을 당한 채로 끝이 났다.

그렇게 되자 연호도 강연추만큼은 언젠가는 한 대라도 제대로 때려 보자는 마음을 먹고 있었는데, 마침 내일 박투의 상대가 강연추임을 알고는 흑 노사에 떼를 쓰고 있는 것이다.

잠시 묘한 표정을 지은 채 연호를 쳐다보던 흑 노사는 몸을 일으키며 말을 건넸다.

"나는 이미 다 가르쳐 주었는데, 네가 배운 적이 없다고 하는구나. 따라오너라."

"예?"

연호는 의아한 표정으로 자리에서 일어나 쭈뼛거리며 흑 노사를 따라나섰다.

잠시 후 강변에 도착한 흑 노사는 양팔을 늘어뜨리고 선 채 나직하게 말을 건넸다.
"네가 나를 주먹으로 쳐 보거라."
"제, 제가요?"
"그래, 한주먹에 황소라도 때려죽일 듯이 강하게 쳐 보아라!"
연호는 천천히 고개를 끄덕이고는 온힘을 다해 흑 노사에게 주먹을 날렸다.
쉬익!
어린아이답지 않게 제법 파공음을 내고 날아간 연호의 주먹이 흑 노사의 얼굴에 꽂히려는 순간, 연호의 몸이 허공에 떠올라 한참을 날아가더니 모래사장에 처박혀 버렸다.
"켁! 퉤 퉤 퉤!"
연호가 입안에 가득 들어온 모래를 뱉어 내며 몸을 일으키고는 다가와 물었다.
"뭐가 어떻게 된 거예요?"
"잘 모르겠느냐?"
"예, 갑자기 사부님의 얼굴이 사라졌다는 것밖에

는……."

"그럼 이번에는 발로 나의 배를 차 보아라!"

"예……."

연호는 고개를 끄덕이고는 허리를 낮추고 기회를 보다가 느닷없이 오른발을 내질러 흑 노사의 복부를 두들겨 갔다.

흑 노사가 갑자기 연호의 몸 쪽으로 뛰어들더니 왼 무릎으로 연호의 오른 허벅지 뒤쪽을 슬쩍 차올리고는 연호의 중심축이 되는 왼발 뒤꿈치에 자신의 오른발을 받쳤고, 어깨로는 연호의 가슴을 가볍게 쳤다.

연호의 신형이 다시 붕 떠올라 일 장 밖의 모래 위에 등부터 떨어졌다.

연호가 두 눈을 휘둥그레 뜬 채로 벌떡 일어나 흑 노사의 곁으로 다가왔다.

흑 노사가 웃으며 다시 물었다.

"이제는 알겠느냐?"

"그게…… 그러니까 힘의 방향을 돌려놓는 것 맞죠?"

"그래, 거기에다 순간적으로 상대의 힘에다 나의 힘까지 실어 되돌려 주는 것이 요령이다."

"우와! 그러면 상대는 자신의 힘에 오히려 자신이 두들겨 맞게 되겠네요."

"그렇다고 할 수 있지. 사실 그동안 네가 너에게 가르친 유법은 삼한의 무예인 수박(手搏)에서 비롯된 것이다. 수박은 말 그대로 맨손으로 박투를 벌이는 수법을 말한다. 하지만 세상에 알려진 수박은 비룡투라는 상고 무예의 가장 기초에 해당하는 것이다."

"비룡투……?"

"그래, 나도 옛적에 그러한 무예가 있다는 말은 들었지만 직접 본 적은 없구나. 그 위력이 너무나 대단하여 전인이 제대로 익히지 못하는 바람에 절전이 되었다고 하더라. 그래도 기초가 되는 수박에 비룡투의 무리가 모두 녹아 있다고 하니 네가 수박을 열심히 익히고 인연이 닿는다면 비룡투의 모습을 볼 수 있지 않겠느냐."

"히……. 그럼 저도 수박을 열심히 익히면 혹시라도 비룡투를 펼칠 수 있는 거예요?"

"그렇지! 그러나 그전에 수박의 기초인 유법부터 제대로 익혀야 하지 않겠느냐?"

상고의 전설적인 무예라는 비룡투를 상상하며 헤벌쭉 입을 벌리고 있던 연호는 흑 노사의 말에 퍼뜩 정신을 차리며 현실로 돌아왔다. 현실은 비룡투의 기초인 수박도 아니고, 수박의 기초인 유법조차 제대로 익히지 못하고 있었다.

흑 노사가 특유의 자상한 미소를 지어 보이며 다시 말을 건넸다.

"자, 이번에는 허리의 쓰임을 보여 주마. 다시 오너라!"
"예!"
연호는 씩씩하게 대답하고는 득달같이 신형을 날려 흑노사에게 덤벼들었다. 그러나 이번에도 그의 신형은 여지없이 허공을 날아 모래사장에 처박히고 있었다.

다음 날, 저녁을 먹은 연호는 다소 들뜬 표정으로 군막 안으로 들어섰다. 어젯밤 사부인 흑 노사에게 배운 수법으로 오골계 강연추를 날려 버릴 생각을 하면서 혼자 흐뭇해하고 있는 것이다.

그러나 연호는 군막 안으로 들어선 순간 기이한 긴장감을 느끼고는 의아한 표정을 지으며 조주한에게 다가갔다.

연호가 슬쩍 조주한을 쳐다보며 나지막하게 말을 건넸다.

"부대주 형님, 무슨 일이라도 있어요?"
"어? 흠······. 뭐 별일은 아닌데, 곧 출정을 한다는구나."

구레나룻을 만지작거리며 대답하는 조주한의 얼굴에도 긴장감이 묻어나고 있었다.

연호는 슬그머니 고개를 돌려 명안대 대원들을 살펴보았다. 평소와는 달리 모두들 말없이 검이나 장비들을 손질하고 있었다. 아무리 죽음에 익숙한 평로군 최고의 용사들인 명안대원들이라고 해도 출정이 결정되자 긴장이 되는 모양이었다.

연호가 조용히 걸음을 옮겨 사부인 흑 노사에게 다가가자 흑 노사가 빙긋이 웃으며 말을 건넸다.

"곧 출정을 해야 할 것 같으니, 당분간은 박투 수련은 못하겠구나. 그보다 너에게 줄 것이 있으니 잠시 기다려 보거라."

"예……."

연호가 대답하고는 곁에 앉자 흑 노사는 자신의 봇짐을 뒤적이더니 둥그런 막대를 하나 꺼내 들었다. 둥그런 막대는 바로 맥궁이었다.

흑 노사가 맥궁을 연호에게 건네면서 물었다.

"궁법을 익혔으니 해궁(解弓)은 할 줄 알겠지?"

"예, 해 보지는 않았지만 하는 것은 봤어요."

"그럼 한 번 해 보아라."

맥궁을 건네받은 연호는 한쪽 끝의 도고자에 활줄을 걸고 반대쪽의 끝부분인 고자단장을 오른발로 밟았다. 이어서 왼손으로 죽통을 쥐고서 둥그렇게 말린 맥궁을 역으로 펼친 뒤 활줄을 당겨 아래쪽의 도고자에 활줄을 걸었다. 간단하게 해궁이 되었다.

연호가 완벽하게 해궁을 하자 흑 노사는 흡족한 표정으로 고개를 끄덕였다.

사실 연호 스스로도 놀라고 있었다. 탄성이 강하기로 소문난 맥궁을 자신이 너무 쉽게 해궁한 것이다. 아마도 그동안의 수련으로 힘이 예전에 비해 훨씬 세진 모양이었다.

연호의 머리를 가볍게 쓰다듬어 준 흑 노사는 검우곤을 불렀다.

"검 대주!"

긴장감을 드러내고 있는 다른 대원들과 달리 평소와 다름없이 졸고 있던 검우곤은 역시나 벌떡 일어나서는 흑 노사에게 다가왔.

"불렀수?"

"이번에 이 아이도 데려갈 것이니 전통을 마련해 주시오."

"그, 그건 그렇게 결정할 수 있는 일이 아닌데……."

"그도 동의를 할 것이니 가서 물어보고 준비를 해 주시오."

"알았수."

검우곤이 고개를 끄덕이며 대답하고는 군막 밖으로 사라졌다.

연호는 고개를 갸우뚱하였다. 명안대와 같이 생활한 지 두 달이나 지났지만 검우곤이 당황해하는 모습을 본 것은 처음이었다. 게다가 사부인 흑 노사가 그라고 한 사람이 누구인지도 궁금하였다.

연호의 속내를 짐작했는지 흑 노사가 미소를 지어 보이며 말을 건넸다.

"그는 바로 이회옥 장군이다. 검 대주는 이 장군이 가장 아끼는 심복 중의 한 명이지. 아마도 검 대주는 네가 이번 출정에 따라가는 것을 이 장군이 동의하지 않을 것이라고 생각하였던 모양이구나."

"저도 이번 출정에 참가하게 되는 건가요?"

연호가 불안한 눈빛으로 묻자 흑 노사는 특유의 자상한 미소를 지어 보이며 반문하였다.

"왜 가기 싫으냐?"

"아, 아뇨. 그런 것은 아닌데……. 지금 제 솜씨로는 딱히 할 일이 있을 것 같지가 않아서……."

"그래, 지금 네 실력으로는 아무리 형편없는 반란군이라고는 해도 적의 병사 하나도 어쩌지 못할 것이다. 그래서 네게 맥궁을 주지 않았느냐."

연호는 천천히 고개를 끄덕였다. 사부인 흑 노사는 자신에게 궁수로 이번 출정에 참가하라고 하는 것이다. 그러나 연호는 자신이 과연 제대로 활을 쏠 수 있을지 걱정되었다. 어렸을 때 아버지에게 궁법을 배우기는 했지만 사람을 상대로 화살을 날릴 자신이 없는 것이다.

연호의 표정을 살펴보던 흑 노사가 신형을 일으키며 말

을 건넸다.

"검 대주가 본영에 다녀오려면 시간이 걸릴 터이니 나가서 네 궁술이나 보자꾸나."

"예? 에, 예……."

연호가 머뭇거리며 대답하고 따라나서자 흑 노사는 양무오에게 다가갔다. 양무오는 명안대에 있는 네 명의 궁수들 가운데 한 명이었다.

양무오는 흑 노사가 다가오자 자신의 전통과 맥궁을 들고 일어섰다. 그는 흑 노사와 연호의 대화를 듣고 있었던 모양이었다.

군막을 벗어나 강변에 이르자 흑 노사는 고개를 돌려 양무오에게 말을 건넸다.

"무오, 자네가 먼저 시범을 보여 주게."

"그러지요."

양무오는 무덤덤하게 대답하고는 빠르게 살매김을 한 뒤 과녁을 겨누고 잠시 호흡을 다스리는 유전의 동작도 제대로 하지 않고 화살을 날렸다.

시위를 떠난 화살이 까마득하게 날아가 엄지손가락만 하게 보이는 강변의 거룻배에 박혔다.

연호는 두 눈을 휘둥그레 뜨고는 양무오를 쳐다보았다. 그토록 빠르게 날린 화살이 족히 이백 장은 되어 보이는 거리를 날아가 정확하게 목표에 명중한 것이다. 도저히 믿기지 않는 솜씨였다.

흑 노사가 고개를 끄덕이며 입을 열었다.

"저것이 바로 맥궁의 진정한 위력이지. 삼 척의 길이에 불과한 맥궁에서 쏘아진 화살이 이백 장이 넘는 거리를 빠르게 날아가 박혀 드니 적들은 당할 수가 없었지. 과거 고구려가 대제국을 이룰 수 있었던 이유가 철기군과 바로 저 맥궁의 위력 때문이었다고 할 수 있지."

"……"

연호는 아무런 말도 하지 못하고 자신의 손에 든 맥궁을 매만지고 있었다. 흑 노사가 고구려를 언급하였기에 아버지의 얼굴을 잠시 떠올리기도 하였지만, 그보다도 그로서는 도저히 양무오와 같이 제대로 맥궁을 쏠 자신이 없었던 것이다.

흑 노사가 다시 말을 건넸다.

"이번에는 우리 연호의 솜씨를 한번 보자꾸나."

"예……"

연호가 힘없이 대답하고는 앞으로 한 발 나서자, 양무오가 자신의 호시를 한 대 건네주었다.

호시를 받아 든 연호는 전혀 자신이 없는 표정으로 살매김을 하고는 천천히 거궁을 하였다.

그 모습을 보고 있던 흑 노사가 나직하게 중얼거렸다.

"궁법 또한 이제까지 배운 것과 다를 바가 없다. 먼저 의념으로 네가 쏜 화살이 과녁에 명중하는 모습을 그려라. 그 다음 들숨을 단전에 가득 담고서 화살에 네 기를 모두 불어넣는다고 생각하여라."

연호의 등이 펴지고 만작이 이루어져 시위가 팽팽하게 당겨졌다.

맥궁의 줌통을 쥔 연호의 왼손이 잠시 흔들리다가 갑자기 딱 멈추어 서는 순간, 연호의 맥궁에서 호시가 날아올라 날카로운 파공음의 꼬리를 길게 늘어뜨리고 있었다.

아버지의 가르침대로 화살이 과녁에 닿을 때까지, 화살을 날리는 그 순간의 자세를 그대로 유지하고 있던 연호는 놀란 표정으로 흑 노사를 쳐다보았다. 그가 쏜 화살이 양무오가 날린 화살 바로 옆에 꽂힌 것이다. 연호 스스로도 도저히 믿을 수 없는 결과였다.

양무오가 믿기지 않는다는 표정으로 중얼거렸다.

"대단하군……."

"그래, 정말 제법이구나."

흑 노사도 살짝 감탄하는 표정이었다. 그조차도 연호가 단번에 성공하리라고는 생각을 하지 못한 모양이었다.

양무오가 다시 말을 건넸다.

"쓸 만합니다. 이 정도면 데려가도 제 몫은 충분히 할 것입니다. 다만 그것만 극복을 한다면……."

"그래, 그것은 이 아이가 스스로 극복을 해야겠지. 틈틈이 자네가 돌보아 주게."

"꼬맹이가 배울 마음만 있다면야 저로서는 가르쳐 보고 싶네요. 기본이 되어 있으니 연사나 속사도 금방 배울 것 같습니다."

"아마도 그럴 걸세. 연호, 너는 가서 화살들을 뽑아 오너라."

"예? 에, 예!"

멍하니 자신이 날린 화살을 보고 있던 연호는 엉겁결에 대답하고는 화살이 박혀 있는 거룻배를 향해 달려갔다.

잠시 후, 연호가 화살을 뽑아 들고 돌아오자 양무오의 모습은 보이지 않았다. 흑 노사만 혼자 서서 그를 기다리고 있었던 것이다.

연호가 고개를 갸웃하자 흑 노사가 말을 건넸다.

"무오는 군막으로 돌아갔다. 앞으로 그가 너에게 틈틈이 실전에서 쓰는 궁법을 가르쳐 줄 터이니 성심껏 배우도록 하여라."

"예! 저도 정말 놀랐어요. 유전도 하지 않고 그토록 빠르게 화살을 날리고도 정확하게 맞혔잖아요."

"놀랍기는 나도 마찬가지이다. 생각보다 궁법의 기초가 대단하구나."

"그야, 뭐 사부님이 요결을 불러 주셨잖아요."

연호는 흑 노사의 칭찬에 겸연쩍은 표정을 지어 보이며 머리를 긁적였다.

그래도 사부인 흑 노사의 칭찬에 어깨가 으쓱해지는 것은 어쩔 수가 없는지 그의 입꼬리가 살짝 말려 올라가고 있었다.

흑 노사가 실소를 흘리며 다시 말을 이었다.

"그럼 이제 한 가지만 극복하면 되겠구나."

"예? 그게 무슨 말이에요?"

"따라오너라. 가 보면 알 것이다."

흑 노사가 걸음을 옮기자 연호는 호기심이 어린 표정으로 급히 흑 노사의 뒤를 따랐다.

연호가 흑 노사의 뒤를 따라 여러 군막 사이를 지나 도착한 곳은 진영의 외곽에 세워진 낡은 군막의 입구였다.

아무런 깃발도 표식도 없는 군막 앞에 이른 연호는 살짝 인상을 찌푸렸다. 퀴퀴하고 음습한 냄새가 그의 후각을 강하게 자극하였던 것이다.

연호는 손으로 코를 막으며 물었다.

"사부님! 여긴 뭐하는 곳이에요. 냄새가…… 욱!"

"처음에는 미식거리겠지만 참다 보면 곧 적응이 될 것이다. 자, 들어가자꾸나."

흑 노사의 뒤를 따라 이상한 군막 안으로 들어선 연호는 코를 막고 주위를 두리번거리다가 온몸에 소름이 돋는

음산한 기운을 느끼고는 저도 모르게 흑 노사의 옷자락을 잡았다.

이윽고 흑 노사가 횃불을 한쪽에 걸자 연호는 얼굴이 파랗게 질리기 시작했다. 그곳은 시체들을 보관하는 곳이었던 것이다.

흑 노사가 겁에 질린 연호를 쳐다보며 말을 건넸다.

"어차피 네가 와 봤어야 하는 곳인데, 갑자기 출정이 결정되어 시기가 당겨졌구나. 보다시피 이곳은 시체를 보관하는 곳이다. 군진에는 이런저런 이유로 시체들이 생겨나지. 그런 시체들을 이곳에 잠시 모았다가 한 번에 매장을 한단다."

"그, 그런데 여긴 왜?"

"전에 말하지 않았느냐. 죽음에 익숙해져야 한다고. 살아 있는 우리가 죽음에 가장 가까운 모습을 보는 것은 이처럼 시체들을 보는 것이지. 저들도 불과 며칠 전까지는 살아서 숨을 쉬던 이들이니까 말이다."

"……."

연호는 멍하니 눈앞에 놓인 세 구의 시체들을 바라보았다. 사부인 흑 노사의 말을 들으며 점차 놀란 마음이 진정되기 시작하자 이번에는 죽은 이들이 측은해지기 시작했다. 흑 노사의 말대로 이들도 불과 얼마 전까지는 살아서 숨을 쉬고 말을 하던 자들일 것이기 때문이다.

흑 노사가 다시 말을 이었다.

"너를 이곳에 데려오려 한 것에는 보다 중요한 이유가 있다. 앞으로 너는 저기 죽어 있는 이들보다 더 차가운 심장을 가져야 하기 때문이다."

"그, 그게 무슨 말이에요? 차가운 심장이라니요?"

"냉혈의 인간이 되기 위해서는 차가운 심장이 필요한 법이지. 너는 언젠가는 무인이 되겠지만, 지금은 먼저 군인이 되어야 한다. 군인은 살인이 당연시 되는 존재이지. 너도 곧 살아 있는 사람을 죽여야 한다."

"사, 사람을 죽인다고요……."

연호는 이제껏 잊고 있었던 생각이 치밀어 오르자 정신이 혼란해졌다. 막연히 군사가 되어 전쟁에 나선다고 생각했지만 자신이 살아 있는 누군가를 죽여야 한다는 구체적인 사실을 깊이 생각해 보지는 않았다.

흔히 화가 나면 상대에게 죽여 버리겠다고 말을 하면서도 실제로는 살인에 대해 심각하게 생각하지 않는 것과 같은 이치였다.

연호는 무거운 바위가 가슴을 짓누르는 것 같았다. 다리는 후들후들 떨려 왔고, 머릿속은 헝클어진 실타래처럼 쏟아지는 생각들로 뒤엉켜 버렸다. 횃불에 일렁이는 시체들의 창백한 얼굴이 그의 두 눈에 박혀 들고 있었다.

흑 노사의 무덤덤한 말이 이어졌다.

명안대(明眼隊)

"사람이 사람을 죽인다는 것은 결코 쉬운 일이 아니다. 그래서 사람을 베는 자는 냉혈한이 되어야 한다. 적을 상대함에 있어 한순간의 망설임도 없어야 하기 때문이다. 망설임이 일어나는 그 찰나의 순간에 죽음에 이르는 자가 뒤바뀌는 곳이 전쟁터이고, 너는 앞으로 그곳에서 살아남아야 한다. 내 말을 이해하겠느냐?"

"예……"

연호는 어눌하게 대답하였다. 가슴으로는 자신이 누군가를 죽여야 한다는 사실을 아직은 받아들이지 못하고 있지만 머리는 흑 노사의 말을 이해하고 있었다.

흑 노사는 연호의 머리를 쓰다듬으며 말을 이었다.

"인간의 역사는 죽음의 역사이지. 한 인간의 죽음에서부터 국가의 멸망에 이르기까지, 수많은 죽음이 역사라는 이름으로 기록되고 있는 것이다. 그것은 또한 검의 역사이기도 하다. 검은 과거 신을 모시는 제사의 제기(祭器)로 만들어졌지만, 이제는 인간의 죽음을 관장하는 살기(殺器)가 되었다. 너는 바로 그 살인의 도구인 검의 주인이 되는 것이다. 이제 검을 뽑아라."

"예?"

연호는 의아한 표정을 지으면서도 허리춤에 차고 있는 검을 엉거주춤 뽑아 들었다.

흑 노사는 검을 쥔 연호의 손을 잡아끌었다.

연호는 그제야 사부의 뜻을 알고는 저도 모르게 눈을 질끈 감았다. 흑 노사는 연호의 검으로 시체의 배를 그어 가고 있었던 것이다.

흑 노사의 나직한 호통이 들려왔다.

"눈을 떠라! 검으로 살갗을 베어 내는 순간을 똑똑히 보고 손으로 그 느낌을 정확하게 기억하거라!"

스걱!

연호는 억지로 눈을 부릅떴다. 마치 두부를 베어 내는 것 같은 느낌이 검을 타고 손끝에 그대로 전해졌다. 연호는 사람의 살갗이 그처럼 손쉽게 잘려나간다는 것을 처음으로 알게 되었다.

한차례 검으로 시체를 긋고 나자 연호는 가쁜 숨을 몰아쉬었다. 힘이 들어서가 아니라 시체이기는 하지만 사람을 벤다는 압박감 때문이었다.

흑 노사가 다시 말을 건넸다.

"힘이 들 것이다. 시체를 베는 것도 그러하거늘 살아 있는 사람은 말해 무엇하겠느냐. 하지만 네가 살아남기 위해서는 익숙해져야 하는 것이다. 익숙해진다는 말이 얼마나 중요한 것인지는 지난 한 달 동안의 박투로 너도 뼈저리게 느끼고 있을 것이다. 사람을 베는 것도 그와 같다."

"……."

연호는 애써 호흡을 안정시키며 흑 노사를 쳐다보았다.

그의 말대로 연호는 익숙해진다는 것이 얼마나 중요한 사실인지를 잘 알고 있었다. 처음 죽을 것 같은 공포를 맛보고 나서 도저히 버틸 수 없을 것 같았던 박투 수련은 한 달이 지나자 그에게는 가장 즐거운 수련이 되었다.

익숙해진다는 것은 그만큼 중요한 것이었다. 죽음 또한 그러할 것이다. 자신이 누군가를 베고 자신 또한 누군가에게 죽을 수 있다는 사실에 익숙해짐에 따라 그도 두려움 없이 죽음을 바라보게 될 것이다.

그러나 오늘 명안대원들의 표정을 보니 죽음이라는 것은 좀처럼 익숙해지기가 쉽지 않은 것 같았다.

연호의 눈빛이 점차 안정을 찾자 흑 노사가 웃으며 말을 건넸다.

"처음 이곳에 들어설 때에는 냄새조차 이기지 못하던 네가 이제는 시체 냄새 정도는 무덤덤해지지 않았느냐. 사람을 베는 일도 곧 그렇게 될 것이다. 다만, 네가 앞으로 겪게 될 수 많은 죽음은 그 어느 것 하나 의미 없는 죽음이 없다는 것만은 반드시 기억하여라. 그것을 잊고 죽음에 익숙해진 자는 살귀가 될 수밖에 없을 것이다."

"예……."

"그래, 나는 먼저 군막으로 돌아갈 것이다. 너는 이곳에 남아 죽음과 좀 더 친해지도록 하여라. 그리고 스스로 생각해 봐서 전장에 나설 수 있겠다는 자신이 생기면 돌아오너라. 물론 그럴 자신이 생기지 않는다면 이대로 떠나도 좋다."

 말을 마친 흑 노사가 인자한 미소를 지어 보이고는 시체를 모아 놓은 군막을 떠났다.

 연호는 착잡한 표정으로 자신의 눈앞에 놓인 시체들을 다시 살펴보기 시작했다. 사부의 말대로 이제부터 이 시체들을 보면서 죽음에 익숙해져야만 하는 것이다.

 연호가 명안대의 군막으로 돌아간 것은 희미하게 동이 터 오는 여명이 비출 무렵이었다.

 그리고 그날 오전에 평로군은 사조의가 지휘하는 반란군을 토벌하기 위해 정주(鄭州)로 향하였다. 사조의는 안록산과 함께 안사의 난을 주도한 사사명의 서자(庶子)로, 아비인 사사명을 죽이고 반란군을 장악한 패륜아였다.

제**4**장

출정(出征)

"헉!"

잔뜩 긴장하여 굳어진 얼굴로 앞쪽을 노려보고 있던 연호는 누군가가 자신의 어깨를 가볍게 치자 화들짝 놀란 표정으로 고개를 돌렸다.

자신의 어깨를 친 사람은 다름 아닌 양무오였다. 그는 연호의 놀란 표정을 보고는 실소를 흘렸다. 처음으로 전투에 참가하여 적진을 앞에 두고 딱딱하게 굳어져 버린 연호의 얼굴에서 어린아이다운 모습을 본 것이다.

양무오가 곧바로 정색하며 말을 건넸다.

"무얼 그리 긴장하고 있느냐? 적의 진영이 코앞이니 정신을 바짝 차려야 할 것이다. 저기 목책 위의 초소들을 보아라!"

 연호는 양무오가 가리키는 앞쪽을 바라보았다. 자신이 있는 곳에서 오십 장 정도 떨어진 앞쪽에는 양쪽의 계곡 사이를 연결하는 성곽과 같은 높이의 목책이 희미하게 밝아 오는 여명에 모습을 드러내고 있었다. 삼 장의 높이로 높다랗게 세워진 목책에는 네 개의 초소가 자리하고 있었다.

 각 초소들에는 두 명씩의 적군이 번초를 서고 있었고, 그들의 옆에는 커다란 북이 매달려 있었다. 아마도 위급한 상황이 발생되면 북을 울려 신호를 하려는 모양이었다.

 다시 양무오의 말이 이어졌다.

 "지금부터 내가 하는 말을 반드시 명심하여야 한다. 너는 좌측에서 두 번째 초소를 맡아야 한다. 우리 명안대의 대원들이 목책에 접근할 동안 초소 위의 번초들을 살피고 있다가 그들이 수상한 낌새를 보이면 지체 없이 화살을 날려 그들을 제압해야 한다. 다른 방향에서 화살이 날아올 때에도 마찬가지로 즉시 놈들을 제압해야 한다."

 "예, 이미 숙지하고 있습니다."

 "그래, 반드시 명심하여야 한다. 우리의 임무는 대원들이 목책에 도달할 때까지 적의 북이 절대로 울리지 않게 하는 것이다."

 "예!"

연호는 결연한 표정으로 대답하였지만, 양무오의 눈에는 걱정의 빛이 남아 있었다. 범양에서 이곳 복양(濮陽)까지 이동하는 동안 틈틈이 가르쳤기 때문에 연호의 실력은 믿을 만하였지만, 아무래도 처음으로 실전에 투입되는 것이기에 제대로 임무를 수행할 수 있을지 걱정이 되는 것이다.

양무오가 어깨를 가볍게 두드려 주고는 이동하자 연호는 고개를 돌려 자신이 맡은 목책 위의 초소를 노려보면서 전통에서 화살을 뽑아 천천히 살매김을 하였다. 이어서 줌통을 쥔 왼손에 힘을 주면서 등을 살짝 펴자 시위의 탄력이 손끝을 타고 느껴졌다.

잠시 후, 앞쪽의 수풀이 바람에 흔들리자 연호의 눈에는 더욱 긴장의 빛이 돌기 시작했다. 드디어 명안대원들이 움직이기 시작한 것이다. 대원들이 목책에 도달하는 시간은 반 각 정도 걸릴 것이지만, 연호에게는 반 시진보다도 더 긴 시간이 될 것이었다.

점점 시간이 지나 손끝에서 땀이 느껴질 즈음, 연호의 표정이 딱딱하게 굳었다. 자신이 맡고 있는 번초의 적들이 놀란 표정으로 주위를 두리번거리고 있는 것이다. 아무래도 대원들의 접근을 눈치챈 것 같았다.

연호는 아랫입술을 꽉 깨물면서 자리에서 일어나 호흡

을 멈추고는 등을 활짝 폈다. 다소 느슨하게 걸려 있던 시위가 팽팽하게 당겨지며 만작을 이루었다.

순간적으로 시간이 정지된 느낌과 함께 북채를 드는 적군의 당황한 표정이 연호의 눈으로 파고들었다. 바로 지금이 시위를 놓아 화살을 날려야 하는 순간이었다.

그러나 연호는 시위를 놓지 못하였다. 손에 아교를 바르기라도 한 듯이 그의 오른손은 꼼짝달싹도 하지 않았다.

두려움이었다. 누군가를 죽여야 한다는 두려움이 그의 손을 아교처럼 감싸고는 꼼짝하지 못하게 하고 있는 것이다.

쉬익!

날카로운 소성과 함께 허공을 가르고 날아간 화살이 북채를 든 적군의 머리에 정확하게 박혀 들었다.

연호가 화들짝 놀라는 순간, 또다시 화살들이 허공을 가르며 네 개의 초소들을 덮쳐 갔다.

연호는 퍼뜩 정신을 차리고는 저도 모르게 시위를 놓았다. 그의 활에서 쏘아진 화살이 맹렬하게 허공을 날아 초소의 기둥에 박혀 들었다. 그가 쏜 화살은 빗나간 것이다.

놀란 연호가 황급히 다시 화살을 뽑으려는 순간, 다시 다른 쪽에서 화살이 날아가 적군의 가슴에 박혀 들고 있었다.

초소의 번초들이 모두 제거되고 주위가 다시 고요한 적막감에 휩싸이자 연호는 저도 모르게 털썩 주저앉고 말았다. 자신이 맡은 첫 번째 임무는 완벽하게 실패한 것이다.

짝!

연호의 뺨에서 불이 일었다.

"멍청한 놈! 우리 대원들을 모두 죽일 셈이냐!"

양무오가 눈을 부라리며 호통을 치고 있었다.

연호는 차마 고개를 돌려 양무오를 쳐다볼 수가 없었다. 그도 자신의 잘못으로 명안대원들을 사지로 몰아넣을 뻔했다는 것을 잘 알고 있었기 때문이다.

"뭐하고 있는 게야! 빨리 따라오지 않고!"

양무오의 호통에 연호는 퍼뜩 정신을 차렸다.

양무오가 저만치 앞쪽에서 달려가고 있었다. 그가 향하는 곳은 목책을 오르고 있는 대원들이 있는 곳이었다. 그들과 합류를 해야 하는 것이다.

잠시 후 양무오와 함께 목책에 도달한 연호는 곧바로 목책 위의 초소에 올랐다. 그사이 명안대원들은 이미 적들을 베고 목책의 문을 열고 있었다.

삐이익!

연호를 데리고 초소에 오른 양무오가 즉시 신호전을 쏘아 올리자 날카로운 소성이 허공에 울려 퍼졌다.

이어서 지축을 울리는 소리와 함께 대기하고 있던 평로

군의 철기대가 목책을 향해 파도처럼 밀려들기 시작했다.

"정신 차려라! 놈들이 몰려온다!"

양무오의 호통에 연호는 정신을 추스르고 앞쪽을 노려보았다.

목책 안쪽에 펼쳐진 군막에서 놀란 적들이 쏟아져 나오고 있었다. 적들은 대부분 갑주도 걸치지 않고 검이나 창을 들고 달려 나오고 있었는데 평로군의 기습에 당황한 기색이 역력하였다.

"화시!"

양무오가 나직하게 호통치자 연호는 재빨리 허리에 차고 있던 기름통을 바닥에 내려놓고는 화섭자를 꺼내 불을 붙였다.

쉭! 쉭!

불꽃이 일렁거리면서 양무오와 연호의 활을 떠난 화시들이 적의 군막을 불태우기 시작하였고, 평로군의 철기대가 무시무시한 기세로 덮쳐 가자 적의 진영은 더욱 걷잡을 수 없는 혼란에 빠져들고 있었다.

화시를 모두 날린 연호가 쳐다보자 양무오는 냉랭한 표정으로 입을 열었다.

"지금부터는 적의 장수를 노린다. 적들 가운데 무공이 뛰어난 자들을 노려라!"

"예!"

연호는 급히 화살을 시위에 걸고는 아래쪽을 살폈다.

적들은 대부분 평로군의 철기를 당해 내지 못하고 달아나기 바빠 보였다. 그러나 그 가운데서도 몇몇은 말에 올라 용맹하게 평로군의 철기들을 상대하고 있는 것이 보였다.

특히 연호의 눈길을 끄는 자는 백마를 타고 언월도를 휘두르고 있는 적장이었다. 구레나룻을 길게 기른 적장은 세 명의 장수들과 함께 평로군의 철기대를 상대하고 있었는데 언월도를 마치 가벼운 검처럼 휘두르며 철기대들을 물러서게 하고 있었다.

연호는 백마를 탄 적장을 목표로 정하고는 코로 숨을 크게 들이쉰 다음 단전으로 숨을 내렸다. 단전에서 열기가 치솟아 오르자 마음이 차분해지면서 목표로 한 적장의 분노한 얼굴이 선명하게 보이고 있었다.

연호가 천천히 등을 펴자 팽팽하게 당겨진 시위에서 일어난 진동이 그의 몸 전체를 울리기 시작했다. 백마를 탄 적장의 모습에서 시선을 떼지 않고 있던 연호는 서서히 잦아지고 있는 몸의 진동이 딱 멈추는 순간, 화살을 쥔 오른손을 슬그머니 미끄러뜨렸다.

쉑!쉑!

연호의 눈에 이채가 빠르게 스치고 지나갔다. 자신이 쏜 화살은 한 대인데 두 대의 화살이 거의 동시에 백마를

출정(出征)

탄 적장을 향해 날아가고 있는 것이다.

갑작스럽게 날아온 화살을 발견한 적장이 순간적으로 고개를 비트는 순간 첫 번째 화살이 아슬아슬하게 그의 투구를 비켜 갔다. 그러나 그 순간 거의 동시에 날아간 두 번째 화살이 사정없이 적장에 목에 틀어박히고 있었다.

연호는 백마를 탄 적장이 말에서 굴러떨어지는 것을 확인하고는 고개를 돌려 양무오를 쳐다보았다. 자신과 동시에 적장을 노릴 사람은 그밖에 없었던 것이다.

양무오는 실소를 흘리며 나직하게 말을 건넸다.

"꼬맹이, 운이 좋구나! 네가 적장 이회선을 잡았다."

"……"

연호는 묵묵히 고개를 끄덕였다. 그도 적장의 목을 꿰뚫은 화살이 자신의 것이라는 것을 알고 있었다.

비록 허공을 격하고 이십여 장이나 떨어져 있는 거리에서 날린 화살이었지만, 상대의 살갗을 손쉽게 찢어 내며 목을 파고드는 느낌이 그대로 전해졌기 때문이다. 전날 사부인 흑 노사의 손에 이끌려 시체를 검으로 베던 그때의 느낌 그대로였다.

연호는 물끄러미 자신의 손을 내려다보았다. 화살의 가운데인 줌통을 쥔 왼손은 펴지지도 않았고, 시위를 당겼던 오른손에는 소름이 돋아 있었다. 첫 살인의 감각이 그의 손끝에 그대로 전해졌기 때문에 놀란 것이다.

잠시 멍한 표정으로 자신의 손을 보고 있던 연호가 믿기지 않는 표정으로 다시 적장이 쓰러진 곳을 쳐다보았다. 평로군의 철기들이 남아 있던 적의 장수들을 도륙하고 있었다.

그 모습을 보던 연호의 눈에 이채가 스쳤다. 바로 이회옥이 철기대를 이끌고 있었기 때문이다.

이회옥의 무공은 연호가 상상하던 대로 굉장하였다. 이회옥은 마상에서 쓰는 긴 장검을 마치 작은 소검처럼 가볍게 쓰고 있었는데 그의 검에서 시퍼런 검광이 번뜩일 때마다 적장의 창이 잘라져 날아갔고, 적장의 목이 허공에 떠올랐다.

또한 이회옥은 적장의 목이 피 분수를 뿜으며 허공에 떠오르는 순간에도 한 치의 흐트러짐이 없었다.

이회옥의 모습에서 눈을 떼지 못하고 있는 연호가 갑자기 당황한 기색으로 고개를 돌렸다. 어느새 적장들을 모두 베어 버린 이회옥이 입가에 묘한 웃음을 지은 채 그를 쳐다보았기 때문이었다.

연호는 이회옥의 웃음이 어떤 의미인지를 알 수 없었지만, 그와 눈이 마주치자 왠지 그의 무공을 부러워하던 속내를 들킨 것 같아 부끄러워졌다.

"정신 차려! 가자!"

호통 소리에 퍼뜩 정신을 차린 연호가 다시 고개를 돌

렸다.

 이회옥은 이미 철기대들을 이끌고 달아나는 적들을 도륙하며 나아가고 있었고, 양무오 또한 검을 뽑아 들고는 신형을 날려 목책 아래로 뛰어내리고 있었다. 아마도 양무오는 다른 명안대원들과 합류하여 철기대를 피해 달아나는 적들을 베려는 모양이었다.

 양무오의 모습을 보고는 살짝 아랫입술을 깨물며 잠시 망설이던 연호는 눈빛을 차갑게 굳히며 맥궁을 갈무리한 뒤 검을 뽑아 들었다.

 마침내 연호는 베어진 병사들의 몸에서 뿜어진 피가 붉은 안개를 이루는 참혹한 전쟁터 속으로 뛰어들 결심을 한 것이다.

 스각!

 목책 아래로 뛰어내린 연호는 이미 목이 반쯤 베어 진 채 비틀거리던 적병이 무너지듯이 덮쳐 오자 본능적으로 몸을 피하며 상대의 배를 그어 버렸다.

 조금 전 적장을 화살을 잡을 때 느꼈던 살갗을 찢어 내는 이질감보다 더욱 진한 느낌이 손끝을 타고 그의 뇌리에 전해지고 있었다.

 자신이 검으로 배를 갈라 버린 상대가 검붉은 내장을 쏟아 내며 쓰러지는 모습을 본 연호는 화들짝 놀라며 뒤로 엉덩방아를 찧었다.

바로 그 순간 얼굴에 피 칠갑을 한 적 병사가 갑작스럽게 앞쪽에서 나타나 커다란 도를 휘둘러 그의 머리를 쪼개어 왔다.

두 눈을 휘둥그레 뜬 연호는 몸을 굴려 상대의 도를 피하려고 하였지만 몸이 움직이지 않았다. 전날 오골계 강연추의 발차기를 겪었을 때처럼 또다시 죽음에 대한 공포가 그를 마비시켜 버린 것이다.

스각!

좌측에서 도가 하나 불쑥 튀어나와 연호에게 덤벼들고 있던 적의 허리를 양단해 버리자 뜨거운 핏물이 연호의 얼굴로 쏟아져 내렸다.

"뭐야! 이 새끼가 뒈지려고 환장했냐! 오줌이나 지리고 있으려면 저기 찌그러져 있어, 새꺄!"

갑작스럽게 나타나 적을 양단시켜 버린 자는 오골계 강연추였다. 그는 냉랭한 표정으로 조소를 흘리며 연호에게 말을 내뱉고는 다시 또 다른 적을 베어 가고 있었다.

김이 모락모락 나는 뜨거운 피를 뒤집어 쓴 채 어리벙벙한 표정을 짓고 있던 연호가 갑자기 벌떡 자리를 박차고 일어났다. 강연추의 빈정거림에 퍼뜩 정신을 차린 것이다.

"에이, 시발! 닭대가리 새끼야!"

연호가 갑작스럽게 욕설을 내뱉자 강연추가 눈에 기광을 번뜩이며 연호를 노려보았다.

연호는 자신을 노려보는 강연추의 시선을 외면한 채 달아나고 있는 적에게 달려들며 상대의 등을 검으로 찍어가고 있었다.

"크악!"

자신의 검에 등을 찔린 상대가 비명을 지르며 꼬꾸라지자 연호는 손목을 비틀며 검을 뽑아내고는, 다시 그에게 도를 휘둘러 오는 적을 마주하여 나아갔다.

"지랄! 병신 새끼 삽질하네!"

강연추는 뻣뻣하게 선 채로 적을 맞이하는 연호의 모습을 보고는 냉랭하게 말을 뱉었다.

그러나 그의 말이 끝남과 동시에 눈가에 이채가 스쳤다. 뻣뻣하게 적을 맞이하던 연호가 갑작스럽게 신형을 낮추어 적의 품으로 뛰어든 뒤 어깨로 상대의 가슴을 찍어 뒤로 튕겨 내고는 곧바로 목에 검을 박아 넣고 있었던 것이다. 열네 살 어린아이의 솜씨로 보기엔 믿어지지 않을 정도로 깔끔한 기술이었다.

"병신 새끼, 그래도 금방 뒈지지는 않겠네……."

연호의 싸우는 모습을 지켜보던 강연추는 혼잣말을 중얼거리며 다시 신형을 돌려 적을 찾아 움직이기 시작했다.

"헉! 헉!"

연달아 두 명의 적을 상대한 연호는 가슴을 들썩거리며 거칠게 숨을 몰아쉬었다. 체력적으로 힘들어서가 아니라 이미 두 명의 사람을 제 손으로 베었다는 사실을 인식하자 저도 모르게 호흡이 가빠진 것이다.

"정신 차려라! 어떤 상황에서도 배로 숨을 쉬라고 하지 않았느냐! 들숨을 단전으로 내리고 중심을 안정시켜!"

귓전을 울리는 흑 노사의 호통에 연호는 화들짝 놀란 눈으로 주위를 둘러보았다. 그러나 사부인 흑 노사의 모습은 보이지 않았다.

연호가 어리벙벙한 표정을 짓는 순간 다시금 흑 노사의 호통이 귓속으로 파고들었다.

"지금 뭐하는 게야! 똑바로 정신을 차리고 적을 봐라! 우측!"

그러나 흑 노사의 호통이 끝나기도 전에 연호의 몸은 이미 움직이고 있었다.

연호는 몸을 낮춰 우측으로 구르며 검으로 상대의 다리를 그어 버렸다. 다리가 반쯤 잘린 상대가 그대로 주저앉자 연호가 발을 차올려 상대의 턱을 날려 버리고는 다시 허리를 튕겨 신형을 세웠다.

주위를 돌아보니 자신을 덮쳐 오던 상대가 바닥을 기며 달아나고 있었다. 냉랭한 표정으로 다가간 연호는 오른발로 상대의 등을 밟고는 검을 상대의 등에 내리찍었다. 바동거리는 상대를 차가운 표정으로 노려보고 있던 연호는 상대가 완전히 축 늘어지는 것을 확인하고는 발로 상대를 밀며 검을 뽑아냈다.

"지랄! 그냥 목줄을 끊어 버리면 되지 언제까지 기다리고 있냐!"

연호의 고개가 빠르게 좌측으로 돌아갔다. 강연추가 조소를 띤 채 쳐다보고 있었다.

강연추가 다시 말을 뱉었다.

"뭘 쳐다보냐? 병신 새꺄!"

"에이, 시발! 자꾸 병신이라고 하네!"

"뭐! 시발! 이 새끼가 뒈지고 싶냐!"

"퉤! 어느 놈이 뒈질지는 해 봐야지! 시발!"

"이 새끼가 병신 같은 놈들 몇 놈 해치우더니 눈에 뵈는 게 없나……."

강연추는 연호가 자세를 낮춘 채 냉랭하게 노려보며 말을 뱉자 어이가 없다는 표정으로 중얼거렸다.

연호가 다시 대꾸를 하려는 순간, 부대주 조주한의 호통이 들려왔다.

"야! 뭐하냐! 빨리 집결하라는 소리 안 들리냐!"

"너 이 새끼, 나중에 보자!"

"그러시든지……."

연호의 빈정거리는 대꾸에 강연추는 눈에서 기광을 뿜

어내며 잠시 노려보았지만 손을 쓰지는 못했다. 조주한이 두 눈을 부릅뜬 채 그들을 노려보고 있었기 때문이다.

연호가 다가가자 조주한이 빙긋이 웃으며 말을 건넸다.

"여! 첫 싸움부터 한 건 했다며!"

"예?"

"네 녀석이 적장인 이회선을 잡았다던데?"

"아, 그, 그거야 운이 좋아서……."

"운이고 지랄이고 꿩 잡는 놈이 매인 법이지! 나중에 한턱 내라, 이 녀석아! 포상금이 두둑이 나올 거다."

"포상금도 줘요?"

"당연하지. 이회선 정도면 아마도 은자 열 냥은 줄 거다."

"헤에! 은자 열 냥이나요?"

"그래, 그러니까 한턱 단단히 낼 각오를 하고 있어라."

"예. 헤헤!"

"지랄, 병신 육갑하네……."

적장을 잡은 공에 대해 포상금이 있다는 말에 연호가 실실거리자 강연추가 비아냥거리는 투로 말을 뱉고 지나쳤다.

연호가 미간을 찌푸리며 강연추를 노려보자 조주한이 연호의 어깨를 두드리며 말을 건넸다.

"저 새낀 또 왜 지랄이야. 자자, 신경 쓰지 말고 집결하러 가자!"

"예."

연호는 대답하고는 조주한의 뒤를 따라 걸음을 옮기면서 사부인 흑 노사를 찾아보았다. 그러나 여전히 흑 노사의 모습은 보이지 않았다.

❦   ❦   ❦

"이게 뭐냐?"

화살대를 손질하고 있던 양무오는 연호가 주머니 하나를 슬그머니 내밀자 의아한 표정으로 물었다.

연호가 머쓱한 표정으로 입을 열었다.

"포상금으로 받은 은자 열다섯 냥의 반인 일곱 냥이에요."

"그런데 왜 그것을 내게 주는 것이냐?"

"그야, 무오 형님께서 제게 궁을 가르쳐 주셨고, 그날 적장을 잡은 것도 사실 형님 덕분이잖아요."

"쓸데없는 소리를 하는구나. 네게 궁을 가르치는 것은 내가 스스로 원해서 하는 것이고, 그 날도 어차피 내가 쏜 화살이 아니더라도 놈은 네 화살을 피하지 못하였을 것이다. 괜한 짓 말고 그냥 넣어 두어라!"

"그냥 넣어 두게. 녀석이 그래도 기특하지 않은가 말일

세."

 양무오와 연호가 동시에 고개를 돌렸다.

 흑 노사가 빙긋이 웃으며 다가오고 있었다.

 연호가 반색하며 흑 노사에게 말을 건넸다.

 "어! 사부님, 어디 갔다 오세요? 한참 찾았잖아요."

 "왜? 나도 뭐 있냐?"

 "에이, 당연하죠. 사부님이신데. 여기요. 근데 사부님 것은 조금 작아요. 형님들한테 화주 사 주느라고 네 냥이나 썼거든요. 그래서 세 냥밖에 없어요."

 "흐음. 그래도 그게 어디냐. 고맙구나. 무오, 자네도 챙겨 두게. 나중에 돌아가서 전답이라도 조금 사려면 있을 때 챙겨야지."

 "그래요, 형님! 넣어 두세요. 전 앞으로도 공을 세울 일이 많을 거니까 그때 많이 모으면 돼요!"

 연호가 싱글거리며 말을 하자 흑 노사와 양무오는 어이가 없다는 표정으로 실소를 흘렸다.

 양무오가 다시 입을 열었다.

 "어쨌든 고맙구나. 그런데 한 가지 네게 물어볼 것이 있다. 네가 적장을 잡았다고 말해 주었을 때, 너도 이미 적장을 맞혔다는 것을 확신하고 있는 표정이더구나. 당시 상황을 생각하면 그리 확신하기가 쉽지 않았을 것인데, 어떻게 해서 네가 쏜 화살이 적장을 잡았다는 것을 확신하

출정(出征) 137

였느냐?"

"그야…… 손끝에 감각이 그대로 전해져서……."

"손끝에 감각이 전해지다니? 설마 네가 기궁을 안단 말이냐?"

자신의 말에 양무오가 화들짝 놀라며 묻자, 연호는 어리둥절한 표정을 지었다. 기궁이라는 말은 그로서는 처음 듣는 말이었기 때문이었다.

흑 노사가 고개를 가로저으며 말을 건넸다.

"기궁이라니 당치 않은 말일세. 저 아이의 내기는 이제 틀을 잡았을 뿐이네."

"그, 그렇겠죠. 근데 손끝으로 감각이 전해진다고 하니……."

양무오는 떨떠름한 표정으로 대답하면서도 믿기지 않는다는 눈으로 연호를 쳐다보았다.

그가 말한 기궁이라는 것은 화살에 내기와 의념을 담아 적에게 날리는 방법으로, 화살과 시전자가 내기로 연결되어 있어 화살을 통해 감각을 느낄 수 있을 뿐만 아니라 시전자의 의지대로 이미 날린 화살을 조종할 수 있는 지고한 경지였다. 그야말로 신궁의 경지에 이르러야 가능한, 궁사들이 꿈에서도 갈망하는 궁법이었던 것이다.

연호가 멋쩍은 표정으로 입을 열었다.

"그게, 기궁인지 뭔지는 아니고요. 그냥 느낌이 전해지던데요."

"느낌이라니, 어떤 느낌이었느냐?"

"그러니까 그게……. 화살촉이 살갗을 파고드는 느낌이나 상대의 놀란 근육이 수축되고 화살이 미세하게 진동을 하는 느낌 같은 것들이었어요."

"흠, 아마도 이 아이의 감각이 조금 남다른 것 같네. 이를테면 육감 같은 것이 남들보다 훨씬 발달되어 있는지도 모르지."

"육감? 예, 맞아요! 제가요 다른 것은 몰라도 일진이 사나운 날은 정확하게 알아요. 딱 느낌이 안 좋다 싶으면 그 날은 하루 종일 재수가 없었거든요."

연호의 말에 흑 노사가 실소를 흘리며 말을 받았다.

"흠, 그러냐? 안 그래도 검법을 배우지 못한 네가 검으로 적을 세 명이나 해치웠다는 말을 듣고 이제 검법을 가르쳐 줄 생각이었다. 검을 배워 보면 너의 그 특별한 감각이 정말 특별한 것인지 알게 되겠지."

"어, 정말요? 안 그래도 사부님께 검법을 가르쳐 달라고 하려고 했는데. 헤헤! 근데 특별한 감각을 알게 되다니 그게 무슨 말이에요?"

"검을 다루는 자에게 가장 필요한 건 상대의 검이 향하는 방향을 빠르게 읽는 능력이지. 물론 그러한 능력은 박투에서도 중요한 능력이지만, 한순간에 죽거나 치명상을 입게 되는 검투에서 특히 요구되는 아주 중요한 능력이란다."

"그, 그렇군요."

연호가 왠지 자신이 없는 것 같은 표정을 지으며 대답하자 흑 노사는 묘한 미소를 지어 보이며 말을 이었다.

"흠, 왜? 너의 그 예감이 잘 안 맞을까 봐 걱정이 되느냐? 아닌 게 아니라 말이 나온 김에 당장 나가서 검을 배워 보자."

"예? 지, 지금요?"

"그래, 지금 말이다. 무오, 자네도 심심하면 구경이나 오게."

흑 노사가 자리에서 일어나 밖으로 향하자 연호와 양무오도 머뭇거리며 그 뒤를 따랐다.

차앙!

흑 노사의 뒤를 따라 군막을 벗어나 으슥한 숲속의 공터를 향해 가던 연호는 흑 노사가 갑자기 검을 뽑아 자신의 목에 들이대자 두 눈을 휘둥그레 떴다.

"사, 사부님……. 갑자기……."

연호가 떨리는 목소리로 말을 건네자 흑 노사는 특유의 인자한 미소를 지어 보이며 입을 열었다.

"무오, 자네가 보기에 어떤가?"

"흠……. 확실히 조금 특별한 감각이 있는 것 같습니다."

양무오는 호기심이 어린 시선으로 연호를 쳐다보면서 대답했다.

흑 노사의 갑작스러운 발검은 웬만한 고수라도 제대로 대응하지 못할 만큼 빨랐다.

그런데 무위가 일천한 연호가 그 찰나의 순간에 제법 목을 틀어 비켜 서 있었던 것이다. 흑 노사가 그대로 검을 찔렀다 하더라도 치명상을 피할 수 있을 것 같았다.

흑 노사가 고개를 끄덕이며 검을 거두고는 다시 입을 열었다.

"재미있구나. 나도 너에게 이런 재주가 있는 줄은 몰랐구나. 특별한 감각이라……."

"아, 아니 사부님. 특별한 감각은 아니고요, 전 그냥 재수 없는 날만 잘 맞추는 건데요."

"그래, 그것도 특별하지. 그럼 제대로 검을 배워 볼까?"

"거, 검을 꼭 배워야겠죠? 헤헤!"

연호는 울지도 웃지도 않는 묘한 표정을 지었다. 검법을 배우게 되었으니 당연히 기뻤지만, 이상한 감각을 자꾸 거론하는 사부를 보니 얼마나 힘든 수련을 하게 될지 걱정이 앞섰던 것이다. 좀 전에 사부가 갑자기 검을 들이댈 때에도 모골이 송연해지면서 온몸에 소름이 돋았던 것이다.

다시 흑 노사가 말을 이었다.

"감각이라는 말이 나온 김에 관법에 대해 먼저 배워 보자. 관법이라는 것은 검을 마주하고 선 상대의 움직임을 살피는 방법이다."

"상대의 움직임은 그냥 눈으로 보면 알 수 있는 것 아니에요?"

"그래, 눈으로 보면 알 수는 있지. 그러나 조금 전에 내가 발검을 하였을 때 눈으로 보고 피할 수가 있겠더냐?"

"아, 아뇨……."

연호가 머쓱한 표정으로 말끝을 흐리자 흑 노사는 실소를 흘리며 다시 말을 이었다.

"눈으로 보았을 때는 이미 늦은 것이다. 그래서 관법을 익히는 것이다. 상대의 움직임을 미리 읽고 대비하기 위해서지. 먼저 관법의 첫째는 눈 두기이다."

"눈 두기……?"

"관법에서 가장 잘못된 눈 두기는 상대를 노려보거나 한 곳에 집중해서 보는 것이다. 흔히들 상대의 기를 죽이려면 험악한 눈빛으로 상대를 쏘아봐야 한다고 하는데, 그러다 먼저 골로 가기 십상이지."

"헉! 원래 싸울 때는 그렇게 하는 것 아니에요?"

연호가 놀란 표정으로 묻자 흑 노사는 천천히 고개를

가로저으며 말을 이었다.

"상대의 눈을 노려보면 현혹되기 쉽고, 상대의 손끝이나 발끝에 집중을 하다 보면 다른 쪽의 움직임을 놓쳐서 오히려 당하게 된다."

"그럼 어디에 눈을 두어야 해요?"

"눈은 한 점에 고정시키지 말고, 상대와 나 사이에 존재하는 공간 전체를 봐야 한다. 이른바 먼 산 보기라고 하지. 처음에는 공간을 본다는 것이 익숙하지 않겠지만, 수련을 계속하면 그 공간에서 일어나는 미세한 움직임도 놓치지 않게 된다."

"아, 그렇군요."

연호가 고개를 끄덕이자 흑 노사는 특유의 인자한 웃음을 지으며 말을 건넸다.

"말로 아무리 설명을 해도 쉽게 이해가 되지 않을 것이니 직접 해 보도록 하자. 검을 뽑아라."

"지, 진검을요?"

"그럼, 당연히 진검이 아니겠느냐? 목검을 대하는 것과 진검을 대하는 것은 마음가짐부터 다른 것이니. 특히 안법의 수련은 진검으로 하여야 한다."

"그, 그렇지만······."

연호는 말끝을 흐리며 허리에 차고 있던 검을 마지못해 뽑아 들었다. 진검으로 수련을 한다는 것이 두렵기는 했지만 설마 사부인 흑 노사가 자신을 죽이기야 하겠냐는 생각에 검을 뽑아 든 것이다.

연호가 검극을 흑 노사의 미간에 겨누자 미소를 짓고 있던 흑 노사의 눈에 순간적으로 기광이 어렸다.

순간 위험하다는 생각에 몸을 틀려고 했지만 이미 차가운 검의 감촉이 그의 목을 짓누르고 있었다.

연호가 떨리는 목소리로 입을 열었다.

"사, 사부님……."

"네가 무엇을 잘못했는지 알겠느냐?"

"그, 그것이 사부님의 눈을 보고 말았습니다."

"그래, 네가 내 눈을 보는 순간 너는 나의 안광에 이목이 흐려져서 나의 움직임을 놓친 것이다. 다시 해 보아라."

흑 노사가 검을 거두고 물러서자 연호는 차분하게 마음을 가라앉히고는 흑 노사가 일러 준 대로 눈을 살짝 아래로 내려깔면서 눈의 초점을 넓게 흩뜨렸다. 공간을 응시하려고 하는 것이다.

확실히 공간을 응시하려고 하자 흑 노사의 전체 모습이 눈에 들어왔다.

순간 흑 노사의 왼쪽 어깨가 살짝 흔들렸다. 발검을 하려는 것이었다.

연호는 재빠르게 검을 내밀어 흑 노사의 검을 막아 갔

다.
 퍽!
 "케엑!"
 연호가 신음과 함께 왼쪽 옆구리를 붙잡은 채 허리를 숙이고 있었다.
 연호의 시선이 온통 흑 노사의 검에 사로잡힌 순간 흑 노사의 오른발이 연호의 왼쪽 옆구리를 강타한 것이다.
 흑 노사가 한심하다는 표정으로 입을 열었다.
 "쯧! 그렇게 전체를 보라고 하였건만……."
 "아니, 검으로 공격하려고 하시다가 갑자기 각법을 쓰시면 어떻게 해요!"
 "이 녀석아! 상대가 어디 네가 원하는 대로 움직여 준다고 하더냐?"
 "씨이! 다시 해요!"
 "상대의 움직임을 관조하되 그 움직임에 사로잡히지 말아야 한다. 변화를 눈으로 쫓지 말고 감각으로 예측하여라!"
 흑 노사는 연호가 뾰로통한 표정으로 입을 내밀며 외치자 진중하게 말을 건네고는 다시금 검을 겨누며 자세를 잡았다.
 연호도 얼른 자세를 취하며 상대인 흑 노사의 발끝에서 머리끝까지를 차분하게 관조하기 시작했다.

퍽!

또다시 격타음이 들려오며 연호는 오른쪽 어깨를 잡고 펄떡펄떡 뛰고 있었다. 흑 노사가 연호의 어깨를 검면으로 강하게 두들긴 것이다.

어깨를 붙잡은 채 터져 나오는 신음을 억지로 누른 연호가 다시 자세를 취하자 어김없이 흑 노사의 공격이 이어졌다.

그러나 연호는 그 이후로도 한참 동안을 정신없이 두들겨 맞아야 했다. 공간을 응시하며 흑 노사의 움직임을 파악한다는 것이 결코 만만한 일이 아니었던 것이다.

그러한 흑 노사와 연호 사제 간의 수련을 지켜보고 있던 양무오의 눈에 이채가 나타났다가 사라졌다. 그는 흑 노사에게 정신없이 두들겨 맞고 있는 연호의 움직임에서 특이한 점을 발견한 것이다.

연호가 속수무책으로 맞고 있기는 하지만 묘하게 몸을 비틀며 반응하고 있었던 것이다.

분명히 조금 전 흑 노사가 갑작스럽게 검을 겨누었을 때와 같은 반응이었다. 연호 정도의 일천한 실력으로 흑 노사의 검에 반응한다는 건 기이한 일이었다.

연호를 두드리고 있는 흑 노사의 눈에도 점점 기광이 어리기 시작했다. 그도 연호의 기이한 반응을 느끼고 있었던 것이다.

한순간 흑 노사의 검이 빨라지는 듯싶더니 검극이 연호의 목을 파고들었다. 흑 노사가 손목을 돌려 검면으로 두들기지 않고 검극으로 연호의 목을 찌른 것이다.

스각!

흑 노사의 검이 연호의 목을 스쳐 지나가며 연호의 목에 자상을 만들어 냈다.

연호는 핏물이 배어 나오는 목을 붙잡고는 멍한 표정으로 사부인 흑 노사를 쳐다보고 있었다. 흑 노사가 진짜로 자신을 죽이려 하였다는 것이 믿기지 않는다는 표정이었다.

그러나 흑 노사는 연호의 시선은 아랑곳하지 않은 채 다시 검을 되돌려 연호를 찔러 왔다.

연호의 눈에 기광이 번뜩이더니 가슴을 빠르게 틀어 가슴을 찔러 온 흑 노사의 검을 가까스로 피하였다. 이번에도 어김없이 연호의 가슴에 자상이 생겨났다.

연호는 사부인 흑 노사가 미쳤을지도 모른다는 생각이 들어 그만하라고 소리를 치고 싶었지만 그렇게 할 여유조차 없었다. 흑 노사의 검이 이리저리 번뜩이며 폭풍처럼 그를 몰아쳐 오고 있었던 것이다.

오직 온 신경을 집중하여 흑 노사의 검을 피해야만 한다는 생각뿐이었다.

반 각 동안 연호를 정신없이 몰아붙이던 흑 노사의 검

이 갑작스럽게 딱 멈추어 섰다.

 그와 동시에 연호는 그 자리에서 허물어지듯이 쓰러져 버렸다. 흑 노사의 검이 멈추는 것을 확인한 순간 긴장이 풀려 정신을 잃어버린 것이다.

 쓰러져 있는 연호의 온몸은 상처투성이가 되어 있었고, 그의 무복에는 선혈들이 낭자하게 묻어 있었다.

 눈에 이채를 띠고 잠시 쓰러진 연호를 쳐다보던 흑 노사가 혼잣말을 중얼거렸다.

 "확실히 특별한 감각이 있군. 어쩌면……."

 "사신지안! 혹시 이 아이가 사신지안이 아닙니까?"

 옆에서 지켜보고 있던 양무오가 상기된 표정으로 흑 노사를 쳐다보며 물었다.

 흑 노사가 침중한 어조로 말을 받았다.

 "나도 그 생각을 했네. 이 아이가 내 검을 모두 피해낸 것은 현재 이 아이의 수준을 감안하면 불가사의한 일이네. 하지만 살기에 민감하게 반응한다는 사신지안의 전설이라면 충분히 설명이 되지. 하지만 자네도 알다시피 사신지안은 이미 인세에 나타나 있네."

 "하지만 사신은 모두 네 명이 아닙니까? 설령 이 장군께서 백호지안의 주인이라고 하실지라도 이 아이도 다른 삼신지안의 주인들 중의 하나일 수가 있는 것 아닙니까?"

"그럴 수도 있겠지. 하지만 사신지안이 현세에 동시에 나타난다는 것은 아무래도……. 사신지연!"

고개를 저으며 말끝을 흐리던 흑 노사가 무언가 생각이 났는지 놀란 표정으로 나직하게 소리를 쳤다.

양무오도 두 눈을 휘둥그레 뜨며 놀란 어조로 말을 뱉었다.

"사신지연! 천하의 주인을 바꾼다는 그 전설 말입니까?"

"쉿! 말조심하게! 행여 그 말이 회자되기라도 한다면 이제 발톱을 가지기 시작한 이 장군은 채 포효도 하지 못하고 사라지고 말 것일세."

흑 노사가 정색을 한 채 주위를 살피며 나직하게 말을 건넸다.

사신지연의 전설이나 이회옥이 백호지안의 주인이라는 말은 절대 누설되면 안 되는 것들이었다. 그러한 말들이 퍼진다면 이제야 겨우 힘을 가지기 시작한 이회옥과 평로군은 채 꿈을 가져 보기도 전에 무자비하게 짓밟히고 말 것이다.

양무오가 굳어진 표정으로 입을 열었다.

"한데 정말 이 아이가……?"

"음……. 기이한 감각을 지니고 있는 것은 분명하지만 아직 속단할 수는 없는 일이니 두고 보기로 하지. 일단 자네가 이 아이를 데려가 금창약이라도 좀 발라 주게. 나는 아무래도 이 장군을 좀 만나 봐야 할 것 같군."

"예, 알겠습니다."

양무오가 재빨리 연호를 들쳐 업고 군막을 향해 걸음을 옮기자, 흑 노사도 남쪽을 향해 신형을 날리기 시작했다. 그는 남쪽에 자리한 이회옥의 막사로 향하고 있는 것이다.

제5장
정주지사(鄭州之事)

붉은 황토색으로 앙상하게 말라 버린 떡갈나무 잎이 마침내 그 연을 다해 너풀거리며 바닥에 떨어져 내리고 있었다.
 바로 그 순간 허공을 가르는 섬광이 번쩍임과 동시에 허공에 멈춘 듯이 서 있던 떡갈나무 잎은 두 개로 갈라져 다시금 바닥으로 힘없이 떨어져 내렸다.
 철컥!
 검을 갈무리하는 연호의 얼굴에 득의의 표정이 떠올랐다. 그동안 팔방 베기와 오방 찍기만을 수련해 온 연호는 군막과 조금 떨어진 숲속에 들어와 베기 수련을 하던 중에 호기심으로 떨어지는 낙엽을 베어 본 것이다. 그 결과는 대만족이었다.

처음 안법 수련을 하면서 사부인 흑 노사의 검에 난자당하여 정신을 잃고 쓰러졌던 연호는 깨어난 뒤에도 사부가 자신을 죽이려 했다는 사실에 충격을 받아 제대로 정신을 차릴 수가 없었다. 아무리 그의 몸에 잠재된 기이한 능력을 이끌어 내기 위한 것이었다고는 해도 쉽게 받아들일 수가 없는 충격이었던 것이다.

그러나 양무오가 차근차근 상황 설명을 해 주고, 자신의 몸에 생겼던 자상들이 사라지자 그도 점점 마음을 다잡고는 사부인 흑 노사에게 검을 배우기 시작했다.

흑 노사가 처음으로 가르쳐 준 것은 오방 찍기와 팔방 베기였다.

오방 찍기는 찌르기를 수련하고, 팔방 베기는 여러 각도로 베는 수련으로, 검법의 초식을 익히기 전에 반드시 숙달시켜야 하는 기초 수련이었다.

비록 기초 수련에 불과한 오방 찍기와 팔방 베기였지만 연호에게는 커다란 즐거움이었다. 검을 다루는 법을 점점 알아 가기 시작한 것이다.

게다가 기초에 불과한 수련만으로도 그는 복양에서의 전투 이후 이곳 정주(鄭州)까지 오는 동안 겪었던 다섯 번의 전투에서 다른 명안대원들과 대등한 전공을 세우기도 했었다.

사부인 흑 노사의 말대로 자신이 검법에 대한 특별한 자질을 타고난 것인지 모르지만 검을 다루면 다룰수록 즐거워지는 연호였다.

 잠시 자신이 갈라 버린 떡갈나무의 낙엽을 쳐다보고 있던 연호는 허리를 숙여 갈라진 낙엽들을 소매에 갈무리하고는 막사를 향해 총총걸음을 옮겼다.

 사부에게 이것을 보여 주고 이제 초식을 가르쳐 달라고 떼를 쓸 작정이었다. 사부인 흑 노사가 지나가는 말로 낙엽이라도 제대로 가른다면 초식을 가르쳐 주마고 한 적이 있었기 때문이다.

 혼자 입가를 씰룩이며 막사를 향하던 연호는 연병장으로 쓰는 커다란 공터에 사람들이 모여서 웅성대는 것을 보고는 그곳으로 향하였다. 사람들이 손을 들면서 함성들을 내지르는 것을 보니 싸움 구경이라도 하고 있는 것 같았다.

 연호가 사람들 사이를 헤집고 앞으로 가서 보니 공터에서는 두 패로 나누어 공을 차고 있었다. 아마도 말로만 듣던 축국(蹴鞠)이라는 놀이를 하고 있는 모양이었다.

 연호가 다소 실망한 표정으로 돌아서려는 순간, 뒤에서 탁한 음성이 들려왔다.

 "꼬맹아! 여기서 뭐하냐?"

 명안대의 대주인 검우곤이 무뚝뚝한 표정으로 묻고 있

었다.

연호가 아쉬운 어조로 말을 건넸다.

"싸움이라도 난 줄 알고 구경하러 왔는데, 공놀이를 하고 있네요."

"공놀이? 하긴 축국이 공놀이이기는 하지. 근데 너는 저거 재미없냐? 저거 무지 재미있는데……."

검우곤이 연병장 쪽을 힐끔거리며 말하자 연호의 눈에 이채가 떠올랐다. 조는 것 외엔 도통 관심을 보이지 않던 검우곤이 축국이라는 공놀이에 상당한 관심을 드러내고 있었기 때문이다.

연호는 급히 표정을 바꾸며 다시 말을 건넸다.

"보기에는 무척 재밌어 보이는데요. 전 해 본 적이 없어서요. 대주님은 저거 잘하시죠?"

"나? 그야 당연하지! 내가 한때는 축국으로 이름깨나 날렸지. 꼬맹이, 너도 가르쳐 줄까?"

"예? 저, 저요?"

"흠. 어디 보자. 다리도 길고 허벅지도 튼실하니 제법 날래겠구나. 좋다! 너는 이제부터 우리 명안대의 축국 대표다. 가자, 당장 가르쳐 주마!"

"대, 대주님, 그게요……."

"왜? 내가 가르쳐 주는 게 싫으냐?"

검우곤이 살짝 인상을 찌푸리고 묻자 연호는 급히 손사

"그냥 해!"

"그렇지만, 장군님도 이번 시합은 우리 평로군의 자존심이 걸려 있으니 반드시 이겨야 한다고 하셨는데……."

"그러니까 시합하고 이기라고! 지면 나한테 다들 죽을 줄 알아!"

검우곤은 잔뜩 인상을 쓰면서 으름장을 놓고는 신형을 돌려 횅하니 막사로 돌아가 버렸다.

황당한 표정을 짓고 있던 조주한은 검우곤의 모습이 시야에서 완전히 사라지자 어이가 없다는 표정으로 말을 뱉었다.

"뭐야! 시박! 우리더러 뭘 어쩌라는 거야! 젠장!"

"형님, 대주 저 인간 미친 거 아니요? 성덕군 놈들은 어찌어찌한다고 해도, 보나마나 회홀 놈들과 맞붙을 텐데, 코흘리개 꼬맹이를 데리고 뭘 하란 말이요?"

"몰라, 시박 새꺄! 저 곰탱이가 그리 하라는데 나더러 뭐 어쩌라고!"

강연추가 연호를 힐끔거리며 볼멘소리를 하자 조주한은 짜증스럽게 대꾸했다.

애당초 축국 따위에는 별 관심이 없었던 연호도 본의 아니게 눈총을 받게 되자 슬그머니 짜증이 치밀어 올랐다. 더구나 앙숙인 강연추가 비웃는 듯한 표정으로 힐끔거리자 더욱 기분이 나빠지고 있었다.

정주지사(鄭州之事)

조주한이 연호를 쳐다보며 말을 건넸다.

"연호! 너 이리 와 봐라!"

"예……."

연호가 쭈뼛거리며 다가가자 조주한이 고개를 절레절레 흔들며 짜증이 섞인 어투로 물었다.

"너 축국하는 거 한 번 보기라도 했냐?"

"예? 아, 예. 조금 전에 저기 연병장에서 하는 거 봤어요."

"끙! 시박 뭘 어쩌란 말이야!"

"근데, 부대주 형님. 축국이란 게 어렵나요? 아까 보니 그리 어려워 보이지는 않던데……."

연호가 조주한의 옆에서 잔뜩 인상을 쓰고 있는 강연추를 힐긋 쳐다보고는 조심스럽게 물었다.

조주한은 어이가 없다는 표정으로 말을 건넸다.

"너 축국이 어떻게 하는 것인지는 아냐?"

"그게, 뭐 그냥 발로 가죽 공을 차서 우리 편에게 전해 주면 되는 거 아니에요?"

"하긴 뭐, 틀린 말은 아니다. 발만 써서 가죽 공을 우리 편과 주고받다가 상대편 구멍에 넣으면 되는 것이니 말이다."

"발만요? 손은 쓰면 안 되고요?"

"그래, 발만! 손은 절대 안 된단 말이다. 쉬워 보이면 한번 해 볼 테냐?"

"그럴까요?"

"호! 만구야! 이 녀석에게 공 한 번 줘 봐라!"

연호가 호기심이 어린 눈빛을 보이며 응하자, 조주한은 눈에 이채를 띠고는 저쪽에서 제기를 차듯이 공을 차고 있는 한만구에게 소리를 쳤다.

슝!

한만구가 찬 공이 바람을 가르며 연호에게 날아들었다.

연호가 몸을 살짝 띄워 날아오는 공을 제기 차듯이 가볍게 차 올렸다.

위로 튀어 오른 공이 머리 높이까지 치솟았다가 다시 떨어지자 연호가 조금 전 한만구가 하던 동작을 흉내 내며 계속해서 몇 번 공을 차올리자 조주한의 표정이 급변하였다.

가죽으로 둥글게 만든 공에 짐승의 털을 채워 넣은 축국 공은 제멋대로 튀기 때문에 처음 접하는 사람이 다루기에는 까다로운 물건이었다. 그러나 연호는 처음 공을 만지는 주제에 너무 쉽게 다루고 있는 것이다.

"너, 너 이 새끼! 거짓말했지!"

강연추가 놀란 표정으로 소리를 치자 연호는 어리벙벙한 표정으로 대꾸했다.

"거짓말이라니, 뭔 소리요?"

"너 이 새끼 축국은 오늘 처음 봤다면서!"

"처음 봤으니까 만구 형님처럼 따라하는 거 아니오?"

연호의 심드렁한 대꾸에 강연추는 말문이 막혔는지 다시 반박하지 못한 채 얼굴만 벌게지고 있었다.

조주한이 신기하다는 표정으로 입을 열었다.

"호! 이 자식이 제법 소질이 있네. 이번에는 만구에게 공을 차 주어라!"

연호가 고개를 끄덕이고는 한만구를 향해 공을 차자 정확하게 한만구의 발에 떨어졌다.

"햐! 요놈 요거 신기한 놈이네. 진짜 처음 해 보는 것 맞냐?"

"에이, 진짜라니까요. 제가 뭐하러 거짓말을 하겠어요."

"그래, 그래. 어쨌든 좋다. 넌 이제부터 훈련이고 식사당번이고 죄다 열외다. 내일모레 시합까지 축국 연습만 하는 거다!"

"그래도 되요? 사부님께서 뭐라 하실 텐데……."

"흑 영감님한테는 내가 말을 할 테니 신경 쓰지 말고 저리 가자. 일단 축국 규칙부터 설명해 주마!"

조주한이 염려하지 말라는 듯이 손사래를 치며 말을 건네고는 연호를 데리고 한만구 등이 있는 곳으로 향했다.

그러자 강연추는 잔뜩 미간을 찌푸리며 못마땅한 표정으로 연호의 등을 노려보았지만 곧 그 뒤를 따랐다.

조주한이 설명한 축국의 규칙은 간단했다. 손을 사용하지 않고 발이나 머리로 가죽 공을 주고받으면서 전진하여 상대편의 구멍 여섯 개 가운데 아무 곳에나 집어넣으면 한 점을 따는 것이었다.

 연호의 생각에는 별로 어렵지는 않아 보였다. 다만, 방어를 하는 상대가 공을 빼앗기 위해서 대부분 심하게 몸싸움을 건다고 하니 그 점은 주의를 해야 할 것 같았다.

 축국 규칙에 대한 설명이 끝나고 명안대원들과 함께 한동안 연습을 해 보자 연호는 공을 제법 잘 다룰 수 있게 되었다. 게다가 그동안 호되게 신법 수련을 한 효과를 보는 것인지, 아니면 축국이 생각보다 재미가 있었던 탓인지 스스로 생각하기에도 자신의 몸놀림은 무척 가벼웠다.

 그러한 연호의 몸놀림은 평로군 내에서 몸이 가장 날랜 자들이라고 하는 명안대원들도 모두 놀랄 정도였다.

 반 시진 정도 뛰고 나서 연습을 마치자 조주한은 연호에게 두툼한 피풍의 한 벌을 던져 주었다. 땀에 흠뻑 젖은 무복을 그냥 입고 있다간 고뿔에 걸리기 쉽다는 것이었다.

 피풍의를 등에 걸치면서 연호가 조주한에게 말을 건넸다.

 "근데, 훈련은 안 하고 왜 갑자기 축국을 하는 거예요?"
 "그야 회홀의 잡놈들이 우리 장군님의 심기를 건드렸기 때문이지."

"회흘의 잡놈들이라면……."

연호는 조금 전 연병장에서 축국을 하던 자들을 떠올렸다. 그러고 보니 그들은 모두 회흘족(위구르족)의 병사들이었던 것 같았다.

조주한이 다시 말을 이었다.

"그 회흘의 잡놈들이 이번 반란군 진압에 공을 좀 세웠다고 눈에 뵈는 게 없는지 온갖 개판은 다 치고 다니더니 급기야는 장군님이 듣는 데서 서슴없이 망언을 내뱉기까지 했다지 뭐냐."

"망언이라고요?"

"그 시박 새끼! 골력문라인가 뭔가 하는 새끼가 고구려가 비록 옛적에는 축국을 잘하기로 소문이 났었지만 이제 나라가 망하였느니 축국을 제대로 할지도 의문이라고 했단 말이지. 그 소리를 전해 들은 우리 이회옥 장군님이 열을 받으신 것이지!"

"그래서 회흘의 병사들과 축국 시합을 하기로 했단 말이네요."

"그렇지. 근데 시박! 우리가 축국을 해 본 지 하도 오래되어서 걱정은 된다. 회흘 시박 새끼들을 생각하면 그냥 훨훨 날아서 작살을 내 줘야 하는데 말이야……."

조주한이 착잡한 표정으로 중얼거리자 연호가 뭔가 생각이 났다는 표정으로 다시 물었다.

"그러고 보니, 회홀 병사들의 횡포가 심하다고들 하던데, 왜 다들 가만 놔둬요? 지난번에도 성덕군의 병사들이 회홀의 병사들에게 두들겨 맞는 것을 봤거든요."

"그거야, 다른 군 새끼들이 전부 병신들이라서 그렇지! 회홀 새끼들이 말을 좀 잘 타고 사납기는 하지만, 그래도 개자식들이 마음대로 설치는데 보고만 있으면 그건 병신 새끼들이지. 만약 우리 평로군에게 그따위로 했다간 개자식들 목줄을 다 따 버릴 거다. 이제껏 내내 돌궐족의 노예로 있다가 얼마 전에서야 겨우 얼어붙은 땅 한 쪼가리 차지한 놈들이 감히 우리 대고구려를 보고 망한 나라라고! 아, 시박! 또 열 받네!"

"아무튼 이번 시합은 반드시 이겨야 하겠네요."

"그렇지! 시박! 이번 시합에 지면 내가 먼저 돌아 버릴 거다. 그러니 너도 정신 바짝 차려야 된다."

"예? 제, 제가요?"

"그래, 이놈아! 난 너만 믿는다. 그리고 놈들이 거칠게 나올지 모르니 각오 단단히 하고. 혹시나 놈들이 몰래 손을 쓰거나 하면 팔모가지를 비틀어 버려라!"

"그, 그럴 게요……."

연호는 떨떠름한 표정으로 대답하고는 막사를 향해 걸음을 옮겼다.

불과 한 시진 전만 해도 축국이라고는 전혀 모르던 그

가 졸지에 회홀과의 축국 시합을 승리로 이끌어야 하는 존재가 되어 버렸으니 생각해 보니 황당한 것이다.

▼　　▼　　▼

"와! 와!"

평로군을 뜻하는 푸른 두건을 질끈 동여매고 축국 경기장에 들어선 연호는 고막을 울리는 함성에 어리둥절한 표정으로 주위를 둘러보았다.

너비가 사십 장 정도 되는 사각형의 경기장 양쪽 끝에는 다섯 자 높이로 목책을 세워 놓았고 그 목책에는 각기 두 개씩의 구멍이 나 있었다. 이번 시합은 일반적으로 행하는 육혈식이 아니라 쌍혈식으로 하는 모양이었다.

연호가 다시금 시선을 돌리자 경기장을 빽빽하게 에워싸고 있는 오군의 병사들이 보였다.

오군의 병사들은 반란군을 진압하기 위해서 이곳 정주(鄭州)로 진군한 평로(平盧), 성덕(成德), 노룡(盧龍), 위박(魏博), 회서(淮西)의 군사들이었다.

그리고 평로를 제외한 나머지 사군의 휘하에 각기 부대를 이루고 있는 회홀의 병사들도 다른 군사들과 함께 여기저기에서 무리를 이룬 채 모여 있었다.

특히 회홀의 병사들은 다른 오군의 병사들과는 달리 술

과 안주를 쌓아 놓고 이미 잔뜩 취한 상태로 괴성을 지르고 있었다. 그러한 행태는 그들이 제 무용을 믿고 얼마나 안하무인의 행동을 하는지를 잘 보여 주는 것이었다.

 연호는 좌측에 마련된 단상 쪽을 쳐다보았다. 그곳에는 오군의 절도사와 장수들이 자리를 하고 있었는데 그들 가운데에는 이회옥의 모습도 보였다.

 이회옥의 앞에는 둥근 얼굴에 콧수염을 기른 관리가 앉아 있었는데 그가 바로 평로군의 수장인 평로절도사 후희일이었다.

 그들이 앉아 있는 곳과 조금 떨어진 우측의 자리에는 체격이 크고 부리부리한 눈을 가진 이국적인 용모를 지닌 장수가 자리 잡고 있었다. 아마도 그자가 회홀 병사들의 우두머리인 골력문라인 모양이었다.

 "꼬맹아, 어리벙벙하게 두리번거리지 말고 정신 똑바로 차려!"

 연호의 옆에 선 강연추가 나직하게 외쳤다. 연호가 주위를 둘러보는 것을 보는 모습이 그의 눈에는 어수룩하게 보였던 모양이다.

 연호가 샐쭉한 표정으로 대꾸했다.

 "흥! 댁이나 똑바로 하시죠."

 "이 새끼가……."

 연호에게 눈을 부라리며 욕설을 내뱉던 강연추는 조주

한이 눈짓을 하자 노기를 억지로 누르며 말끝을 흐렸다. 중요한 시합을 앞두고 있으니 그가 참을 수밖에 없었다.
 "뭐야! 젖비린내 나는 애새끼가 여기 왜 있는 거야!"
 마주한 회홀의 병사가 조소 어린 표정으로 말을 뱉자 연호는 표정을 일그러뜨리며 그자를 노려보았다. 어눌한 한어였지만, 자신을 비웃는 말이 분명하였기 때문이다.
 연호가 한마디 쏘아붙이기 위해서 입을 여는 순간, 옆에 서 있던 강연추가 먼저 말을 뱉었다.
 "시발 돼지 같은 새끼가! 니들은 축국을 덩치로 하냐! 시발 새꺄!"
 "이런, 깜둥이 새끼가!"
 연호를 비웃었던 회홀의 병사가 강연추에게 눈을 부라리며 앞으로 나서자, 회홀의 병사들 가운데 수장으로 보이는 자가 그들의 말로 고함을 치며 그자를 만류하였다.
 조주한도 얼른 강연추에게 호통을 쳤다.
 "오골계 시박 새꺄! 시작도 하기 전에 사고를 치냐!"
 "시발 돼지 새끼가 빈정거리잖아요!"
 "됐어! 시박. 시합에서 반 죽여 놓으면 되잖아. 그만해라 새꺄!"
 "에이, 시발……."
 강연추가 뒤로 물러서자 연호는 슬그머니 그를 쳐다보았다. 회홀의 병사는 분명히 자신을 비웃었는데 강연추가 화를 내고 나서자 상당히 의외였던 것이다.

둥! 둥! 둥!

장내가 다소 소란해진 것을 보고는 고수가 급히 북을 울렸다. 시합의 시작을 알리는 북소리였다.

"간다!"

뒤쪽에서 들려오는 한만구의 외침에 퍼뜩 정신을 차린 연호는 힘차게 앞으로 내달렸다. 어제 하루 종일 연습한 대로 한만구가 뒤에서 날리는 공을 받기 위해서였다.

서너 걸음 앞으로 내달리던 연호는 회홀의 병사 하나가 슬쩍 자신의 발을 걸어오자 코웃음을 치면서 가볍게 몸을 띄워 올렸다.

그 순간 좌측에서 회홀 병사의 거대한 어깨가 연호의 몸통을 들이박았다.

"크억!"

나직한 신음과 함께 일 장가량을 튕겨져 바닥에 처박힌 연호는 숨이 콱 막혀옴을 느끼고는 정신을 차릴 수가 없었다.

"뭐해! 새끼야! 빨리 일어나!"

강연추의 외침을 듣고 연호가 억지로 신형을 일으키는 순간 다시금 쇠망치처럼 단단한 어깨가 또다시 그의 등을 찍어 버렸다.

"꼬마야! 집에 가서 엄마 젖이나 빨아라!"

이번에는 앞으로 두 바퀴나 굴러서 나뒹군 연호의 귀에 회홀 병사의 빈정대는 말이 들려왔다.

연호는 아랫입술을 깨물고는 뒤쪽을 노려보았다. 회홀의 병사들이 공을 주거니 받거니 하면서 평로군의 목책을 향해 다가서고 있었다.

이를 악다물고 다시 신형을 일으킨 연호는 또다시 뒤쪽에서 회홀의 병사 하나가 다가서고 있음을 느낄 수 있었다. 그들은 공과는 상관없이 제일 약해 보이는 자신을 집중적으로 공격할 심산인 모양이었다.

상대의 어깨가 닿으려는 순간 신형을 회전시키며 피해 버리자 자신을 공격하던 상대는 중심을 잃고 기우뚱거렸다. 바로 그 순간 연호는 강연추가 회홀 병사의 공을 빼앗아 자신이 있는 쪽으로 차올리는 것을 보고는 신형을 박찼다.

퍽! 퍽!

허공에 뜬 연호를 향해 두 명의 회홀 병사들이 어깨를 찍어 왔다.

연호는 또다시 공을 살리지 못하고 바닥에 나뒹굴어야만 했다. 이번에는 허공에서 공격을 당한 탓인지 충격이 훨씬 컸다. 느낌상으로는 늑골이 두어 개는 부러진 것 같았다.

"끙!"

낮은 신음을 토해 내며 힘겹게 몸을 일으키던 연호는 무심코 단상 쪽을 쳐다보았다. 이회옥이 그를 보고 있었다.

이회옥의 표정은 무덤덤하였지만, 그의 눈에는 기광이 어려 있었다. 맹수의 그것을 닮은 그의 눈빛은 마치 어린 새끼를 절벽에 굴리고 그 모습을 지켜보고 있는 어미와도 같았다.

이회옥의 눈빛을 본 연호는 저도 모르게 마음속 저 밑에서 치솟아 오르는 열기를 느꼈다. 그것은 다름 아닌 오기였다. 이대로 무너질 수 없다는, 이회옥에게만큼은 자신의 나약한 모습을 보여 주기 싫다는 기이한 의식이었다.

연호가 다시금 이를 악다물고 신형을 바로 세우자 그의 귓속으로 익숙한 외침이 파고들었다.

"어이구 이 녀석아! 그동안 배웠던 유법은 죄다 어디 갔다 버린 것이냐!"

분명히 사부인 흑 노사의 목소리였다.

연호는 재빨리 주위를 둘러보았다. 그러나 역시 이번에도 지난번처럼 흑 노사의 모습은 보이지 않았다.

"시발 새끼야! 정신 차려!"

강연추의 뾰족한 외침에 퍼뜩 정신을 차린 연호는 자신을 향해 날아오는 공을 보고는 급히 신형을 날렸다.

이번에도 어김없이 그의 뒤쪽에서 회흘 병사의 단단한 어깨가 파고들고 있었다.

연호가 급작스럽게 자세를 낮추자 그에게 달려들던 상

대가 그의 머리 위를 지나가고 있었다. 연호는 무릎을 튕기면서 오른쪽 어깨로 상대의 배를 쳐올렸다.

"큭!"

외마디 신음과 함께 연호에게 달려들던 회홀의 병사는 배를 잡고 나가떨어졌다.

연호가 상대를 날리고 다시 공을 향해 뛰어오르려는 순간 또 다른 회홀 병사의 발이 그의 다리를 찍어 왔다.

이번에는 연호의 신형이 계단을 밟듯이 상대 허벅지와 어깨를 차례로 밟으면서 허공에 뛰어올랐다.

그 순간 공은 연호의 얼굴을 향해 날아오고 있었다. 연호는 곧바로 신형을 눕히면서 오른발로 공을 후려갈겼다.

쾅!

"치잇!"

연호는 아쉬운 탄성을 흘렸다. 그가 날린 공이 아슬아슬하게 정면에 보이는 구멍의 바로 위를 두들겼던 것이다.

아쉬운 표정으로 바닥에 내려서던 연호는 곧바로 다시 신형을 날렸다. 구멍 위의 목책에 맞고 튀어나온 공이 그를 향해 날아오고 있었다.

연호가 뛰어오르자 두 명의 회홀 병사가 바짝 붙어서 그의 허리와 어깨를 짓눌러 왔다.

연호는 재빨리 좌측을 쳐다보았다. 강연추가 좌측에서 달려들고 있었다.

날아오는 공을 발끝으로 살짝 쳐올린 연호는 발목을 빠르게 놀려 좌측으로 공을 날리며 고함을 쳤다.

"닭대가리 형!"

"저 시발 새끼가!"

강연추가 욕설을 내뱉으며 뛰어올랐다.

강연추는 뒤쪽에서 튀어나오는 한만구를 보면서 머리로 공을 날렸다.

"호야!"

공을 받은 한만구가 날카로운 외침과 함께 우측으로 공을 차올렸다.

연호는 자신에게 다시 날아드는 공을 보면서 살짝 당황한 빛을 보였다. 공이 너무 높았다. 힘껏 도약한다고 하더라도 잡기에는 힘들어 보였다.

날아오는 공을 노려보던 연호는 어깨를 낮추고는 갑작스럽게 앞쪽의 회홀 병사를 찍어 갔다.

연호의 앞쪽에 있던 회홀 병사가 놀란 표정으로 어깨를 마주쳐 왔다.

연호는 상대의 어깨와 자신의 어깨가 마주치려는 순간 신형을 띄워 상대의 어깨와 머리를 차례로 밟으면서 도약했다.

바로 그 순간, 한만구가 차올린 공이 연호의 눈앞에 아른거렸다. 연호가 허공에서 신형을 옆으로 눕히며 날아가는 공을 정확하게 오른발로 후려갈겼다.

슈잉!

허공을 가르는 소성을 내며 날아간 공이 정확하게 정면에 보이는 목책의 구멍에 박혀 들었다.

"와! 와!"

구경하고 있던 병사들의 입에서 함성이 터져 나왔다. 드디어 첫 득점을 한 것이다.

신형을 비틀어 바닥에 착지한 연호는 함성이 터져 나오는 것을 듣고는 손을 번쩍 추켜올렸다.

퍽!

느닷없이 날아든 주먹이 연호의 턱에 작렬하자 연호는 피 분수를 뿜으며 나가떨어졌다.

"뭐야! 이 시박 새끼들이!"

뒤쪽에 있던 조주한이 욕설을 내뱉으며 달려와 연호를 부축하며 연호를 친 회홀의 병사를 노려보았다.

그자는 연호를 향해 삿대질을 하며 회홀 말로 고래고래 소리를 지르고 있었다.

"커억!"

갑자기 허공에서 발 하나가 날아와 연호에게 주먹을 날리고 삿대질을 해 대던 회홀 병사의 가슴을 찍어 버렸다. 발의 주인공은 강연추였다.

"이쌩! 시발……."

회흘 병사를 날려 버리고 욕설을 내뱉던 강연추는 옆에서 또 다른 회흘 병사 하나가 자신의 턱을 노리고 주먹을 날리자 뒤로 허리를 숙임과 동시에 신형을 비틀어 오른발로 상대의 턱을 찍어 버렸다.

"에이! 시박!"

회흘의 병사들이 소리를 치며 강연추에게 달려들자 연호를 부축하고 있던 조주한도 욕설을 내뱉으며 신형을 날렸다.

뒤이어 정신을 차린 연호와 한만구 등도 싸움에 가담하자 경기장 안은 순식간에 집단 난투장이 되어 버렸다.

꽝!

고막을 두드리는 폭음이 터져 나오자 난투극을 벌이던 명안대원들과 회흘의 병사들은 모두 동작을 멈추고 경기장의 한가운데로 시선을 돌렸다.

경기장 한가운데에는 장창 한 자루가 거의 자루 끝까지 땅에 박혀 있었다. 누군가가 무시무시한 괴력으로 창을 날린 것이다.

"동작 그만!"

장내를 쩌렁쩌렁 울리는 호통에 모두의 시선이 단상을 향했다.

회흘 병사들의 우두머리인 골력문라가 부리부리한 눈으로 시합장을 노려보고 있었다. 창을 날려 난투극을 끝낸 사람은 바로 그였던 것이다.

골력문라가 천천히 고개를 돌려 평로군의 수장인 후희일을 노려보면서 가래가 끓는 것 같은 탁한 목소리로 말을 뱉었다.

"우리 회흘의 풍습에 상대의 머리를 밟는 것은 상대가 버러지만도 못하다는 뜻이오. 그야말로 도저히 참을 수 없는 모욕인 것이오. 평로의 저 꼬맹이가 우리 회흘 병사의 머리를 밟아 모욕함으로써 시합을 망쳤으니 그 책임을 물어 저 꼬맹이를 베어야 할 것이오. 그렇지 않소이까?"

"그, 그게…… 그렇지만 죽일 것까지야 있겠소?"

골력문라의 기세에 눌린 후희일이 더듬거리며 반문했다.

그러자 후희일의 뒤에 서 있던 이회옥이 버럭 호통을 치면서 앞으로 나섰다.

"후 대인! 도대체 무슨 말을 하시는 것입니까! 축국 시합을 하는 자가 어찌 상대의 해괴한 풍습까지 염두에 두어야 한다는 말이오. 베어야 할 자는 평로의 저 아이가 아니라 먼저 주먹을 낸 회흘의 병사요."

이회옥의 호통에 후희일이 얼굴만 벌겋게 달아오른 채 대꾸를 하지 못하자 그 모습을 본 골력문라의 눈에 이채가 돌았다. 오군의 장수들 사이에서 떠도는 이회옥이 평로의 실세라는 말이 거짓은 아닌 것 같았다.

골력문라는 입가에 조소를 흘리며 중얼거리듯이 말을

뱉었다.

"평로의 군사들이 기강이 해이해져서 오군의 군기를 망친다고 하더니 그 말이 맞는 모양이군. 일개 부장 따위가 절도사에게 항명을 하다니 말이야."

"닥쳐라! 어디서 요언으로 평로군을 욕보이려 하느냐! 네놈이야말로 한낱 객장에 지나지 않는 놈이 감히 어디서 해괴한 소리를 해 대는 것이냐!"

이회옥이 삿대질하며 호통치자 골력문라는 어이가 없다는 듯이 그를 쳐다보았다.

골력문라는 조금 전 장창을 날린 솜씨에서 알 수 있듯이 오군 전체를 통틀어 무공이 가장 강한 장수로 알려진 자였다. 게다가 그의 휘하에 있는 회흘의 병사들은 하나같이 날래고 용맹하여 오군의 절도사들도 감히 그에게 함부로 하대를 하지 못하였다.

그런데 평로군의 부장인 이회옥이 그에게 이놈 저놈하면서 삿대질을 한 것이다. 아무리 평로군의 실세라고는 하지만 절도사도 아니고 일개 부장에 지나지 않는 이회옥이었다. 골력문라는 물론이고 오군의 절도사들도 모두 놀랄 수밖에 없는 일이었다.

뒤늦게 수치심이 드는지 골력문라는 기광이 번뜩이는 눈으로 이회옥을 노려보며 호통을 쳤다.

"이회옥! 네놈이 죽고 싶어서 환장을 한 게로구나."

"시끄럽다! 말도 안 되는 억지를 주장하다니 카간의 손자라는 것이 부끄럽지도 않느냐!"

"이놈!"

호통과 함께 이회옥을 덮쳐 가는 골력문라의 눈에 핏발이 곤두서 있었다.

골력문라는 자신이 회흘족의 나라인 오르혼 제국의 황제를 칭하는 카간의 손자라는 사실을 자랑스럽게 떠들고 다녔다.

하지만 사실 그로서는 가장 부끄러운 치부이기도 하였다. 결국 그가 당나라까지 와서 객장 노릇을 하고 있는 것은 형제들과의 황권 싸움에서 패하여 당나라로 쫓겨났기 때문이다.

"갈!"

이회옥이 짤막한 호통과 함께 신형을 가볍게 틀어 골력문라의 주먹을 피함과 동시에 무릎으로 골력문라의 명치를 찍어 버렸다.

대여섯 걸음 다급하게 물러난 골력문라가 빠르게 자세를 바로잡자 이회옥의 눈에 살짝 감탄의 빛이 흘렀다. 골력문라는 흥분한 가운데도 동물적인 감각으로 신형을 뒤로 튕겨 충격을 최소화한 것이다. 그렇지 않았다면 그는 배를 잡고 주저앉아 토사물을 게워 내고 있어야했다.

다시 자세를 취한 골력문라의 눈빛이 달라져 있었다.

그도 한차례의 공방으로 이회옥의 무공이 결코 만만하지 않다는 것을 직감한 것이다.

골력문라가 자세를 낮추며 허리에 차고 있는 낭아도의 손잡이에 손을 얹자 이회옥이 냉랭하게 말을 뱉었다.

"피를 보자는 것인가? 원한다면 기꺼이 베어 주지!"

이회옥의 손도 어느새 허리에 차고 있던 검자루 위에 얹어져 있었다. 골력문라가 생사를 건 싸움을 원한다면 기꺼이 응하겠다는 뜻이었다.

조금씩 앞발을 미끄러뜨리던 골력문라가 갑작스럽게 단상을 박차자 이회옥의 머리 위에서 섬광이 번쩍였다. 발도와 동시에 이미 상대의 머리를 쪼개어 가는 골력문라의 뇌전과도 같은 쾌도가 펼쳐진 것이다.

창!

이회옥이 대각으로 검을 들어 올려 낭아도를 쳐올리자 재빠르게 손목을 틀어 이회옥의 허리를 베어 가던 골력문라는 황급히 신형을 뒤로 튕겼다. 어느새 이회옥의 검이 그의 목으로 파고들었던 것이다.

가까스로 꼬치처럼 목을 꿰뚫릴 뻔하였던 위기를 모면한 골력문라가 가슴을 쓸어내리는 순간, 어느새 따라붙은 이회옥의 검이 뱀의 혓바닥처럼 그의 심장을 향해 파고들었다.

골력문라가 놀란 눈빛으로 엉겁결에 도를 내밀자 이회

옥은 검을 아래로 돌려 골력문라의 낭아도를 감아 위로 날려 버렸다.

눈 깜짝할 사이에 도를 놓친 골력문라는 믿기지 않는지 멍한 표정을 하고는 이회옥을 쳐다보았다.

그 순간 이회옥의 발이 날아들어 골력문라의 가슴을 사정없이 찍어 버렸다.

"커헉!"

골력문라는 신음과 함께 뒤로 바닥을 구르며 나가떨어졌다.

"이놈! 죽여 버리겠다!"

단상 끝에 이르러서야 겨우 신형을 가눈 골력문라는 수치심으로 인해 잘 익은 홍시처럼 벌게진 얼굴로 소리치며 다시 이회옥에게 달려들었다.

그러나 그가 가장 자신 있어 하는 유성낭아도법으로도 어찌할 수 없는 상대가 이회옥이었다.

이회옥은 자세를 낮추어 골력문라의 주먹을 가볍게 흘림과 동시에 한 발 앞으로 나아가며 팔꿈치로 골력문라의 목 뒤쪽에 자리한 마혈인 풍부혈(風府穴)을 찍어 버렸다.

혈도를 찍힌 골력문라는 그 자리에 맥없이 고꾸라졌다.

이회옥이 너무 손쉽게 골력문라를 제압해 버리자 장내에 있던 오군의 장수들과 병사들의 눈이 휘둥그레지고 있었다. 이회옥의 무공이 뛰어나다는 것은 소문을 들어 알았지만 골력문라를 가볍게 제압할 정도일 줄은 미처 몰랐던 것이다.

"골력문라가 오군의 수장들께서 계시는 자리임에도 너무 방자하게 날뛰므로 본관이 가볍게 징계했다. 너희 회홀의 병사들 가운데 나와 싸워 보고 싶은 자는 앞으로 나서라!"

이회옥은 재빨리 회홀의 병사들을 노려보며 큰소리로 호통을 쳤다. 회홀의 병사들이 동요하여 난동을 피우기 전에 기선 제압을 하려는 것이었다.

골력문라에 대한 회홀 병사들의 충성심은 절대적이었다. 그들이 골력문라가 죽은 것으로 오해하여 난동을 피운다면 진압을 해야 하는 오군의 병사들은 막대한 피해를 입게 되는 것이다.

이회옥의 생각대로 회홀의 병사들은 가벼운 징계를 했다는 이회옥의 말에 섣불리 움직이지 못하고 골력문라만을 주시하고 있었다.

"끙!"

짧은 침묵의 순간이 지나가고 나직한 신음과 함께 골력문라가 힘겹게 신형을 일으키자 회홀 병사들의 안색이 밝아졌다.

힘겹게 신형을 일으킨 골력문라는 잠시 허탈한 표정으로 이회옥을 노려보더니 고개를 숙이며 나직하게 중얼거리듯이 말을 뱉었다.

"졌소! 축국 시합도 졌고, 나도 졌소. 오늘은 평로군의 승리요."

"과연 장군은 대초원의 남자답게 호탕하시오!"

이회옥은 큰소리로 골력문라를 추켜세웠다. 비록 골력문라가 제 무공을 믿고 방자한 것은 사실이지만 용맹이 뛰어난 회홀 병사들의 수장이었다. 함부로 적으로 돌려서는 안 되는 인물인 것이다.

골력문라가 천천히 고개를 가로저으며 말을 받았다.

"당신에게 그런 말을 들으니 부끄럽소이다. 이회옥 당신이야말로 최고의 용사요. 그리고 평로군은 정말 용맹하오! 특히 저 꼬맹이의 용맹함은 참으로 인상적이었소."

"과찬의 말씀이오!"

겸양의 말을 건네며 가볍게 고개를 숙인 이회옥은 저도 모르게 슬쩍 미소를 지었다. 그가 의도한 바가 완벽하게 이루어진 것이다. 축국 시합을 빌미로 골력문라와 용맹한 회홀 병사들의 기세를 꺾음으로써 평로군은 오군에서 가장 강한 군대가 되었고, 그도 오군의 수장들에게 강자로서의 인상을 강하게 심어 주게 된 것이다.

"평로! 평로! 평로!"

평로군의 병사들 가운데 몇몇이 한 손을 치켜들며 평로를 외치기 시작하자 나머지 병사들도 따라서 연호했다. 연병장은 승리의 기쁨에 도취된 평로군의 연호 소리로 채워

지고 있었다.

나머지 사군의 병사들은 그저 부러운 시선으로 평로군의 병사들을 바라보고 있었다.

모든 평로의 병사들이 기쁨에 취해 있었지만, 단 한 사람 평로군의 수장인 평로절도사 후희일만은 표정이 딱딱하게 굳어져 있었다. 그는 자신에게 호통을 치던 이회옥의 모습을 잊지 못하고 있었다. 게다가 이번 일의 주역은 평로군의 수장인 그가 아니라 이회옥이었다.

사사로이는 이회옥의 고종사촌 형이 되는 후희일은 이회옥의 뛰어남을 어려서부터 잘 알고 있었다. 사실 그가 평로의 절도사가 된 것도 이회옥이 평로번진의 수장인 왕현지의 아들을 죽이고 그를 새로운 수장으로 추대했기 때문이다.

물론 과거에는 무공이 뛰어난 이회옥이 평로군의 군권을 장악하고 있는 것이 당연하게 여겨졌다. 그러나 정식으로 조정으로부터 평로절도사에 임명되고 나자 후희일은 점점 이회옥의 존재가 마음에 걸리기 시작했다. 그도 점점 욕심이 생겨나고 있는 것이다.

"형님, 무엇을 그리 생각하고 있는 것입니까?"

이회옥의 목소리에 퍼뜩 정신을 차린 후희일은 급히 안색을 바꾸며 말을 건넸다.

"그래, 네가 장한 일을 했구나. 우리 평로군을 외치는 저 연호 소리가 참으로 웅장하지 않느냐. 이제는 어느 누구도 우리 평로군을 함부로 대하지 않을 것이다."

"그렇습니다. 마땅히 그렇게 될 것입니다. 그리고 오늘은 저들이 용맹한 우리 평로군의 기상을 보여 주었으니 크게 상을 내려 주십시오."

"좋다. 당연히 그리하여야지. 저들에게 은자 열 냥씩을 상으로 내리도록 하여라."

"예, 그렇게 하겠습니다."

이회옥이 고개를 숙인 뒤 연병장 쪽으로 향하자 후희일은 순식간에 표정이 다시 차가워지고 있었다. 아무리 생각해도 외사촌 동생인 이회옥은 자신이 거두기에는 너무 큰 인물이었다.

제6장

전귀(戰鬼)

따악! 따악!

연호의 검이 손목을 잘라 오자 흑 노사는 검을 쥔 손목을 슬쩍 뒤로 빼면서 연호의 검을 흘리고는 검면으로 연호의 손목과 머리를 연이어 두들겼다.

챙그렁!

연호의 검이 바닥에 나뒹굴며 돌과 부딪혀 요란한 소리를 내고 있었다.

다급하게 검을 주워 드는 연호를 쳐다보며 흑 노사는 나직하게 호통을 쳤다.

"그렇게 말을 했는데도 손바닥의 조임을 이해하지 못하고 있구나! 검을 제대로 휘두르지도 못하면서 초식 운운하였더냐!"

"죄송합니다."

연호가 부끄러운 듯이 고개를 숙이자 흑 노사가 다시 말을 이었다.

"네가 들고 있는 것은 쇠몽둥이가 아니라 검이다. 상대를 후려치는 것이 아니라 베는 것이란 말이다. 손바닥의 조임 없이 무조건 검을 휘두르는 것은 쇠몽둥이를 휘두르는 것이나 마찬가지다. 팔에 쇠몽둥이를 두드려 맞은 자와 검에 베인 자의 차이가 무엇이냐?"

"그, 그것은 쇠몽둥이를 맞은 자는 팔이 부러지고 검에 베인 자는 팔이 잘려 나갑니다."

"바로 그것이다. 쇠몽둥이는 쇠의 무거움으로 상대를 부러뜨리지만 검은 날의 예리함으로 상대를 베는 것이다. 그런데 어찌하여 너는 검으로 상대를 치려고 하느냐?"

"치려고 하는 것이 아니라 베려고 한 건데……."

연호가 우물쭈물 말끝을 흐리자 흑 노사는 한심하다는 표정으로 다시 입을 열었다.

"쯧! 베려는 녀석이 검을 그따위로 휘두른단 말이냐! 상대를 베기 위해서는 검의 움직임과 속도가 어떻게 이루어져야 하느냐?"

"원을 그려야 하고, 속도는 처음보다 마지막이 빨라야 합니다."

"그러한 움직임을 만들어 내기 위해서는 어떻게 해야 하느냐?"

"손목을 부드럽게 하여 검을 상대에게 내던지듯이 휘두르고 마지막 순간에 손바닥을 조이면서 손목을 자신을 향하여 당기는 듯한 느낌으로 운용하여야 합니다."

"그렇다. 그와 같은 일련의 동작이 동시에 이루어졌을 때에야 비로소 검 끝에 힘이 실리고 속도도 마지막에 가장 빨라지는 것이다. 너는 무엇보다도 검을 쥔 손에 힘이 너무 들어가 있어 검이 둔하고, 상대를 베는 순간 손바닥을 제대로 조이지 못하여 검이 예리하지 못하다. 그래서는 힘을 제대로 검 끝에 싣지도 못할 뿐더러 날카롭게 상대를 베어 낼 수도 없다."

"죄송합니다."

연호가 또다시 고개를 조아리자 흑 노사는 조금 차분해진 어조로 말을 이었다.

"모든 무공이 마찬가지겠지만 특히 검은 처음 배울 때 잘못 습관을 들이면 평생 고치기가 힘들어진다. 특히 네가 익혀야 하는 전검은 찰나의 순간에 생사를 가르므로 더욱 그 점을 명심하여야 한다."

"......?"

흑 노사의 말이 쉽게 이해가 되지 않는지 연호는 의아한 눈빛으로 그를 쳐다보았다.

스각!

섬광이 번쩍이자 연호는 본능적으로 머리를 숙였다.

'이 녀석의 기이한 감각은 더 예민해졌구나!'

연호의 반응에 흑 노사는 속으로 살짝 감탄하였지만 내색은 하지 않고 말을 건넸다.

"방금 내 검을 보았느냐?"

"아, 아뇨. 못 보았습니다."

"그래, 검의 움직임은 눈으로 보거나 머리로 판단할 시간조차 주지 않는다. 이렇게 해야지 생각하면서 검을 다룰 수가 없다는 말이다."

"그럼 상대의 허점을 노리고 검을 벤다는 것은 무슨 말입니까?"

연호는 도무지 이해가 되지 않는지 어리벙벙한 표정으로 묻자 흑 노사가 천천히 고개를 끄덕이며 대꾸했다.

"그러한 의문이 들 것이다. 그러나 상대의 허점을 벤다는 것은 눈으로 보고 상대의 허점이라는 것을 판단한 뒤에 벤다는 말이 아니다. 너의 감각에 상대의 머리가 허점이라고 느껴지는 순간, 너의 검은 이미 상대의 머리를 베고 있어야 한다. 다시 말해서 관법을 익혀 감각으로 상대의 움직임을 느끼고, 몸에 검을 각인시켜 생각이 이루어지기 전에 적을 베어야 한다는 말이다."

"그것이……."

"무예가가 머리로 알고 있는 초식을 평생에 걸쳐 수련하는 이유가 바로 각인시키기 위한 것이다. 특히 전검은 더욱 그러한 수련이 필요하다. 너도 겪어 봐서 알겠지만 전장이라는 곳은 언제 어디서 검이나 화살이 날아올지 모르는 곳이다. 관법을 제대로 익히고 검을 네 몸의 일부로 만들지 못한다면 살아남을 수 없는 곳이라는 말이다."

"알겠습니다."

연호는 그가 겪었던 전장의 상황을 떠올리며 결연한 표정으로 대답했다. 수천 수백의 병사들이 뒤엉켜 싸우는 난전에서는 제대로 된 이성적인 판단 따위는 없었다. 베고 베다가 정신을 차렸을 때 살아 있다면 그제야 산 것이다. 그것이 전장이었다.

흑 노사가 천천히 고개를 끄덕이며 다시 말을 건넸다.

"내 말을 이해했다면, 기초 수련이 얼마나 중요한 것인가를 알 것이다. 오늘부터 다시 마음을 다지고 오방 찍기와 팔방 베기를 정확한 자세를 떠올리며 하루에 삼만 번씩 하도록 하여라."

"사, 삼만 번…… 후우…… 아, 알겠습니다."

연호는 힘없는 목소리로 대답하고는 고개를 숙였다.

잠시 후, 고개를 숙이고 있던 연호는 막사로 돌아가는 흑 노사의 뒷모습을 잠시 물끄러미 쳐다보았다. 검의 기초를 가르쳐 줄 때와는 달리 본격적으로 검을 배우게 되자 흑 노사는 다른 사람이 된 것 같았다.

축국 시합이 있은 이후에 위상이 달라진 평로군은 사조의의 반란이 완전히 진압되자 요서로 돌아가지 않고 청주로 진군하여 청주성에 자리를 잡았다. 평로절도사 후희일이 평로치청 절도사가 된 것이다.

명안대 역시 다른 평로군과 마찬 가지로 청주성에 주둔하게 되었고, 연호도 흑 노사의 지도 아래 본격적으로 수련에 박차를 가하게 되었다.

그런데 전쟁을 수행하며 기초를 배우던 때와 달리 본격적으로 무공을 수련하게 되자 사부인 흑 노사는 예전과 달리 무서울 정도로 엄격해졌다.

특유의 그 인자한 미소는 좀처럼 보기 힘들었고 주변에서 걱정을 해 줄 정도로 혹독하게 연호를 몰아붙였다.

얼마나 수련이 힘들었는지 오히려 다시 전쟁에 나가고 싶다는 생각이 들 정도였다.

그 덕분에 명안대원들과 하는 박투 대련이나 양무오의 궁법 수련은 연호가 가장 좋아하는 시간이 되어 버렸다. 오골계 강연추와는 여전히 티격태격하기는 하지만 다른 이들과는 축국 시합 이후로 형제와 같이 지냈기 때문에 연호는 그들과 보내는 시간이 가장 편했다.

이런저런 생각을 하며 잠시 흑 노사를 쳐다보던 연호는

이를 악다물고는 천천히 검을 들어 올려 흑 노사가 가르치던 검리들을 떠올리며 검을 내려 베기 시작했다.

이제는 수련이 아무리 혹독하여도 포기할 수가 없었다. 막연하게 무공을 익히고 싶었던 과거와는 달리 지금 그에게는 확실한 꿈이 생긴 것이다.

연호의 꿈은 이회옥을 닮는 것이었다. 철기대를 이끌고 장검으로 적을 베어 버리던 모습이나, 회홀의 용장 골력문라를 간단하게 제압해 버린 이회옥의 당당한 모습은 연호가 이제부터 그려 나갈 자신의 모습이었다.

▼ ▼ ▼

아우우!

대장으로 보이는 덩치 큰 잿빛 늑대가 날카로운 이빨을 드러내며 달을 향해 울부짖자, 사방에서 모여든 늑대들이 천천히 눈을 빛내며 괴인을 향해 다가들었다.

그러나 괴인은 백여 마리의 늑대들이 송곳니를 드러내고 다가와도 전혀 미동도 하지 않고 있었다.

크르르릉! 캬오!

괴인의 앞에 이르러 몸을 낮추고는 낮게 으르렁거리던 늑대들 가운데 세 마리가 각기 세 방향에서 뛰어들었다.

스각! 스각! 스각!

전귀(戰鬼)

섬광과 함께 세 번의 살을 베어 내는 듯한 소름 끼치는 소리가 울리자, 괴인을 향해 달려들었던 세 마리의 늑대가 동시에 바닥에 떨어져 뻗어 버렸다. 어느새 괴인의 손에는 한 자루의 검이 들려 새파란 광망을 뿜어내고 있었다.

캬오오!

세 마리 늑대의 죽음에 자극을 받았는지 늑대들은 더욱 흉포하게 괴성을 내지르며 사방에서 일제히 달려들기 시작했다.

괴인도 늑대들의 움직임에 맞추어 움직이고 있었다. 괴인의 발이 어지럽게 바닥을 쓸며 미끄러지듯이 움직였고 그의 허리가 좌우 전후로 꺾였다. 그와 동시에 그의 손에 들린 검이 쉴 새 없이 시퍼런 검광을 뿌려 댔다.

일각!

괴인의 주변에서 늑대의 으르렁거리는 소리가 사라지는 데 걸린 시간이었다. 일각 만에 칠십여 마리의 늑대가 시체가 되어 사방에 널브러졌고 나머지 늑대들은 모두 꼬리를 말고 도망쳤다.

사방이 조용해지자 괴인은 검을 사선으로 휘둘러 검에 묻은 늑대들의 피를 바닥에 뿌린 다음 검을 허리춤에 갈무리하였다.

이윽고 괴인은 주위를 슬쩍 둘러보고는 허리를 숙여 자신의 검에 베인 늑대들의 상처를 살펴보기 시작했다.

"여덟! 휴……."

마지막 늑대를 살펴본 괴인이 숫자를 내뱉으며 나직한 한숨과 함께 신형을 일으켰다.

"여덟이라……. 그 정도면 준수하구나."

괴인이 고개를 돌렸다.

뒤쪽에서 초로인 한 명이 다가오고 있었다. 갑자기 나타난 초로인은 바로 흑 노사였다.

"준수하다면……?"

괴인은 뭔가 기대 어린 눈빛으로 흑 노사를 바라보았다.

늑대들과 싸운 괴인은 바로 연호였다. 정주에서의 반란군 진압이 있은 이후 사 년이 지나 열여덟 살이 된 연호는 어린 소년에서 완전한 청년으로 성장해 있었다.

키는 육 척을 훌쩍 넘어 보였고, 혹독한 수련을 거친 몸은 무복을 입고 있어도 탄탄함이 그대로 느껴졌다. 날카롭게 치켜뜬 눈은 그대로였지만 우뚝 선 콧날과 다부진 턱은 호남아의 얼굴을 만들어 내고 있었다.

흑 노사가 오랜만에 특유의 인자한 미소를 지어 보이며 입을 열었다.

"일흔두 마리에 여덟이면 성에 돌아가도 될 것 같구나."

"정말이죠?"

연호는 반색하며 물으면서도 속으로 혀를 내둘렀다.

방금 나타난 흑 노사가 죽은 늑대의 숫자를 정확하게

알고 있었기 때문이다. 흑 노사의 관법의 경지가 어느 정도인지를 짐작케 하였다.

반면에 흑 노사 역시 연호의 상태를 살펴보고는 내심 감탄하고 있었다. 연호는 일흔두 마리의 늑대를 베면서도 여덟 마리를 제외하고는 모조리 정확하게 한 치 반의 깊이로 늑대를 베었다.

한 치 반의 깊이는 검으로 사람을 죽이는 데 가장 적당한 깊이였다. 짧아서도 안 되고 길어서도 안 된다는 것이 흑 노사의 지론이었다. 짧으면 적을 살려 줄 수 있고, 길면 쓸데없이 동작이 커진다는 말이었다.

무엇보다도 흑 노사를 감탄케 하는 것은 연호가 백여 마리의 늑대를 상대하면서도 단 한 군데의 상처도 입지 않았다는 것이다. 아마도 살기에 민감하게 반응하는 연호의 특이한 감각 탓일 것이다.

'사신지안! 이 아이는 분명히 사신지안을 지녔다. 백호와 현무는 아니니 청룡이나 주작일 터인데 과연 어느 쪽일까?'

연호를 감탄의 눈으로 쳐다보며 내심 의문을 떠올리던 흑 노사는 다시 미소를 지어 보이며 말을 이었다.

"어차피 더 이상은 네가 상대할 늑대도 남아 있지 않은 것 같고, 이 정도면 전검의 기본은 익혔다 할 수 있으니 그만 내려가야지 않겠느냐?"

"그, 그렇죠!"

연호의 얼굴에 화색이 가득하였다.

드디어 지난 여섯 달 동안 머물던 이 지긋지긋한 만랑곡을 떠나 청주성으로 돌아갈 수 있게 된 것이다.

▼   ▼   ▼

"어라? 분위기가 뭐 이래. 닭대가리 형! 무슨 일이라도 있어요?"

홀로 저녁 수련을 마치고 명안대의 숙소인 명안당으로 들어선 연호는 실내의 분위기가 무거운 것을 느끼고는 강연추에게 말을 걸었다.

"몰라, 색하!"

강연추가 퉁명스럽게 말을 뱉고는 밖으로 나가 버리자 연호는 고개를 갸웃하였다. 아무래도 무슨 사단이라도 난 것 같았다. 평소의 강연추라면 자신이 닭대가리라고 부르는 것을 가만히 듣고 있을 사람이 아니었던 것이다.

연호가 다시 검을 닦고 있는 한만구에게 다가가 옆에 앉으며 말을 건넸다.

"만구 형님! 뭔 일이요?"

"뭔 일은, 보면 모르겠냐?"

연호는 검을 닦고 있는 한만구의 모습을 보면서 퍼뜩 스치는 생각이 있었다.

바로 전쟁이었다. 무거운 실내 분위기와 세심하게 검을 닦고 있는 한만구의 모습은 전쟁이 다시 벌어졌음이 분명하였다.

"전쟁이요?"

"그래, 내일 아침에 곧바로 출정이라고 하니 너도 준비해라."

"흐음, 왜 갑자기 전쟁이지?"

"그야 모르지. 우리 같은 놈들이야 까라면 무조건 까야지 별 수 있냐?"

"쩝, 그런가? 나도 준비해야겠네."

연호는 입맛을 다시면서 말을 하고는 자신의 자리로 향하였다.

자신의 자리로 돌아온 연호는 전통을 꺼내 화살들을 살펴보다가 문득 비어 있는 흑 노사의 자리를 쳐다보았다.

흑 노사는 만랑곡에서 자신과 함께 돌아오지 않고 알아볼 것이 있다면서 이회옥에게 전할 서찰만 건네주고는 훌쩍 떠났다.

연호는 이제껏 흑 노사가 없이 전쟁을 치른 적이 없다는 사실을 떠올렸다. 어린 나이부터 전쟁에 참가하면서 흑 노사의 존재는 부적과도 같은 존재였다. 어떻게든 자신을 지켜 주리라는 믿음을 주는 존재가 사부 흑 노사였던 것이다.

실제로 흑 노사는 늘 연호를 주시하면서 그를 지켜 주었다. 연호도 무공을 수련하면서 자신이 위기에 처했을 때마다 늘 그를 일깨웠던 의문의 소리가 흑 노사의 전음이었다는 것도 알게 되었다.

그러나 이번에는 처음으로 흑 노사가 곁에 없는 상태에서 전쟁을 치러야 하게 되었다는 것을 생각하자 왠지 느낌이 이상했다. 분명히 죽을지도 모른다는 두려움 따위는 아니었다. 그도 이제 어린아이가 아니었기 때문이다. 아마도 늘 지니고 있던 것을 두고 가야 한다는 불안감 같은 것일지도 몰랐다.

이런저런 생각에 잠을 설친 연호는 새벽 묘시가 되자 명안대원들과 함께 연병장으로 나갔다. 연병장에는 오천의 평로군 철기대가 삼월의 새벽 기운에 허연 입김을 뿜어내며 집결해 있었다.

잠시 후 명안대주인 검우곤이 특유의 무뚝뚝한 표정으로 나타나서는 손을 들고서 빙빙 돌렸고, 그를 중심으로 백 명에 달하는 명안대원들이 둥그렇게 둘러쌌다. 출정이 있을 때마다 벌어지는 명안대의 의식이었다.

그러한 의식은 명안대의 특성 때문에 생겨난 것이다. 명안대원들은 다른 병사들과는 달리 적진 깊숙이 들어가서 임무를 수행해야 하기 때문에 전쟁의 상황을 세세하게 숙지하고 있어야 했다. 그래서 출정 직전에 대주인 검우곤이 직접 대원들을 모두 모아 놓고 상황을 설명하는 것이다.

검우곤의 상황 설명이 끝나고 명안대가 각자 말에 올라 출발을 했다.

연호는 고개를 돌려 철기대가 있는 쪽을 보았다. 이회옥도 이번 출정에 참가하는지 궁금해진 것이다.

그러나 이회옥의 모습은 보이지 않았다. 철기대를 이끌고 있는 것은 병마사가 된 이회옥에 이어 철기대주가 된 하목운이었다.

아쉬운 표정으로 고개를 돌리던 연호의 눈에 이채가 스쳤다. 뒤쪽에서 장수 하나가 급히 달려와 하목운과 말머리를 나란히 한 것이다.

뒤늦게 달려온 장수는 바로 설영이었다. 아마도 이회옥을 대신하여 그의 부관인 설영이 이번 출정을 참관하게 된 모양이었다.

지난 사 년 동안 이회옥의 처소에 갈 때마다 매번 마주쳤던 설영은 변함없이 퉁명스럽게 그를 대하였다. 그러나 연호는 묘하게도 그런 설영이 좋았다. 그와는 남다른 인연이 있었던 탓인지 어쩐지는 모르지만 여하튼 묘한 매력을 지닌 사람이 설영이었다.

하목운과 이야기를 하던 설영이 고개를 돌려 자신이 있는 쪽을 쳐다보자 연호는 손을 흔들었다. 주위가 어둡고

거리가 먼 탓에 자세히 보이지는 않았지만, 연호의 눈에는 설영이 피식거리며 웃고 있는 듯이 보였다.

※ ※ ※

 치주자사 왕이현의 집무실에 앉아 있던 설영과 하목운은 후희일이 들어서자 자리에서 일어나 목례했다.
 후희일의 뒤를 따라 하관이 갸름하고 하얀 얼굴을 지닌 전형적인 문사의 풍모를 지닌 자가 들어서고 있었다. 그가 이곳 치주의 자사인 왕이현이었다.
 설영은 후희일이 자리에 앉자 슬쩍 그를 쳐다보았다. 사 년 전 평로 절도사로서 이회옥과 함께 평로군을 이끌고 사조의가 일으킨 반란 진압에 참가했던 후희일은 그 공적을 인정받아 이제 평로치청 절도사로 임명되었다. 평로 이외에도 청(靑), 치(淄), 기(沂), 밀(密), 해(海)를 관장하게 되어 모두 여섯 주를 다스리는 제후가 된 것이다.
 그러나 물산이 풍부한 산동 지역의 대부분을 다스리는 제후가 되어 막강한 권력을 잡은 후희일이지만 병사들로부터의 신망은 전보다 더욱 잃고 있었다. 반란군 진압이 있은 이후에도 수차례 전투가 있었지만, 후희일은 병사들을 동원하여 사냥을 하거나 사찰이나 불탑을 세우는 일에

더 몰두하였기 때문이다.

게다가 군사들은 대부분 반란군 진압이나 그 이후의 전투에서 직접 그들을 이끌고 혁혁한 전공을 세운 이회옥을 존경하고 지지하였다.

특히 설영은 후희일의 모든 공적과 지위가 이회옥이 만들어 준 것임을 알기에 거들먹거리는 후희일을 내심 비웃고 있었다.

설영이 전서를 꺼내 놓으며 말을 건넸다.

"명안대로부터 전서가 왔습니다."

"흠, 그래?"

전서를 펼쳐 꼼꼼히 읽어 보던 후희일은 다소 심드렁한 표정으로 전서를 자신의 옆에 자리한 치주자사 왕이현에게 넘겼다.

심드렁한 표정의 후희일과는 달리 전서를 읽고 난 왕이현의 얼굴은 한결 밝아졌다. 연락이 끊긴 그의 휘하 군사인 치주군 오천의 행방을 명안대가 찾아낸 것이다.

후희일이 탐탁지 않은 표정으로 입을 열었다.

"알려진 것과는 달리 원세연이 무능하군. 기껏 제남성을 구원하라고 보냈더니 오히려 적에게 포위를 당했단 말인가?"

"아마도 관도에서 적의 매복에 당한 모양입니다."

왕이현이 조심스럽게 말을 건네자 후희일이 냉랭한 표

정으로 말을 받았다.

"그러니 하는 말 아닌가? 원군으로 간다면 당연히 매복에 신경을 썼어야지. 그래 창천곡은 어디인가?"

"예, 창천곡은 제남성의 초입에 있는 회룡산과 마주 보는 형산 사이의 분지와 같은 곳입니다. 놈들이 형산과 회룡산 자락에 군사를 숨겨 놓았다가 급습을 하였다면 원세연은 창천곡으로 피할 수밖에 없었을 것입니다."

왕이현의 말에 철기대주인 하목운이 코웃음을 치며 입을 열었다.

"흥! 놈들의 매복을 예상하지 못한 것도 어리석지만, 군사들을 창천곡으로 물린 것은 더욱 어리석은 일입니다. 창천곡과 같은 곳은 얼핏 보면 지키기가 좋지만 반대로 곡의 입구만 틀어막으면 빠져나오기도 쉽지 않은 곳입니다. 스스로 무덤을 판 격이지요."

"뭐, 어찌 되었든 간에 오천이나 되는 우리 군사가 포위를 당했으니 그들을 구해 내야 하지 않겠나?"

하목운의 말에 후희일이 대꾸하자 설영의 눈에 이채가 스쳤다. 원세연의 잘못을 비난하던 후희일이 갑자기 태도를 바꾼 것이다.

왕이현이 얼른 대답했다.

"원세연이 판단을 잘못하여 적의 함정에 빠졌지만 오천이나 되는 병사들을 죽게 놔둘 수는 없는 일 아니겠습니까?"

"그래, 그렇지. 흐음, 현재 치주에서 출정할 수 있는 병사는 얼마나 되는가?"

"그, 그것이 원세연이 최정예의 병력을 모두 이끌고 나간 터라 최소의 수비 병력을 제외한다면 거의 없습니다."

왕이현이 머뭇거리며 대답하자 하목운이 기가 차다는 표정으로 말했다.

"원세연이 이끌고 나간 병력이 겨우 오천인데, 그들을 제외하면 동원할 병력이 없다니 그게 무슨 말이오? 치주군의 병력이 그 정도밖에 안 된단 말이오!"

"억지로 동원하자면 더 있기야 하겠지. 그러나 반군이 기세등등하게 지척인 제남을 공격하고 있는 상황이니 만약을 대비하여 수성도 생각해야 할 것 아닌가? 치주의 병력을 무리하게 운용하였다가 적이 제남을 버리고 이곳을 노리기라도 한다면 어찌 막겠나?"

후희일이 콧수염을 만지작거리며 대꾸하자 설영과 하목운은 황당하다는 표정으로 그를 쳐다보았다. 반군이 이곳 치주를 공격할 가능성은 거의 없기 때문이다.

하목운이 이해할 수 없다는 표정으로 말을 건넸다.

"도대체 무슨 말씀입니까? 제남은 군세가 약하여 반군의 공격을 받았다고 하지만, 이곳 치주는 우리 평로치청의 육주 가운데 한 곳입니다. 저들이 감히 우리 평로치청을 상대로 전쟁을 벌인단 말입니까?"

"그러니까 만약이라고 하지 않았나! 세상사가 내 판단대로 되는 것은 아니지 않은가?"

"그러나……."

"각설하고, 이왕 자네가 제남의 원군으로 출정을 하였으니 우리 평로 철기대의 위용을 보여 주게. 이번 일은 자네의 철기대가 맡아 주어야겠네."

"하나……."

하목운이 선뜻 대답하지 못하자 후희일이 입가에 조소를 띠고 다시 말을 건넸다.

"평로군 최강의 부대라는 철기대와 명안대가 겨우 반군들 따위에 겁을 먹는단 말인가?"

"그런 것이 아니지……."

"알겠습니다. 군명이니 그리하겠습니다."

하목운이 답답하다는 표정으로 반박하려 하자 설영이 그를 만류하며 먼저 대답했다.

하목운이 놀란 표정으로 쳐다보자 설영은 냉랭한 어투로 다시 말을 이었다.

"후 대인의 말씀대로 겨우 반군들입니다. 동북 최강의 평로군이 반군들 따위와 세를 논할 수는 없지요. 이번 일은 우리 평로군이 전적으로 맡겠습니다."

전귀(戰鬼)

"좋네! 역시 설영답군. 기대해 보겠네."

후희일이 흡족한 미소를 지어 보이며 대답했다. 그러나 웃고 있는 그의 입매와는 달리 그의 눈은 차갑게 가라앉아 있었다.

▼   ▼   ▼

잠을 자며 휴식을 취하고 있는 다른 대원들과 달리 용호결을 운공하며 운기조식을 하고 있던 연호는 치주성에서 전서가 도착했다는 말을 듣자 조식을 멈추었다.

연호는 자신의 옆에 누워 있던 양무오를 깨우고는 검우곤의 곁으로 다가갔다.

잔뜩 인상을 찌푸린 채 전서를 읽고 있던 검우곤은 전서를 와락 구기면서 버럭 소리를 쳤다.

"니미! 미친 새끼들이……. 빨랑빨랑 모여!"

짜증이 가득한 검우곤의 외침에 어슬렁거리던 명안대원들이 후다닥 모여들었다.

순식간에 모여든 명안대원들은 모두 불안한 기색이 가득한 얼굴로 대주인 검우곤을 쳐다보았다. 그들은 감당하기 힘든 명령이 내려졌을 때 검우곤이 짜증을 낸다는 것을 잘 알고 있었다.

검우곤은 주위를 스윽 둘러보고는 천천히 입을 열었

다.

"전서가 왔다. 우리는 이쪽 회룡산과 건너편 형산에 매복해 있는 궁수대를 친다."

"미, 미친! 말도 안 됩니다. 적의 궁수대는 한쪽에 오백씩은 되는데 그놈들을 한쪽도 아니고 양쪽을 다 맡는다는 말입니까?"

조주한이 어이가 없다는 표정으로 말을 하자, 입가를 씰룩이던 검우곤이 버럭 소리를 질렀다.

"알아! 말도 안 되는 건 나도 아는데, 까라잖아! 잔말 말고 네가 반을 데리고 회룡산의 놈들을 맡아. 나머진 나와 함께 형산으로 간다."

"특히 건너편인 형산은 너무 위험합니다. 이쪽 회룡산은 산세가 험해서 궁수대만 어찌어찌 처리하면 되지만, 반대편의 형산은 구릉이 낮아 놈들의 지원대가 바로 산 아래에 주둔하고 있습니다. 자칫하다간 놈들에게 포위를 당할 수도 있단 말입니다."

"그래서 내가 간다잖아! 아님 네가 갈래? 잔말 말고 시키는 대로 해! 날이 밝기 전까지는 무조건 놈들을 모두 정리해야 한다. 우리가 놈들을 정리하고 신호전을 올리면 곧바로 철기대가 관도에 주둔하고 있는 놈들의 본대를 쳐서 창천곡의 입구를 열 것이다."

"입구를 열다니요? 철기대가 놈들을 제남까지 밀어붙이

는 것 아닙니까?"

 한만구가 의아한 표정으로 묻자 검우곤은 고개를 저으며 말을 이었다.

 "이유는 모르지만 지원대는 철기대만 온다. 아무리 우리 평로의 철기대라고 해도 오천의 병력으로 이만이 넘는 적의 본대를 완전히 무너뜨릴 수는 없다. 그러나 새벽에 기습을 한다면 잠시 밀어붙일 수는 있겠지. 그 틈에 창천곡의 치주군이 철기대와 합류를 해야 한다. 그렇지 않으면 철기대까지도 위험해 질 수 있다."

 "하지만 창천곡에 있는 치주군은 이번 작전을 모르고 있을 것 아닙니까?"

 "그렇겠지. 그래서 나와 함께 형산 쪽으로 간 놈들은 궁수대를 해치우고는 곧바로 산을 내려가 창천곡의 얼간이들을 데리고 입구를 돌파한다."

 조주한의 물음에 검우곤이 고개를 끄덕이며 대답하자 명안대원들의 얼굴에 긴장감이 어렸다. 양쪽의 궁수대 일천을 해치우는 일만 해도 버거운데, 급기야는 창천곡의 군사들까지 챙겨야 했다.

 검우곤이 명안대원들을 둘러보고는 곧바로 걸음을 옮기며 말했다.

 "홀수조는 나를 따르고 짝수는 주한을 따라가. 꼬맹이 너는 나와 함께 간다. 가자!"

명안대원들은 일사불란하게 움직여 검우곤과 조주한을 따라 이동하기 시작했다. 대주인 검우곤의 명령이 떨어진 이상 무조건적으로 움직이는 것이 명안대였다.

 검우곤의 바로 뒤에 붙어 따라가던 연호는 검우곤이 손을 들자 재빨리 신형을 낮추며 검우곤의 옆에 붙었다.
 검우곤이 손짓을 하는 방향을 보니 십오 장 밖에 반군으로 보이는 자들 두 명이 번초를 서고 있었다. 드디어 적들이 매복을 하고 있는 곳에 이른 것이다.
 검우곤이 손가락 두 개를 펴 보이더니 옆으로 손을 흔들었다. 두 명을 동시에 날리라는 의미였다.
 연호는 고개를 끄덕이고는 등에 매고 있던 궁을 풀었다.
 쉭! 쉭!
 연호가 연이어 날린 두 대의 화살이 번초를 서고 있던 두 명의 반군들 목을 거의 동시에 정확하게 꿰뚫었다.
 "가자!"
 검우곤이 나직하게 외치고 신형을 옮기자 그 뒤를 연호를 비롯한 명안대원들이 소리 없이 따랐다.
 이후 이각 정도를 전진할 동안 연호는 다섯 군데의 번초를 더 제거하였다. 반군의 번초들은 모두 궁을 지니고 있었는데, 아마도 산세가 낮은 형산으로 창천곡에 갇힌 치주군이 올라올까 봐 경계를 하고 있는 자들인 것 같았다.

 다시 건너편 회룡산의 능선이 가까이 보이는 지점에 이르자 검우곤이 신형을 낮추고는 앞쪽을 가리켰다.

 능선을 따라 어림잡아 사백 명은 되어 보이는 반군의 궁수들이 빽빽하게 자리를 잡고 있었다.

 검우곤이 연호를 돌아다보며 나직하게 물었다.

 "꼬맹이, 화살은 충분히 가져왔겠지."

 "그야 뭐 충분하죠. 게다가 널린 게 궁수들인데……."

 "그렇군. 어쨌든 네놈은 우리가 놈들을 습격하면 거리를 두고 따라오다가 신호전을 날리려는 놈들을 노려. 신호전 하나라도 허공에 오르면 넌 내 손에 죽는다!"

 검우곤이 웬만한 사람 머리통만 한 커다란 주먹을 내밀며 협박조로 말했다.

 연호는 자신의 머리를 검우곤의 주먹에 가져다 대며 대꾸했다.

 "젠장, 크기가 비슷하네. 알겠는데, 나 혼자 처리해요?"

 "그래, 너 혼자 해! 다른 놈들은 검수들을 지원해야 한다."

 "쩝! 알았어요."

 연호는 못내 아쉬운 표정으로 대답했다.

 그는 자신의 검법이 어느 정도인지를 가늠해 볼 겸해서 궁수가 아닌 검수로 싸우고 싶었다.

 그러나 검우곤은 가급적이면 그를 난전에서 떨어져 있

게 하였다. 아마도 사부인 흑 노사나 이회옥에게서 자신의 보호를 부탁받았던 모양이다.

검우곤이 다시 움직이기 시작하자 연호를 제외한 나머지 명안대원들도 신형을 낮춘 채 은밀하게 그의 뒤를 따랐다.

최초의 기습은 최대한 은밀하게, 이어 기습을 알고 적이 당황하는 순간은 폭풍처럼 밀어붙이는 것이 기습의 묘였다.

스각! 스각!

은밀하게 다가간 검우곤과 명안대원들이 졸고 있는 적의 목줄을 끊어 놓는 미세한 소리로부터 공격은 시작되었다.

뒤쪽에서 지켜보고 있던 연호도 재빨리 살매김을 하고는 앞쪽의 상황에 집중하며 전진하기 시작했다.

언제 누가 신호전을 올릴지 모르는 상황이었다. 검우곤의 말마따나 신호전이 오른다면 형산의 아래쪽에 있는 지원대가 움직여 명안대가 곤란해 질 수가 있었다.

쉭!

적들의 움직임을 주시하고 있던 연호가 재빠르게 화살을 날렸다. 삼조에 속해 있는 강연추가 적의 배를 가르는 순간 그의 뒤에서 다른 적군이 달려들고 있었다.

자신의 뒤에서 갑자기 적군이 쓰러지자 강연추는 놀란 눈으로 연호를 쳐다보았다.

전귀(戰鬼)

연호는 빙긋이 웃으며 손을 들어주었다.

 강연추는 눈을 흘기며 연호를 향해 주먹을 내밀어 보이고는 다시 신형을 날렸다.

 연호는 강연추가 손짓으로 욕을 하여도 그것이 그 나름대로의 고맙다는 표시라는 것을 알기에 혼자 실실거리며 이번에는 검우곤을 찾았다.

 대주인 검우곤은 명안대원들의 선두에서 적들을 상대하고 있었다. 커다란 덩치와는 어울리지 않게 바람처럼 움직이며 커다란 도로 적들을 베어 넘기고 있는 모습을 본 연호의 얼굴에는 감탄의 표정이 어렸다.

 전에는 막연하게 검우곤의 무공이 뛰어나다고 생각했지만, 이제 검을 조금 알고 나서 보니 검우곤의 무공은 정말 대단하였다. 도의 움직임에 불필요한 군더더기가 하나도 없었다.

 쐐액!

 검우곤의 무공에 정신을 팔고 있던 연호는 허공을 향해 시위를 당기는 적군을 발견하고는 급하게 화살을 날렸다. 무시무시한 속도로 날아간 연호의 화살은 적군이 시위를 채 놓기도 전에 그의 목을 꿰뚫어 버렸다.

 적을 해치운 연호는 고개를 갸웃하였다. 자신의 화살이 평소보다 훨씬 빠른 속도로 날아갔기 때문이다. 마치 한 줄기 뇌전이 허공을 가르는 것 같았다.

잠시 의아해하던 연호는 머리를 가볍게 흔들어 생각을 떨쳐 버리고는 전장을 주시하였다. 검우곤의 무공에 빠져 하마터면 신호전을 날리는 적을 놓칠 뻔하였던 것이다.

연호가 이리저리 재빠르게 움직이며 화살을 날려 댄 지 이각 정도가 지나자 상황이 점차 종료되고 있는 것 같았다.

연호는 검우곤을 찾았다. 그는 자신과 삼십여 장 떨어진 곳에서 적의 가슴에 박힌 도를 뽑아내고 있었다.

도를 뽑아낸 검우곤은 연호를 쳐다보며 크게 손을 돌렸다. 상황이 끝났으니 회룡산을 향해 신호전을 올리라는 지시였다.

연호는 전통에 손을 넣어 대나무로 감싼 신호전을 꺼내 들었다.

쉬잉!

연호가 날린 신호전이 불꽃과 함께 회룡산 저 너머 동쪽 하늘을 향해 허공을 갈랐다.

"가자!"

어느새 달려온 검우곤이 아래쪽의 창천곡을 향해 내달리며 소리쳤다.

연호는 회룡산 쪽을 한 번 힐긋 쳐다보고는 명안대원들과 함께 검우곤의 뒤를 따랐다.

선두에 서서 산을 내려가던 검우곤은 연호가 따라붙자 초조한 표정으로 회룡산 쪽을 쳐다보며 짜증스러운 어투로 말을 뱉었다.

"바보 같은 놈들이 아직도 처리를 못하고 뭐하는 거야!"

"곰 대주님 말을 들었나 보네요. 저기 신호전이에요."

회룡산 쪽에서 신호전이 올라 불꽃을 내며 동쪽을 향해 날아가고 있었다.

검우곤이 그제야 밝아진 표정으로 퉁명스럽게 말을 뱉었다.

"하여간 느려 터져 가지고! 근데 곰 대주가 뭐냐? 이 자식이!"

"제가 언제 곰 대주라고 했어요. 검 대주라고 했지!"

연호가 혀를 쏙 내밀며 대꾸하고는 속도를 올려 빠르게 내달리자 검우곤은 어이가 없다는 표정으로 실소를 흘리며 연호의 뒤를 따랐다.

▼   ▼   ▼

"철기대의 공격이 시작되었습니다."

땅바닥에 귀를 대고 있던 강연추가 일어서며 다급하게 외치자 검우곤은 치주군을 이끌고 있는 장수인 원세연을 향해 말을 건넸다.

"갑시다!"

"정말 적의 궁수대가 모조리 제거된 것이오?"

원세연이 불안한 표정으로 물었다.

검우곤의 옆에 서 있던 연호는 어이가 없는 표정으로 원세연을 쳐다보았다.

원세연은 키가 크고 체격이 좋아 갑주가 어울려 보였지만 그의 눈동자는 쉴 새 없이 흔들리고 있었다. 불안한 기색이 역력하였다.

검우곤이 답답하다는 듯이 소리를 쳤다.

"이보시오, 원 장군! 우리도 당신들과 같이 나가야 한단 말이오. 위험할 것 같으면 왜 같이 행동하겠소? 그러니 빨리 갑시다. 시간이 별로 없소이다."

"그건 그렇지만······. 조, 좋소이다. 진군 명령을 내리게!"

원세연이 힘겹게 결정하여 명을 내리자 부관이 급히 앞으로 달려갔다.

둥! 둥! 둥!

진군을 명하는 북소리가 울려 퍼지자 선두에 선 창병들이 먼저 움직이기 시작했다.

이각 정도가 지나 중군인 기마대가 반군의 궁수대들이 매복해 있던 지점을 지날 때까지도 아무런 반격이 없었다. 그제야 원세연의 얼굴에는 안도의 빛이 어렸다.

그러나 그의 안색은 다시 급변하였다. 갑자기 앞쪽에서

커다란 함성과 함께 급박한 북소리가 울리기 시작한 것이다.

둥! 둥! 둥! 둥!

"적의 반격이 시작되었습니다!"

부관이 다급하게 외치자 원세연이 놀란 눈으로 검우곤을 쳐다보았다.

검우곤은 전방을 노려보고 있었다. 창천곡의 허리에 해당되는 낮은 언덕의 정상에 이르렀던 창병들이 반군들의 공격을 받아 더 이상 진군하지 못하고 있었다.

한참 동안 전방을 노려보던 검우곤이 심드렁한 표정으로 입을 열었다.

"곡의 입구를 막고 있던 놈들의 저항이 시작된 모양이군. 대략 오천 정도 되는 것으로 알고 있으니 빨리 돌파합시다."

"오천이면 우리와 맞먹는 병력이 아니오. 게다가 저들은 지세가 유리한 곳에 자리를 잡고 있으니 돌파가 어렵지 않겠소?"

"도대체 무슨 소리를 하는 거요? 그럼 여기서 그냥 같이 죽자는 말이오?"

"그, 그런 것은 아니지만……."

원세연이 난감한 표정으로 말끝을 흐렸다.

연호가 보기에 원세연은 답답할 정도로 소심한 자였다.

"장군님! 선두에 선 창병들의 대열이 무너지고 있습니다!"

부관이 고함을 치자 일행들은 모두 앞쪽을 노려보았다. 희미한 여명이 비치기 시작하는 앞쪽의 언덕 위에 있던 창병들이 걷잡을 수 없이 무너지고 있었다. 그대로 두었다간 중군인 기마대조차 위험해 보였다.

검우곤이 다급하게 호통을 쳤다.

"멍청한! 저 언덕을 뺏기면 우리는 영원히 빠져나갈 수 없을 것이오! 당장 궁수대로 하여금 언덕 너머를 공격하게 하고 전열을 재정비하시오!"

"아, 알겠소. 궁수대 정렬!"

"명안대는 언덕까지 전속 돌진하라! 언덕을 확보해야 한다."

원세연의 외침이 터져 나오자, 검우곤도 명안대를 둘러보며 소리를 쳤다.

연호를 비롯한 명안대원들이 말에 박차를 가하며 전속으로 달려 나가기 시작했다. 모두들 잔뜩 인상을 쓰며 투덜거렸지만 상황이 급박함을 알기에 무능한 원세연과 치주군 탓을 하고 있을 여유가 없었다. 자칫하다간 철기대까지 위험하게 될 수 있었다.

가장 먼저 언덕의 정상 가까이에 이른 연호는 달려가던 말이 채 서기도 전에 검을 뽑아 들고 뛰어내렸다. 이미 반군의 상당수가 언덕의 정상 위에 올라와 있었던 것이다.

스각! 스각!

말에서 뛰어내림과 동시에 두 명의 적군을 가볍게 베어 버린 연호는 우왕좌왕하는 치주군의 병사들을 향해 내력을 실어 고함을 내질렀다.

"우리는 평로군 최강의 명안대다! 우리가 선봉을 맡을 것이니 치주군은 언덕을 사수하라!"

"시발! 뭔 헛소리냐!"

강연추가 연호의 옆에 내려서며 퉁명스럽게 말을 뱉었다.

연호는 자신에게 달려드는 두 명의 적군들을 일검에 베어 버리고는 강연추에게 말을 건넸다.

"어쨌든 정신은 차리게 해야죠!"

"지랄! 짜증나게 이게 뭐냐, 시발!"

강연추가 불만 가득한 표정으로 한 명의 적군을 베어 버리며 대꾸했.

그러나 연호의 외침은 확실히 효과가 있었다. 치주군의 병사들도 평로군 최강의 정예부대라는 명안대의 명성은 알고 있었다.

게다가 연호를 비롯한 명안대원들이 언덕 위에 도착하여 적들을 가볍게 베어 넘기며 공격을 주도하자 그들도 불안을 진정하며 사기가 오르고 있었다.

언덕 위에서 밀리던 창병들이 안정을 되찾고 다시 전진을 하기 시작하자, 원세연의 눈에는 놀람의 빛이 가득하였다. 불과 오십 명의 명안대원들이 전세를 바꿔 놓은 것이다.

검우곤이 다시 원세연을 채근하였다.

"그러고 있을 여유가 없소! 놈들이 전열을 재정비하기 전에 밀어 붙여야 하오! 언덕 위에서는 기마대가 선봉에 서야 하니 빨리 중군을 재촉하시오!"

"아, 알겠소! 중군은 전속 전진하라!"

원세연의 명에 따라 중군인 기마대가 속력을 냈다.

잠시 후 검우곤과 원세연이 중군을 이끌고 언덕의 정상에 오르자 온몸에 피 칠갑을 한 명안대원들이 그들을 맞이하였다.

원세연은 악귀와 같은 명안대원들의 모습에 질린 표정이었다.

하지만 검우곤은 언덕 아래쪽을 내려다보며 적진을 살폈다.

검우곤이 침음성을 흘리며 입을 열었다.

"음……. 놈들의 방어벽이 제법 견고하군."

"어, 어떻게 해야 하는 것이오?"

원세연이 불안한 표정으로 눈동자를 이리저리 굴리며 물었다. 방패수와 장창수가 앞에 서고 그 뒤에 기마대가

전귀(戰鬼) 219

도열을 하고 있는 적의 진형이 그에게는 단단한 철벽처럼 느껴졌다.

검우곤이 무덤덤하게 대꾸했다.

"방법은 하나밖에 없소. 그냥 뚫는 거지! 궁수대로 하여금 엄호를 하게 하고 기마대를 선봉에 세워 돌진합시다."

"하, 하지만 이대로 돌진하다간 기마대가 당할 것 같은데……."

"그러나 방법이 없소. 이미 날이 밝았으니 더 이상 미적거리다간 철기대와 만나지 못할 수도 있소!"

대꾸하는 검우곤의 얼굴에도 긴장의 빛이 살짝 내비치고 있었다. 그가 보기에도 반군의 진형이 단단해 보여 쉽게 돌파할 수 있을 것 같지 않았던 것이다.

그러나 선택의 여지가 없기에 그는 애써 무덤덤해지려고 하고 있었다.

히히히힝!

갑작스러운 말 울음소리와 함께 연호가 장창을 말에 걸고는 앞으로 달려 나가며 소리를 질렀다.

"제가 적진을 흔들어 놓을 테니 그때 돌진하십시오!"

"저 미친놈이!"

강연추가 어이가 없다는 듯이 소리쳤다.

그러나 연호는 이미 한참을 달려 내려가고 있었다. 그는 망설이고 있는 치주군에게 자극을 줄 필요가 있다는 생각을 한 것이다. 그리고 그 스스로도 믿는 구석이 있었다.

바로 사부가 말한 살기에 민감하게 반응하는 특별한 감각이었다.

검우곤이 다급하게 외쳤다.

"궁수대는 뭣들 하는가! 당장 적의 진영을 향해 화살을 날려라!"

연호가 홀로 말을 달려 내려가자 반군 진영에서도 놀랐는지 화살이 쏟아지지는 않고 있었다. 그러다가 연호가 가까이 다가가자 그제야 궁수들이 화살을 날리기 시작했다.

그러나 곧 새까맣게 날아드는 치주군의 화살 비 때문에 궁수들은 제대로 연호를 겨눌 수가 없었.

쾅!

연호가 내던진 장창이 방패진을 뚫고 네 명의 병사들을 꼬치처럼 꿰어 버렸다.

연호의 무시무시한 힘에 놀라고 있던 적들 가운데 일부가 진형을 풀고 연호를 향해 달려들기 시작했다.

연호는 기다렸다는 듯이 적진 속에 뛰어들어 적의 진형을 휘젓기 시작했다. 그를 막기 위해 화살이 쏟아졌고 창들이 파고들었다. 말은 이미 죽어 바닥에 쓰러진 데다가 그의 목을 노리고 사방에서 무기들이 날아들었다.

그러나 연호는 신형을 바람처럼 움직이며 적들을 조롱하고 있었다. 포위만 되지 않는다면 얼마든지 적을 상대할 자신이 있었다. 그리고 동작이 둔한 적들에게 포위되지 않을 만큼 신법에도 자신이 있는 연호였다.

"귀, 귀신! 저, 저건 검귀야! 인간이 아냐!"

치주군은 물론이고 반군 병사들의 입에서도 믿을 수 없다는 듯한 경악에 찬 외침들이 흘러나왔다.

시간이 지남에 따라 연호의 몸에도 자상들이 생겨나고 그의 핏물이 사방으로 튀어 올랐지만 연호는 여전히 빠르게 신형을 이동시키며 적들을 베어 내고 있었다. 또한 그의 검은 정확하게 한 치 반의 깊이로 상대의 숨통을 끊어 놓았다. 연호에게 있어 적의 병사들은 만랑곡의 늑대들과 다름이 없었던 것이다.

와! 와!

천지를 진동하는 함성과 함께 지축을 울리는 말발굽 소리들이 달려오고 있었다. 연호의 활약으로 적의 진형이 흐트러지자 치주군의 기마대가 맹렬하게 돌진을 시작한 것이다.

싸움의 결과는 이미 정해져 있었다. 치주군은 연호에게 자극을 받아 사기가 충천하였고, 반군은 이미 사기가 꺾여 있었으며 진형마저 흐트러져 있었다.

불과 이각도 채 지나지 않아 반군은 패퇴하여 달아나기

시작했다.

무의식중에 검을 휘두르고 있던 연호는 뒤쪽에서 누군가 달려드는 것을 느끼고 검을 뒤로 돌렸다. 그러나 상대에게서 살기가 느껴지지 않았다. 연호에게 달려든 이는 바로 강연추였다.

연호의 허리를 낚아챈 강연추는 발을 굴려 말에 뛰어오르면서 신경질적으로 욕설을 내뱉었다.

"미친 새끼! 네놈이 전귀(戰鬼)인 줄 아냐!"

"시발, 닭대가리. 빨리 좀 오지……."

연호는 희미하게 미소를 지으며 중얼거리고는 축 늘어져 버렸다.

확실히 늑대와 인간은 달랐다. 늑대들에게는 상처를 입지 않았는데 이번에는 꽤나 많은 피를 흘렸다.

제7장

귀검랑(鬼劍郎)

"꼬맹아!"

 검우곤이 명안당의 문을 열고 들어서며 소리를 지르자 제일 안쪽의 침상에서 연호가 하품을 하며 부스스 몸을 일으켰다.

"꼬맹아! 빨랑 일어나!"

"에이, 진짜! 꼬맹이는 누가 꼬맹이에요. 이제는 제가 대주님보다 키도 더 크잖아요!"

 연호가 짜증을 내며 대꾸했지만 검우곤은 특유의 무뚝뚝한 표정으로 말을 받았다.

"시끄럽다. 무조건 넌 꼬맹이야."

"자꾸 그러면 저도 곰 대주라고 부를 거예요."

"뭐, 그러든지. 뒈지고 싶으면……."
"치이! 근데 왜 불렀어요?"
"장군님이 찾으신다."
"쩝, 무슨 일이시지……."
 연호는 고개를 갸웃거렸다. 이회옥이 그를 찾을 이유가 딱히 생각나지 않는 것이다.
 검우곤이 침상에 벌렁 드러누우며 말을 건넸다.
"무슨 일인지는 가 보면 알 것 아니냐!"
"아무튼 다녀올게요."
"그려……."
 연호는 검우곤의 심드렁한 대꾸를 뒤로하고는 명안당을 나섰다.
 연호가 터덜터덜 걸어 이회옥의 처소인 백호각에 이르자 번초를 서고 있던 강진남이 반색하며 말을 건네 왔다.
"여! 연호 아니냐! 여긴 어쩐 일이냐?"
"장군님께서 찾으신다고 해서요."
"그러냐? 그래, 어서 들어가 봐라!"
"예, 형님도 수고하세요."
 연호가 인사를 건네고는 백호각 안으로 모습을 감추었다.
 그러자 강진남과 같이 번초를 서고 있던 목두향이 한껏

들뜬 표정으로 물었다.

"조장님! 저 사람이 바로 그 귀검랑 고연호 맞죠?"

"그래, 저 녀석이 그 무서운 녀석이지. 짜식! 코 찔찔거리며 찾아와서는 평로군의 병사가 되게 해 달라고 떼쓰던 때가 엊그제 같은데 이젠 헌헌장부가 다 되었네……."

"와, 귀검랑하고 잘 아시나 보네요?"

목두향의 얼굴에는 부러워하는 기색이 역력하였다.

평로군 최강의 부대인 명안대 내에서도 가장 용맹한 자로 알려진 귀검랑 고연호는 평로군 병사들에게 있어서는 경외심을 느끼게 하는 존재였다.

지난 삼월에 제남성의 반군을 제압할 당시, 창천곡의 전투에서 단신으로 수천 명의 반군 사이를 휩쓴 무용담은 이미 전설이 되었다. 귀검랑이라는 별명도 그때 얻은 것이다.

강진남은 가슴을 내밀며 으스대는 표정으로 말을 이었다.

"그야 당연하지! 저 녀석을 우리 평로군에 넣어 준 게 바로 나야!"

"어! 그래요. 전 황 조장님이라고 들었는데……."

"뭔 헛소리야. 기천이 그놈은 그냥 구경만 했고, 내가 다 손을 썼는데 말이야. 너 아까 연호가 나더러 형님이라고 하는 거 못 들었냐?"

귀검랑(鬼劍郎) 229

"그러고 보니 정말 형님이라고 한 것 같네요. 이야, 우리 조장님 대단하시네요."

"그러니까 너도 이 자식아 내 말만 잘 들으면 군 생활이 팍팍 풀리는 거야!"

"옛! 충성을 다하겠습니다."

강진남은 목두향의 호들갑스러운 아부가 마음에 드는지 입가에 흐뭇한 미소를 지어 보였다.

이회옥의 집무실인 백호전의 문 앞에 이른 연호는 때마침 설영이 이회옥의 방을 나서는 것을 보고는 반색하면서 말을 건넸다.

"어, 형님! 오랜만이네요."

"이 자식이, 누가 네 형님이냐!"

"에이! 왜 그러십니까. 우리가 하루 이틀 본 사이도 아니고 말입니다. 그나저나 형님은 어째 나날이 얼굴이 예뻐지십니까? 쩝! 예뻐졌다고 하니 좀 이상하긴 하네……."

연호는 말끝을 흐리며 고개를 갸웃거렸다. 확실히 설영은 보면 볼수록 영준한 얼굴이었다. 어렸을 때에는 설영의 무공이 무서워 감히 얼굴도 제대로 쳐다보지 못한 탓에 몰랐지만 친하게 되고 보니 설영은 정말 영준한 용모를 지니고 있었다.

잠시 눈에 이채를 띠고 연호를 쳐다보던 설영이 다시

걸음을 옮기면서 말을 건넸다.

"객쩍은 소리랑 하지 말고 어서 들어가 봐라. 장군님께서 기다리고 계신다."

"예! 그럼 형님 나중에 뵙겠습니다. 언제 술이나 한 잔 사 줘요!"

"어린 녀석이 무슨 술타령이냐!"

저만치 걸어가고 있던 설영은 뒤도 돌아보지 않고 퉁명스럽게 대꾸를 했다.

하지만 연호는 뭐가 그리 좋은지 연신 싱글벙글하며 설영을 향해 손을 흔들고 있었다.

연호가 집무실로 들어서자 차를 마시고 있던 이회옥은 반색하면서 말을 건넸다.

"어서 오너라. 차 한 잔 하겠느냐?"

"예, 뭐, 주신다면 마셔야지요."

"녀석……."

이회옥은 실소를 흘렸다. 그는 퉁하게 말을 하는 연호가 마냥 귀여운 것이다.

이회옥은 처음 저잣거리에서 패악을 치던 연호를 봤을 때 묘하게 왠지 자신과 인연이 있을 거라는 느낌을 받았었다.

그래서 연호가 평로군에 넣어 달라고 찾아왔다는 말을

귀검랑(鬼劍郞) 231

듣고는 곧바로 허락하였고, 자신이 직접 나서서 명안대에 숨어 있는 기인인 흑 노사와 사제지연을 맺어 주었다. 그 뒤로는 명안대주인 검우곤을 통하여 꾸준히 연호를 지켜보았다.

연호는 자신의 생각 이상으로 잘 성장하여 이제는 그의 든든한 조력자가 되어 있었다.

게다가 연호는 남들과 달리 그를 어려워하지 않았다. 마치 막내 동생이 큰형에게 하듯이 투정을 부리곤 하였다.

이회옥도 그런 연호의 행동이 마냥 귀엽게만 느껴져 친동생처럼 대하고 있었던 것이다.

이회옥이 따라 준 차를 한 모금 마신 연호가 미간을 살짝 찌푸리며 말을 건넸다.

"쩝, 이건 무슨 맛으로 마십니까? 그냥 쓰기만 한데……."

"바로 그 떫은 맛으로 마시는 것이 차다. 쓴맛을 알아야 단맛을 알게 되는 법이다. 그래 흑 노사께서는 아직도 돌아오시지 않았느냐?"

"그러게요. 도대체 뭔 바람이 불어서 그런지 도통 돌아올 생각을 안 하시네요."

"하하하! 녀석……. 말하는 것을 보니 이제는 제법 살 만한 모양이구나."

"살 만하기는요! 아직도 온 마디마디가 다 쑤신다고

요."

 연호가 투정하듯이 대답하자 이회옥이 미소를 지어 보이며 말을 이었다.

 "녀석! 그러니까 누가 네놈더러 앞뒤 가리지 않고 날뛰라고 하더냐?"

 "그러게 말입니다. 그땐 아마 제가 미쳤었나 봐요."

 연호의 대답에 어이가 없는지 실소를 흘리던 이회옥이 문득 생각이 난 표정으로 양피지로 된 낡은 책 한 권을 탁자에 올려놓으며 말을 건넸다.

 "참, 이것은 승룡권이라는 권법을 담고 있는 책이다. 우연한 기회에 내가 얻은 것인데 대충 훑어보니 제법 쓸 만한 것이더구나."

 "그걸 저 주시려고요?"

 "어차피 나는 권법을 잘 쓰지도 않으니 네게 필요할 것 같더구나. 요즘도 많이 맞고 다닌다고 그러던데……."

 "아니, 누가 그래요! 요즘은 정말 안 맞는단 말이에요."

 "그러냐? 그럼 이건 필요 없겠구나……."

 "아니, 말이 그렇다는 거죠. 감사합니다. 헤!"

 연호는 얼른 책자를 낚아채고는 헤벌쭉 웃음을 지어 보였다. 사실 이제는 명안대원들과의 박투 수련에서 안 맞으려고 하면 한 대도 안 맞을 자신이 있었다. 하지만 그렇다

해도 무공 비급은 욕심이 났다.

이회옥이 피식하고 웃음을 흘리며 다시 말을 건넸다.

"물론 공짜로 주는 것은 아니니 그리 감사할 것은 없다."

"예? 치사하게……."

"오는 것이 있으면 가는 것도 있어야 하는 것이 당연하지 않느냐?"

"혹시 또 지난번과 같이 말도 안 되는 출정을 보내려는 것은 아니죠?"

연호가 샐쭉한 표정으로 흘겨보며 묻자 이회옥이 짐짓 정색을 하고는 다시 말을 이었다.

"치주에 잠시 다녀오너라."

"치주에 말입니까?"

"그래, 두 달 정도 그곳에 머물면서 치주의 군사들에게 맥궁의 사용법을 가르쳐 주고 오너라."

"맥궁의 사용법을 말입니까?"

연호가 의아한 기색을 보이며 묻자 이회옥의 설명이 이어졌다.

"그래, 치주자사 왕이현이 최근에 맥궁을 조금 얻게 되었는데 치주군에는 맥궁을 다룰 줄 아는 자가 없어 제대로 훈련을 못 하고 있는 모양이다. 네가 가서 교두 노릇 좀 하고 오너라."

"진심으로 하시는 말씀입니까?"

"물론. 나도 치주군에게 맥궁의 사용법을 가르쳐 주는 것이 탐탁지는 않지만, 그들도 평로치청의 병사이니 어쩔 수가 없는 것이 아니냐. 게다가 형님께서 따로 당부도 하셨으니 들어줄 수밖에 없을 것 같구나."

"……."

연호는 표정이 굳어진 채로 아무런 대꾸를 하지 않았다.

그도 다른 병사들과 마찬가지로 후희일을 좋아하지 않았다. 특히 지난번 제남의 창천곡 전투에서도 후희일이 무리하게 명안대와 철기대만으로 치주군을 구해 내라고 명을 내렸다는 것을 나중에 들었기에 그를 더욱 싫어했다.

연호의 표정이 굳어진 것을 본 이회옥이 달래듯이 말을 건넸다.

"탐탁지 않은 일이기는 하지만, 그래도 내가 믿고 보낼 만한 이는 너밖에 없으니 어찌하겠느냐. 네가 가서 수고를 좀 해 다오."

"명령이시니 당연히 따르겠습니다만……. 한 가지 드릴 말씀이 있습니다."

"그래, 무슨 말이냐?"

연호는 아랫입술을 깨물며 잠시 머뭇거리더니 작심한

듯 조심스럽게 입을 열었다.

"최근 평로군의 병사들 사이에서 절도사 대인에 대한 안 좋은 소문이 돌고 있습니다."

"무슨 소문 말이냐?"

"절도사 대인께서 장군님을 견제하려고 일부러 평로군을 배척하고 치주군에게 막대한 지원을 하고 있다는 소문입니다. 어쩌면 이번에 치주군이 입수했다는 맥궁도 그와 같은 이유로 생긴 것인지도 모릅니다."

연호의 말에 이회옥은 살짝 굳어진 얼굴로 자신의 턱을 매만지며 잠시 생각을 하더니 다시 말을 건넸다.

"흠……. 조금 전 설영도 그런 이야기를 하더구나. 하지만 소문은 그저 소문일 뿐이다. 절도사께서는 사사로이는 내게 고종사촌 형님이 되시는 분이다. 그분도 우리와 마찬가지로 고구려의 유민 출신이시거늘 어찌 평로군을 배척하고 한족의 군대인 치주군을 더욱 중용하겠느냐. 다만 형님이 이곳 청주보다는 치주에 계시는 일이 많으니 그와 같은 소문이 도는 것이다. 그러니 너무 신경 쓰지 말거라. 게다가 평로치청의 병마사인 나도 모르게 치주군을 지원할 수는 없지 않느냐?"

"그건 그렇지만……."

연호는 다시 반박을 하고 싶었지만 입을 닫았다.

일단 자신이 언질을 한 이상 이회옥도 그와 같은 소문

을 간과하지 않고 면밀하게 조사를 해 볼 것이다. 굳이 더 이상 말을 할 필요는 없을 것 같았다.

이회옥이 웃음을 지어 보이며 다시 말을 건넸다.

"그래, 그런 소문 따위는 신경 쓰지 말거라. 마침 몸이 완전히 회복되지 않았으니 두 달 정도 쉬었다 온다고 생각하고 다녀오너라."

"예, 알겠습니다."

연호가 대답하고는 집무실 밖으로 나가자마자 이회옥의 눈은 차갑게 가라앉기 시작했다.

연호에게는 대수롭지 않은 것처럼 말을 했지만 최근 들어 그와 같은 소문이 있다는 소식은 설영이나 연호뿐만이 아니라 다른 이들도 전하고 있었기에 은근히 신경이 쓰였다.

게다가 지난번 제남의 전투도 석연치 않은 점들이 느껴졌다.

어쩌면 고종사촌 형인 후희일의 야심이 과거와는 많이 달라졌을지도 모를 일이었다.

▼ ▼ ▼

"헉! 헉! 헉!"

백 명가량의 병사들이 거친 숨소리를 내며 연병장을 돌

고 있었다. 그들은 모두 치주군의 궁수대에서 맥궁을 익히기 위해 차출된 병사들이었다.

대열의 맨뒤쪽에서 뛰어가던 병사 하나가 거칠게 숨을 헐떡이며 말을 뱉었다.

"헉! 헉! 시발! 맥궁은 안 가르쳐 주고, 헉! 헉! 만날 뺑뺑이만 돌리냐! 시발!"

"헉! 헉! 말조심해! 저 귀신같은 놈이 들으면 어쩌려고 그래!"

"어쩌긴 시발! 헉! 헉! 이래 죽으나 저래 죽으나 마찬가지지! 시발! 헉! 헉!"

"동작 그만!"

갑자기 우렁찬 소리가 연병장을 울렸다.

고함을 친 주인공은 바로 맥궁의 교두로 파견된 연호였다. 연병장의 앞쪽에 마련된 단상 위에서 구보를 하는 병사들을 노려보고 있던 연호는 병사들의 대열이 멈추어 서자 단상을 내려와 느긋하게 병사들에게 다가갔다.

연호가 구보를 멈추게 하자 대부분의 병사들은 모두 안도의 표정과 함께 의아한 눈빛으로 연호를 쳐다보았다. 하지만 조금 전 불만을 표하던 병사와 그의 옆에 선 병사는 얼굴이 딱딱하게 굳어졌다. 혹시나 그들이 한 말을 연호가 듣고 구보를 멈추게 한 것이 아닐까 하는 생각이 든 것이다.

특히 불만을 토로했던 병사는 심장이 오그라드는 기분이었다. 그는 처음 연호가 교두로 왔을 때 연호가 귀검랑인지 모르고 반항하다가 개 맞듯이 두들겨 맞아 피똥을 싸는 동료들을 바로 옆에서 지켜보았던 것이다.

 그러나 그들의 생각은 기우였다. 한 장수가 연병장을 가로질러 다가오고 있었다. 연호는 그 때문에 병사들을 멈추게 한 것이다.

 키가 크고 당당한 체격을 지닌 장수는 바로 치주군의 부장인 원세연이었다.

 원세연은 착잡한 표정으로 연호를 슬쩍 쳐다보았다.

 처음 연호가 맥궁을 가르치는 교두로 왔다는 말에 그는 크게 기뻐하였다. 그에게는 은인이나 다름없는 사람이기 때문이다.

 그러나 시간이 지나면서 그의 입장이 점점 곤란하게 되었다. 연호가 병사들에게 맥궁은 가르치지 않고 계속 체력 훈련만 시키고 있는 것이다.

 그와 같은 보고가 올라가자 치주자사 왕이현은 부장인 그를 닦달하였다.

 그러나 그는 연호에 대해서 아무것도 모르는 왕이현과는 달리 귀검랑 고연호가 어떤 사람인지 너무나 잘 알고 있었다. 온몸에 피를 뒤집어 쓴 채 단신으로 적진에 뛰어들어 적들을 가차 없이 베어 내던 그날의 모습을 절대 잊을 수가 없었다. 아군인 자신조차 공포에 떨게 한 마귀와 같은 모습이었다.

그러니 가뜩이나 소심한 성격에 우유부단한 원세연의 입장에서는 이러지도 저러지도 못하게 된 것이다. 연호에게 따져 묻자니 그가 무섭고, 모른 체 하자니 왕이현의 잔소리가 귀찮은 것이다.

원세연이 조심스럽게 말을 건넸다.

"저기 고 교두, 맥궁을 가르치라고 하였더니 어찌하여 근 한 달 가까이 되는 시간 동안 매일 구보만 시키고 있냐고 자사님과 절도사 대인이 의문을 품고 계시네. 어떻게 이제는 좀 가르쳐 줘야 하지 않겠나?"

"흠……. 궁에 대해서 기본만 알아도 그런 의문을 가질 일은 아닌데 말입니다. 혹시 일반 궁과 맥궁의 차이점을 아십니까?"

연호가 입가에 살짝 조소를 띠고는 물었다. 마치 당신들이 맥궁에 대해서 제대로 알기나 하냐는 표정이었다.

원세연은 잠시 머뭇거리다 대답을 이었다.

"그야…… 크기가 다르고, 맥궁이 사거리가 좀 더 멀지 않은가?"

"그렇지요. 크기는 맥궁이 작은데 사거리는 오히려 한참이나 더 먼 것입니다. 작은 궁이 화살을 더 멀리 보내려면 활줄이 얼마나 더 강해야 하겠습니까. 직접 보여 드리지요. 어이, 거기 맨뒤에 말 대가리!"

"에, 예? 저 말씀입니까?"

조금 전 연호에게 불만을 표하던 말상의 얼굴을 가진 병사 방곽이 쭈뼛거리며 대답했다.

"그래, 너! 앞으로 나와!"

연호의 말에 방곽이 잔뜩 긴장된 표정으로 앞으로 걸어 나오자 연호는 자신의 허리춤에 차고 있던 맥궁을 풀고는 능숙하게 해궁(解弓)을 하였다.

그 모습을 보고 있는 원세연과 병사들의 눈에는 놀람과 호기심의 기색이 어렸다.

연호가 탄력이 강하기로 유명한 맥궁을 너무 손쉽게 해궁하는 것이 놀라웠고, 한 달 가까이 되는 동안 활 쏘는 모습을 단 한 번도 보여 주지 않았던 연호가 해궁을 하니 호기심이 생기는 것이었다.

해궁을 마친 연호가 맥궁과 전통을 방곽에게 건네주며 말했다.

"과녁은 저기 연병장 끝에 보이는 굽어 있는 붉은 노송이다."

"저, 저기까지요?"

방곽은 주눅이 잔뜩 든 표정으로 물었다. 연호가 말한 노송까지의 거리가 족히 이백 장은 가볍게 넘어 보였다. 거기까지 날리기도 힘든데 정확하게 맞추기까지 한다는 것은 그의 생각엔 불가능한 것이었다.

 연호가 다시 말했다.

 "그래, 정확하게 맞춘다면 넌 오늘부터 구보 열외다."

 "예……."

 방곽은 망설이다 화살을 뽑아 살매김했다. 자신은 없었지만 그도 궁수로 훈련을 받은 자였다. 운 좋게 맞추기라도 한다면 지긋지긋한 구보에서 열외가 될 수 있기에 욕심을 낸 것이다.

 "끙!"

 살매김을 한 방곽이 있는 힘을 다 짜내어 거궁을 하였다. 그러나 시위는 삼분지 이쯤 당겨 졌을 뿐 만작을 이루지 못하고 있었다.

 게다가 그의 팔은 부들부들 떨리고 있어 화살을 날린다 하더라도 제대로 과녁을 맞힐지도 의문이었다.

 쉭!

 힘겹게 시위를 당기고 있던 방곽이 오른손의 힘을 풀자 화살은 맹렬히 날아올랐지만 백 장을 조금 넘는 거리까지 날아가다가 바닥에 힘없이 떨어졌다.

 그 모습을 본 원세연과 병사들의 얼굴이 딱딱하게 굳어졌다. 명색이 궁수대의 고참 병사인 방곽이 맥궁의 시위조차 제대로 당기지 못한 것이다.

 연호의 입가에 비릿한 조소가 떠올랐다.

연호가 손을 내밀자 방곽은 고개를 푹 숙인 채 맥궁과 전통을 연호에게 건넸다. 맥궁을 받아 든 연호는 가볍게 활줄을 한 번 튕겨 보고는 전통에서 화살을 한 대 뽑아 들었다.

쉭!

원세연과 병사들이 모두 두 눈을 휘둥그레 떴다. 잠시 화살을 만지작거리던 연호가 순식간에 화살을 날린 것이다. 화살을 시위에 걸고 날릴 때까지의 동작이 너무 빨라 움직임을 제대로 볼 수도 없었다.

"우와!"

연이어 병사들의 입에서 탄성이 터져 나왔다. 연호의 활을 떠난 화살이 포물선이 아닌 거의 직선의 형태로 이백 장이 넘는 거리를 날아가 정확하게 노송에 박혀 든 것이다. 그들로서는 도저히 상상할 수 없는 신기였다.

연호가 빙긋이 웃으며 원세연에게 말을 건넸다.

"차이가 무엇인지 보셨습니까?"

"그, 그야 당연히……."

"그렇지요. 맥궁은 어지간한 궁수들이라고 해도 제대로 다룰 수가 없는 물건입니다. 그래서 제가 여기에 온 것이지요. 보셔서 알겠지만 맥궁은 팔의 힘만으로 시위를 당길 수가 없습니다. 무엇보다도 강한 하체와 허리의 힘이 받쳐 줘야 제대로 쓸 수가 있습니다. 저들은 이미 기본적인 궁법을 익히고 있으니 지금은 맥궁을 다룰 만한 체력을 기르는 것이 우선입니다."

"흠흠. 그런 것 같군. 그와 같은 사정을 자사님께 말씀드릴 터이니 고 교두께서 알아서 하시게."

"예, 아주 제대로 훈련을 시키겠습니다."

원세연이 머쓱한 표정으로 말을 하자 연호는 입가에 묘한 미소를 떠올리며 대답했다.

사실 그의 입가에 떠오른 미소는 회심의 미소였다. 처음부터 치주군에게 제대로 맥궁을 가르쳐 줄 마음이 없던 연호는 오늘과 같은 일이 있을 줄 알고 미리 준비를 해 두었다. 자신의 맥궁에 걸린 활줄은 보통 맥궁보다 두 배나 더 강성이 강한 활줄이었다. 그도 내공을 써야만 제대로 당길 수 있을 정도의 강한 활줄이었던 것이다.

결국 그의 계획대로 원세연은 제대로 말도 하지 못하고 물러나야 했다. 시위도 제대로 당기지 못하는데 무슨 궁법 훈련 운운할 것인가 말이다.

연호는 당분간 계속 뺑뺑이만 돌리다가 적당한 시기에 치주군이 입수한 맥궁들을 가져오게 하여 대충 수박 겉핥기 식으로 사용법을 가르쳐 줄 작정이었다.

원세연이 돌아가자 연호는 무뚝뚝한 표정으로 다시 입을 열었다.

"흠, 잠시 쉬는 동안 몸이 많이 식었겠군. 저기 노송에 박힌 화살을 먼저 뽑아 오는 자는 점심까지 구보 열외다. 선착순 출발!"

병사들은 연호의 말이 떨어지기 무섭게 내달리기 시작했다.

그 모습을 보고 있는 연호의 얼굴에 사악한 웃음이 번지고 있었다. 이제부터 대놓고 저들을 괴롭힐 생각을 하니 괜스레 기분이 좋아지고 있는 것이다.

▼　　　▼　　　▼

"쓰읍!"

빠르게 들숨을 들이쉰 연호가 재빨리 삼재보와 반삼재보를 번갈아 밟더니 앞으로 나아가며 허리를 슬쩍 숙였다가 다시 튕겨 일어서며 뒤쪽의 허공을 향해 팔꿈치를 찍었다.

팡!

허공을 울리는 파공음이 터져 나왔다.

곧바로 자세를 낮춰 오른발로 바닥을 쓸어 간 연호는 용이 솟아오르듯이 허공으로 뛰어올라 양발을 번갈아 허공을 찼다. 또다시 날카로운 파공음들이 터져 나왔다.

연호는 바닥에 착지를 하자마자 흐물거리듯이 움직이며

이리저리 신형을 흔들어 대더니, 한순간 허리를 튕겨 앞으로 나아가며 석사자 등을 향해 주먹을 내뻗었다.

연호의 주먹이 석사장 등의 바로 앞에서 멈추자 날카로운 파공음이 터져 나왔다.

"흐읏!"

그제야 동작을 멈추고 날숨을 내쉰 연호는 석사자 등을 힐긋 쳐다보고는 다시 바닥에 잠시 만들어 놓은 흔적들을 살폈다. 보법이 제대로 펼쳐졌는지를 살피는 것이다.

연호는 자신의 흔적이 마음에 들지 않는지 불만이 어린 표정으로 고개를 가볍게 흔들었다. 이회옥이 건네준 승룡권의 비급에 적힌 대로 마음속에 적의 형상을 떠올리며 초식을 펼쳐 보았지만 많이 부족한 느낌이 들었다. 아무래도 명안당으로 돌아가 형들과 박투 수련을 하면서 익혀야 할 것 같았다.

발로 바닥을 휘저어 보법의 흔적을 지운 다음 신형을 돌려 자신의 처소로 걸음을 옮기던 연호가 갑자기 벼락같이 월동문 쪽으로 신형을 날렸다.

"허억!"

월동문의 입구에는 다급하게 헛바람을 집어 삼키는 소리를 내며 얼굴이 하얗게 질린 방곽이 부들부들 떨고 있었다. 그의 목 바로 앞에는 연호의 검이 멈추어 서 있었다.

 연호가 검을 거두며 말을 건넸다.

 "말 대가리군. 여긴 무슨 일이냐?"

 "저, 저기, 이걸 드리려고……."

 방곽은 부들부들 떨면서 손을 내밀었다. 그의 양손에는 구운 오리 한 마리와 화주 한 병이 들려 있었다. 방곽은 그것을 연호에게 주려고 찾아온 모양이었다.

 연호가 눈에 이채를 띠며 물었다.

 "흠, 오리 구이와 화주라. 제법 기특하군."

 "고 교두님께 드리려고 특별히 구한 것입니다요."

 "좋아! 일단 들어가지."

 연호가 검을 갈무리하면서 자신의 처소로 향하자 방곽이 급히 뒤를 따랐다.

 방 안으로 들어선 연호는 방곽에게 자리를 권하고는 빙긋이 웃으며 물었다.

 "병영에서 구하기가 쉽지 않을 것인데, 보기보단 능력이 있는 모양이군. 속셈이 뭐냐?"

 "아이고, 속셈이랄 게 뭐 있습니까? 신궁의 솜씨에 감격을 해서 그런 것입지요. 일단 한 잔 받으십시오."

 방곽이 탁자 위에 놓여 있던 찻잔에 화주를 가득 따라 연호에게 건넸다.

 연호는 피식 실소를 흘리며 화주를 한 모금 삼키고는

귀검랑(鬼劍郞) 247

잔을 내려놓으며 다시 말을 건넸다.
"네놈의 술을 얻어 마셨으니, 원하는 것을 말해 보거라!"
"아이고, 정말로 달리 원하는 것이 있어서 온 것은 아닙니다요. 정말로 낮에 보여 준 활 솜씨에 감격했습니다. 이놈도 활을 만진 지 오 년이 넘었지만 그런 솜씨는 처음 봤습죠. 저는 시위도 제대로 당기기도 힘들던데 어찌 그런 속사를 하실 수 있는 것입니까요?"
방곽이 진심으로 감탄하는 표정을 짓고 있음을 본 연호는 한결 부드러워진 어조로 말을 건넸다.
"낮에도 말했지만, 그 때문에 내가 온 것이 아닌가? 내가 시키는 대로만 하면 자네들도 머지않아 그런 실력을 지닐 수 있게 될 것이야."
"예! 정말 배우고 싶습니다요. 가르쳐만 주신다면 견마지로를 다하겠습니다요."
"그래, 낮에 보니 자네도 그리 소질이 없는 것은 아니더군. 그나마 소질이 있으니 그 정도라도 날린 것이야. 그러니 실망하지 말고 열심히 배워 보게."
"예! 정말 감사합니다요."
연호는 탁자에 고개가 닿도록 허리를 숙이는 방곽을 보며 실소를 흘렸다. 방곽의 모습이 우스워서가 아니라 이회옥의 말투를 흉내 내며 짐짓 점잖게 말을 하고 있는 자신의 모습이 우스웠기 때문이다. 어린아이가 어른의 흉내를 내는 것 같아 어색하기도 하였고, 사 년 만에 달라진 자신의 처지가 재밌기도 하였다.

연호가 다시 말을 건넸다.

"자네 이름이 뭔가?"

"예, 방곽입니다요."

"그렇군. 방곽, 병영에서 이런 것을 구해 온 것을 보면 밖의 소식도 좀 알겠군. 혹시 소문을 들은 것은 없나?"

연호가 은근한 표정으로 묻자 방곽은 눈을 굴리며 잠시 생각을 하더니 무언가 생각이 났다는 표정으로 입을 열었다.

"아! 명안대에 대한 소식을 들었습니다요. 해주에 파견되어 해적들을 토벌하고 있는 명안대가 혁혁한 전공을 세우고 있다고 합니다."

"명안대가 해주에……."

연호는 눈에 이채를 띠고 혼잣말을 중얼거렸다. 해주도 평로치청의 영역이니 명안대가 가서 해적을 토벌하는 것이 그리 이상할 것은 없었지만, 자신이 빠진 상태에서 출정을 하였다는 말에 기분이 상한 것인지 왠지 떨떠름하였다.

방곽이 연호의 눈치를 살피며 급히 말을 이었다.

"그래도 보통 사람들은 명안대라고 하면 귀검랑이라고

불리시는 고 교두님을 떠올리는데, 이번 출정에 참가하지 못하시어 섭섭하시겠습니다요."

"아쉽기는 하군. 몸이 근질근질한데 말이야. 혹시 그것 말고 다른 소식은 없나?"

"글쎄요. 별다른 소식은 없습니다요. 특별한 소식은 아니지만 절도사 대인께서 내일 연회를 여실 모양입니다."

"연회라니?"

"치주자사이신 왕 대인께서 이번에 새로이 병마사가 되신 것을 기념하여 연회를 연다고 합니다. 그래서 저희도 술이나 좀 마시게 되나 하고 잔뜩 기대를 하고 있습지요."

"그게 무슨 소리냐! 왕 대인이 병마사가 되다니! 병마사는 이 장군님이 아니시냐!"

왕이현이 새로이 병마사가 되었다는 방곽의 말에 연호가 눈에 기광을 일으키며 다그치듯 물었다.

"모, 모르고 계셨습니까? 이미 보름 전에 이회옥 장군님을 병마사에서 직위 해제하신다고 공표를 하였습니다요. 전 당연히 알고 계신 줄 알고……."

"보름 전에? 혹시 이 장군님에 대한 소식은 모르느냐?"

"그냥 묵묵히 퇴임을 하셨다고 들었습니다요. 워낙에 공적이 많으신 분이니 갑작스런 퇴임에 대해서 말들이 많습니다요. 솔직히 말도 안 되는 일이지요. 이회옥 장군께서는 별말씀 없이 받아들였다고는 하나 우리 치주군의 사람들조차도 납득할 수 없다고들 합니다."

"……."

방곽의 말을 들은 연호는 입을 다문 채 잠시 생각했다.

그가 들었던 소문대로 이회옥의 능력을 질시한 후희일이 강수를 둔 모양이었다. 병마사에서 직위 해제를 시켰다는 것은 이회옥으로부터 군권을 빼앗았다는 것이었다.

아무래도 직접 청주에 다녀와야 할 것 같았다.

방곽은 연호의 표정이 굳어진 것을 보고는 슬그머니 자리에서 일어나며 말을 건넸다.

"소인은 이만 물러가 보겠습니다요."

"그래, 방곽. 덕분에 술과 요리를 먹는구나."

"아이고, 아닙니다요. 언제라도 말씀하십시오. 곧바로 구해다 드리겠습니다요."

연호가 가볍게 손을 들자 방곽은 다시 한 번 목례를 하고는 밖으로 나갔다.

방곽이 물러난 뒤 잠시 생각을 해 보던 연호는 자신의 짐을 챙기기 시작했다. 새로 병마사가 되었다는 왕이현에게 말을 하고 청주로 돌아갈 작정을 한 것이다. 만일 왕이현이 허락하지 않는다면 무력을 써서라도 치주성을 빠져 나갈 작정이었다.

행랑을 꾸린 연호가 왕이현의 처소가 있는 청주성의 내원 앞에 이르자 병사들의 군례를 받으며 막 월동문을 나서는 원세연의 모습이 보였다.

연호는 원세연을 보고는 반색을 하였다. 자신을 두려워하는 원세연이니만큼 별다른 제지를 하지 않고 왕이현을 만나게 해 줄 것이라는 생각이 든 것이다.

연호가 다가가자 원세연이 놀란 표정으로 말을 건네 왔다.

"고 교두께서 여긴 어쩐 일이시오?"

"왕 대인께 드릴 말씀이 있어서 왔소. 안에 기별을 해 주시오."

"흠, 그것이 지금은 절도사 대인과 같이 계신지라……."

"그렇다면 더욱 잘 되었소. 절도사 대인께도 같이 드릴 말씀이니 일단 기별을 해 주시오."

"그, 그럼 잠시 기다려 주시오."

원세연이 쭈뼛거리며 대답하고는 신형을 돌렸다.

바로 그 순간 내원이 있는 안쪽에서 고함 소리가 터져나왔다.

"자객이다!"

"후 대인을 보호하라!"

"자객!"

원세연이 화들짝 놀라며 연호를 쳐다보았다.

놀라기는 연호 역시 마찬가지인지라 두 눈을 휘둥그레 뜨고 원세연을 쳐다보았다.

"여, 여기서 기다리시오."

원세연이 다급하게 말을 하고는 허둥지둥 안으로 달려가자 연호는 의아한 표정으로 고개를 빼서 안쪽을 쳐다보았다. 병장기가 부딪히는 소리는 들려왔지만 자객의 모습은 보이지 않았다.

호기심이 어린 눈빛으로 안쪽을 살펴보고 있던 연호는 병사들이 온통 안쪽에만 정신이 팔려 있는 것을 보고는 슬그머니 월동문 안으로 들어섰다.

내원 마당의 좌측에서 병사들이 자객을 포위한 채 한창 싸움을 벌이고 있는 모습이 보였다.

복면을 하고 야행복을 입은 자객은 제법 무위가 뛰어난 모양인지 수십 명의 병사들에게 둘러싸였음에도 침착하게 대응하고 있었다.

연호는 자신이 뛰어들어 자객을 제압할까 하는 생각도 했지만 일단 지켜보기로 하고는 느긋하게 팔짱을 끼었다.

자객과 병사들의 싸움을 쳐다보고 있던 연호의 눈에 점차 기광이 어리기 시작하면서 팔짱을 끼고 있던 그의 팔이 슬그머니 내려왔다. 자객의 체형이 낯익다는 생각이 든 것이다. 날렵하게 보이는 호리호리한 몸매에 약간 좁은 어깨하며 잘록한 허리는 분명히 그가 아는 사람이었다.

"설영……?"

연호의 입에서 나직한 중얼거림이 흘러나왔다. 낯이 익은 체형은 설영의 모습과 비슷하였던 것이다.

의아한 표정을 짓던 연호의 눈에 빠르게 이채가 스쳤다. 자객은 다름 아닌 설영이라는 확신이 든 것이다. 절도사 후희일이 이회옥을 병마사의 지위에서 쫓아냈다면 설영이 앙심을 품고 후희일을 노렸을 것이라는 생각도 들었다. 자객은 설영이 분명해 보였다.

"시발!"

연호는 오랜만에 욕설을 내뱉으며 신형을 날렸다. 자객이 설영이라는 확신이 든 이상 그냥 잡히게 내버려 둘 수가 없었다.

챙! 챙! 챙!

신형을 날린 연호의 허리춤에서 검광이 폭사되자 순식간에 세 자루의 검이 허공으로 날아올랐다.

연호가 자객의 옆에 내려서자 원세연이 두 눈을 휘둥그

레 뜨며 외쳤다.

"고, 고 교두! 무슨 짓이오!"

"무슨 짓인지는 나도 모르겠지만, 일단 이 사람은 내가 데려가야겠소!"

"그, 그자는 자객이오!"

원세연이 더듬거리며 외쳤다.

연호는 무덤덤한 표정으로 대꾸했다.

"그래도 안면이 있는 사람을 죽이고 싶지는 않으니 길을 비키시오. 내가 왜 귀검랑인지 잘 알지 않으시오."

"그, 그런……."

원세연은 당황한 표정으로 말을 잇지 못하고 있었다. 귀검랑 고연호의 무서움을 누구보다도 잘 알고 있는 그였기에 당황스러운 것이다.

자객과 연호를 포위한 병사들도 잔뜩 겁을 먹고 있었다. 그들은 창천곡에서 귀검랑 고연호의 모습을 직접 목격한 이들이 대부분이었던 것이다.

"갑시다!"

연호가 나직하게 말을 건네고 움직이자 자객은 눈에 이채를 띠더니 즉시 연호를 따라 움직이기 시작했다.

병사들이 연호의 앞을 막지 못하고 주춤주춤 물러서자 원세연이 다급하게 소리를 질렀다.

"마, 막아라!"

스각! 스각! 스각!

원세연의 외침에 어정쩡하게 달려들던 세 명의 병사가 연호의 검에 당해 나뒹굴었다. 그들의 목은 정확하게 한 치 반만큼만 잘려 나가 있었다. 단지 검광이 한 번 번쩍였을 뿐인데 세 명의 병사가 즉사한 것이다. 전귀(戰鬼)라는 귀검랑의 진면목을 확인하는 순간이었다.

연호의 무위에 놀란 병사들이 어쩔 줄을 모르는 사이 연호와 자객은 이미 내원의 담장에 다다르고 있었다.

원세연은 마음이 다급해졌다. 그들이 담장을 넘는다면 잡기가 힘들어지는 것이다.

"활을 쏴라!"

원세연이 다급하게 외쳤지만 뒤늦게 달려온 궁수들은 화살을 잴 시간도 없었다. 이미 연호와 자객이 담장 위에 올라서고 있었던 것이다.

쉭!

날카로운 소성과 함께 번뜩이는 화살 한 대가 갑작스럽게 날아들어 자객의 어깻죽지에 박혀 들었다.

연호가 뒤를 돌아보니 언제 나왔는지 후희일이 맥궁을 들고 노려보고 있었다. 연호의 눈에 이채가 스쳤다. 후희일이 맥궁을 다룰 줄 안다는 것이 의외였던 것이다.

그러나 연호는 깊이 생각할 겨를이 없었다. 화살을 맞은 자객이 담장 너머로 떨어져 내렸던 것이다.

자객의 옆에 내려선 연호가 다급하게 물었다.
"괜찮아요?"
"그래, 가자!"
설영의 목소리가 자객의 입에서 흘러나왔다. 연호가 확신한 대로 자객은 설영이 맞았던 것이다.

제8장

백호의 꿈[白虎之夢]

설영과 함께 달아나다 치주와 청주 사이에 자리한 노산(老山)의 초입에 들어선 연호는 앞장서서 홍운곡으로 내달렸다. 홍운곡은 그가 과거에 노산으로 사냥을 나왔다가 발견한 은밀한 동굴이 있는 곳이었다.

 홍운곡의 동굴에 이른 연호는 설영을 먼저 들어가게 하고는 나뭇가지로 입구를 위장한 다음 불을 피울 마른 나뭇가지를 들고 안으로 갔다.

 동굴의 한쪽 벽면에 기대어 앉아 있는 설영은 이미 복면을 벗고 있었는데 그의 영준한 얼굴은 창백해져 있었다. 아마도 피를 많이 흘린 모양이었다.

 연호가 설영의 옆에 주저앉아 불을 피우고는 말을 건넸

다.

"형님, 괜찮아요?"

"이 자식이, 곧 죽어도 형님이냐?"

"말씀하시는 것 보니 견딜 만한가 보네요."

"그래, 견딜 만하다."

"흠, 얼굴을 보니 그렇지 않은 것 같은데. 어디 한 번 봐요."

연호가 심각한 표정으로 말하자 설영은 약간 당황한 기색을 보이며 급히 말을 이었다.

"네놈이 걱정할 만큼 다치지는 않았으니 신경 쓰지 말아라."

"에이, 그래도 화살은 빼야죠. 등 돌려 봐요."

"괜찮다니까. 그러는구나."

"진짜 왜 이러실까. 화살촉을 빼지 않고 놔두면 쇳독이 오른다는 것은 신참들도 아는 상식인데 천하의 섬전무영께서 투정을 부리시네. 빨리 등 돌려 봐요!"

연호의 채근에 설영은 마지못해 등을 돌렸다.

뒤쪽에서 설영의 어깻죽지에 파고든 화살은 제법 깊숙이 박혀 있었다.

연호는 품에서 소검을 꺼내 모닥불 위에 얹어 놓았다. 화살촉을 빼내기 위해 소검을 달구려는 것이다.

설영이 놀란 표정으로 물었다.

"뭘 하려고 그러느냐?"

"뭐하긴요. 화살촉을 빼내야지요. 조금 아프더라도 참으세요."

"그냥, 살대만 잘라라. 화살촉은 나중에 청주에 가서 빼마."

"무슨 소리예요. 이 상태로 놔두었다간 청주에 닿기도 전에 중독되어 팔을 잘라야 할지도 몰라요. 화살촉 정도는 한두 번 빼 보는 것도 아니니 걱정하지 마세요."

스각!

다시 대꾸를 하려던 설영은 검광이 번뜩이자 움찔했다. 연호가 갑자기 검을 뽑아 등에 박힌 화살의 살대를 잘라 버린 것이다.

연호가 입가에 살짝 웃음을 지으며 물었다.

"별로 아프지 않죠?"

"그래, 제법이구나."

설영은 진짜로 감탄한 눈치였다. 연호가 살대를 잘라 내었음에도 그다지 통증이 느껴지지 않았던 것이다. 몸속에 박힌 화살촉에 충격을 주지 않을 만큼 연호의 검이 예리하다는 말이었다.

연호가 실실거리며 달궈진 소검을 들고는 다시 말을 이었다.

"이젠 화살촉을 빼낼 것이니 웃옷을 벗으세요."

백호의 꿈[白虎之夢]

"그, 그냥 빼내거라."

"엥! 옷 입은 채로요? 그러면 살대를 잘라 낼 필요가 없었잖아요. 나 참, 남자끼리 부끄러울 일이 뭐 있다고……."

연호가 투덜대며 화살이 박힌 부위를 슬쩍 건드리자 설영은 움찔하면서 대꾸했다.

"그냥 귀찮아서 그런다. 그러니 대충 뽑아내고 약이나 발라라."

"예, 예! 알아서 치료합죠. 근데 재갈은 안 물려도 되려나."

"쓸데없는 소리…… 읍!"

치이익!

냉랭하게 대꾸하던 설영은 연호가 느닷없이 불에 달궈진 소검을 들이대자 극심한 통증에 신음을 흘렸다.

살이 타는 노린내와 함께 적당히 상처를 찢은 연호는 화살촉을 잡아 뺐다.

설영은 연호에게 약한 모습을 보여 주기 싫은 것인지 처음 신음을 흘린 이후로는 입을 꽉 다문 채 조그만 신음도 흘리지 않고 있었다.

화살촉을 제거하고 지혈산을 뿌린 뒤 금창약까지 바른 연호는 아쉬운 표정으로 중얼거렸다.

"이거 그냥 놔두면 여름철이라 종창이 생길 수도 있는

데……. 어디 붕대를 할 만한 거 없나……."

"어차피 곧바로 청주로 갈 것이니 괜찮다. 조금 있다 바로 출발하자꾸나."

"벌써요?"

"후 대인은 아마 나의 정체를 알았을 것이다. 그렇다면 곧바로 군사를 이끌고 청주로 들이닥칠지도 모른다."

"절도사가 형님을 알아봤다고요?"

"그래, 그는 너보다 나를 훨씬 나를 오래 본 사람이다. 네가 나를 알아봤는데 어찌 그가 나를 몰랐겠느냐?"

설영의 말을 들은 연호의 눈에 이채가 스쳤다. 설영의 말대로라면 그는 절도사 후희일이 자신을 바로 알아볼 것이라는 것을 알고도 자객행을 한 것 같았다.

결국 필살의 의지가 있었거나, 아니면 자신의 의지를 후희일에게 보여 주려고 한 것 같았다.

연호가 다시 물었다.

"그런데 도대체 뭐가 어떻게 된 거예요. 장군님이 병마사에서 물러났다는 말은 뭐고, 형님이 왜 갑자기 자객 놀이를 하는 겁니까?"

고개를 돌려 연호를 잠시 쳐다본 설영은 눈에 노기를 드러내며 입을 열었다.

"절도사 후희일이 장군님을 배신하였다. 그자는 자기보다 능력이 뛰어난 장군님을 포용할 그릇이 아니었어. 장군님을 병마사 직위에서 물러나게 하고는 자신의 심복이랄 수 있는 왕이현에게 군권을 물려주었다."

"저도 오늘에서야 그 소식을 듣고 청주로 돌아가려고 왕이현을 찾아갔던 겁니다. 근데, 절도사가 그렇게 한다고 장군님에게서 군권을 빼앗을 수 있습니까? 대부분의 병사들은 모두 장군님을 지지하잖아요."

"그래서 그자는 치사하게 일을 꾸몄다. 명안대를 해주로 보내고, 철기대도 마적들의 토벌을 핑계 삼아 체주로 보내 버린 뒤 갑작스럽게 그와 같은 공표를 한 것이다. 우리 평로군의 주력을 모두 떼어 놓은 뒤에 그처럼 개 같은 짓을 벌인 것이지."

"젠장! 명안대가 해주에 갔다는 말은 들었는데, 철기대도 체주로 보냈군요. 그 인간 보기보다 교활하네. 아무튼 그렇다고 해서 당하고 있을 수는 없잖아요?"

연호의 말에 설영은 침중한 기색으로 말을 이었다.

"명안대와 철기대는 당장 복귀하도록 전서를 보냈다. 문제는 장군님이다. 장군님은 고종사촌 형인 후희일을 치는 것을 망설이고 계신다."

"아! 그래서 형님이 나선 것이군요. 성공하면 절도사를 암살할 것이니 그대로도 좋고, 실패한다면 절도사가 움직일 것이고, 결국 장군님도 할 수 없이 전쟁을 각오하실 것이고 말입니다."

"그래, 네 녀석의 말이 맞다. 처음부터 그걸 노리고 벌인 일이었다. 후희일은 장군께서 순순히 병마사에서 물러났다고 하더라도 안심을 못하고 있을 것이다. 마침 내가 빌미를 제공하였으니 모든 것을 장군께서 사주한 것이라고 우기며 장군님을 제거하려고 들 것이다."

연호는 천천히 고개를 끄덕였다. 그는 그제야 설영의 자객행이 왠지 어설퍼 보인 이유를 알 것 같았다. 설영은 처음부터 후희일을 직접 제거할 생각이 아니었던 것이다. 그가 후희일이 잠든 시각도 아닌 이른 시간에 잠입하여 들킨 것도 단지 후희일을 자극하기 위함이 분명했다.

그렇게 생각이 정리되자 연호는 문득 얼마 전에 읽어본 손자병법에 적힌 구절이 생각나서 말을 건넸다.

"흠……. 적을 잘 움직이는 자는 태세를 보여 적의 반응을 이끌어 내고, 이로움을 보여 주면 적이 반드시 취하려고 할 것이니, 이로움으로써 적을 이끌어 내고, 병사들을 대기시켜 적을 멸한다.(故善動敵者 形之 敵必從之 予之 敵必取之 以利動之 以卒動之) 손자병법의 병세편에 나오는 말이죠. 형님의 계책이 딱 그대로네요."

"호! 네가 손자병법도 알고 있느냐?"

설영이 놀랍다는 표정으로 연호를 쳐다보며 말하자 연호는 어깨를 으쓱거리며 말을 받았다.

"뭐, 그 정도야 군문에 몸을 담고 있는 사람으로서 기본이죠. 하하하!"

"요 녀석이!"

설영은 어이가 없다는 듯이 실소를 흘리며 연호를 빤히 쳐다보았다.

저잣거리에서 패악질을 하고, 난데없이 평로군에 들게 해 달라고 떼를 쓰던 어린아이였던 연호를 생각하면 지금의 모습은 상상이 가지 않았다. 남들이 귀검랑이라고 부르며 경외시하는 연호였지만 그에게는 늘 철없는 어린아이다.

그러나 오늘 자신을 구하고 이회옥의 거취를 걱정하는 모습을 보니 연호는 더 이상 그가 생각하던 어린아이가 아니었다.

설영이 자신을 빤히 쳐다보자 머쓱해진 연호가 실실거리며 말을 건넸다.

"에이 뭘 또 그렇게 쳐다보십니까? 형님의 미모가 유달리 출중하다는 것은 인정하지만 전 연상은 싫거든요. 그러니 저한테 반하시면 곤란합니다. 아, 물론 남자는 더욱더 안 되고요."

"뭔, 헛소리냐! 설령 내가 여자라 해도 너 따위 코흘리개 찌질이한테 반할 일은 없으니 객쩍은 소리 그만하고 이제 가자!"

설영이 어이가 없다는 표정으로 말을 하고는 자리에서 일어나자 연호도 따라서 신형을 일으키고는 갑자기 고의를 풀었다.

설영이 당황한 표정으로 물었다.

"뭐, 뭐하려는 것이냐?"

"뭐하긴요. 불은 꺼야지요. 마침 소피가 마려웠거든요."

"그, 그래. 흠흠……."

"형님도 소피 마려우면 동참하시지요. 한 줄기보다는 그래도 두 줄기가 낫지 않겠어요?"

"나, 난 괜찮다."

설영은 더듬거리며 대답하고는 슬그머니 고개를 돌렸다.

치이이익!

"갑시다!"

"어, 응, 그래."

타오르는 장작에 물을 끼얹는 묘한 소리를 들으며 고개를 돌리고 있던 설영은 볼일을 다 본 연호가 앞으로 나서며 말하자 황급히 대답하고는 뒤를 따랐다.

밤새 노산을 넘은 연호와 설영이 청주성에 이르자 날이 훤하게 밝았다.

다행히 아직은 후희일이 군사를 이끌고 청주성에 도착하지 않았는지 성문을 지키는 병사들의 모습은 평상시와 다름이 없었다.

"흠!"

연호와 설영이 다가가자 성문을 지키는 병사들이 설영을 알아보고는 화들짝 놀라며 군례를 올렸다.

가볍게 고개를 끄덕인 설영은 군례를 한 병사에게 말을 건넸다.

"조장이 누구냐?"

"예, 황기천 조장님입니다."

"황기천? 그는 지금 어디 있느냐?"

"그, 그것이……. 저기 오고 계십니다!"

선뜻 대답하지 못하던 병사는 성문 안쪽에서 급히 달려 나오고 있는 황기천을 발견하고는 반색하며 외쳤다.

황기천이 복장이 흐트러진 모습으로 달려오고 있었다. 소초에서 자고 있다가 군례를 하는 소리를 듣고는 놀라서 황급히 달려 나오는 것 같았다.

황기천이 숨을 헐떡이며 급히 인사를 건넸다.

"헉! 헉! 부관님을 뵙습니다. 이 시각에 어쩐 일이십니까?"

"날이 훤하게 밝았는데 도대체 뭘 하고 있는 것이냐?"

"죄, 죄송합니다. 성문을 열고 나서 잠시……."

황기천이 고개를 조아리자 잠시 노려보던 설영이 정색을 하고는 말을 건넸다.

"지금부터 내 말을 명심하라. 당장 성문을 폐쇄하고 내 허락 없이는 쥐새끼 한 마리도 들여보내지 말라."

"예? 아니 갑자기 무슨 일이라도……?"

"이유는 나중에 알게 될 것이다. 설령 절도사가 온다고 하더라도 성문을 열어 주지 말고 내게 연통을 넣어 지시를 기다려라."

"저, 절도사 대인이 오더라도 말입니까?"

"그렇다. 우리 평로군의 철기대와 명안대를 제외한 어떤 군사도 성 안으로 들여서는 안 된다."

"옛! 알겠습니다."

의아한 표정을 짓던 황기천은 설영의 굳어진 얼굴을 보고는 사단이 생겼음을 눈치챘는지 곧바로 수긍하며 단호하게 대답했다. 이미 군문에서 십 년을 넘게 보낸 그였으니 그 정도 눈치는 있었던 것이다.

그르르릉!

성문과 관도를 잇는 해자교가 굉음을 내며 올라가는 모습을 지켜보고 있는 병사들의 얼굴에 긴장감이 묻어 나오고 있었다. 해자교를 올린다는 것은 전시 상황임을 의미하기 때문이었다.

해자교가 올라간 뒤, 이어서 성문이 폐쇄되는 모습을 지켜보고 있던 설영은 황기천에게 나머지 성문에도 알려 자신의 지시 사항을 전하라 하고는 연호와 함께 이회옥의 사저로 향했다.

병마사에서 물러난 이회옥은 청주성의 동쪽에 위치한

그의 사저에서 은거하며 모습을 드러내지 않고 있었다.

연호와 설영이 이회옥의 사저에 도착하자 그곳에는 이미 평로군의 무장들이 갑주를 벗고 평복을 한 채 모여 있었다.

연호는 의아한 생각이 들어 어리둥절한 표정으로 설영을 쳐다보았다.

설영이 나직하게 설명을 하였다.

"저들은 장군님이 퇴임하신 이후 계속 이곳에 모여 병마사 퇴임을 철회하실 것을 종용하고 있다."

연호는 고개를 끄덕였다. 이회옥에 대한 충성심이 강한 평로군의 무장들은 그의 퇴임을 받아들일 수 없었던 모양이다.

설영과 연호가 다가가자 평로군의 좌군 부장인 조인항이 다가오며 나직하게 말을 건넸다.

"설 부관, 어떻게 되었는가?"

"놈을 해치우지는 못했습니다만, 자극을 하였으니 곧 반응이 있을 것입니다. 놈이 반응을 보이면 장군님도 더 이상은 방관하고 계시지는 못할 것입니다."

"그렇군. 수고하였네. 일단 장군님을 만나 보시게."

"예, 성문은 폐쇄하라고 일러두었으니 조 장군님도 준비를 해 주십시오."

"알겠네. 그렇게 하지."

조인항이 결연한 표정으로 대답하는 것을 본 연호의 눈에 이채가 스쳤다. 마치 이번 일을 설영이 주도하고 있는 것 같은 느낌이 들었던 것이다.

 사실 설영의 나이가 정확하게 얼마나 되는지 연호는 알지 못하였다. 막연하게 자신보다 너덧 살 위일 거라고 생각하고 있었다.

 어쨌든 많이 봐줘도 이십대 중반에 불과한 설영이 삼만에 달하는 평로군의 향방을 주도하고 있다는 생각이 들자 새삼 대단하게 보이는 것이다.

 잠시 후 연호가 설영의 뒤를 따라 이회옥의 사저 안으로 들어서자 정원에서 화초들을 손질하고 있는 이회옥의 모습이 보였다.

 연호는 조금은 수척해 보이는 이회옥의 얼굴을 보자 울컥 화가 치솟았다. 지금 이회옥의 손에 들려 있어야 할 것은 화초를 다듬는 소도가 아니라 전장을 호령하는 장검이어야 하는 것이다.

 연호가 퉁명스럽게 말을 건넸다.

 "뭐하고 있는 겁니까?"

 "네가 여긴 어쩐 일이냐? 설영! 괜한 짓을 했구나."

 약간 놀란 표정으로 연호를 쳐다본 이회옥이 미간을 찌푸리며 설영에게 노한 어조로 질책하였다. 그는 설영이 괜스레 연호를 끌어들였다고 생각한 모양이었다.

설영이 살짝 고개를 숙이며 대답했다.

"그가 저를 구해 주었습니다."

"구해 줘? 음……. 부상을 당했구나."

의아한 표정으로 설영을 쳐다보던 이회옥은 나직하게 중얼거렸다. 설영의 야행복에 묻은 피를 본 것이다.

연호가 심드렁하게 말을 건넸다.

"절도사 나리의 맥궁에 한 방 맞았습니다. 근데 그 양반 맥궁을 다룰 줄 알면서 왜 교두를 보내 달라고 한 것입니까?"

"그야, 형님도 우리 고구려 무가의 후손이니 당연히 맥궁을 다룰 줄 알지 않겠느냐. 다만 절도사께서 직접 병사들을 가르칠 수는 없는 일이니 교두를 요청하신 게지."

"그런가? 전 또 무늬만 고구려 유민이고 알맹이는 한족인 줄 알았지요."

"……"

이회옥은 물끄러미 연호를 쳐다보았다. 연호의 말은 후희일이 같은 고구려 유민이자 외사촌 동생인 그를 배척하려는 것이 못마땅하다는 말이었다.

설영이 굳어진 표정으로 다시 말을 건넸다.

"성문을 폐쇄하였습니다. 곧 절도사의 군사가 들이닥칠 것입니다."

"쓸데없이 일을 벌였구나."

"장군께서 그의 편협한 성정을 인정하지 않으시니 어쩔 수가 없었습니다."

"너는 나로 하여금 형제에게 검을 겨누게 해야 속이 시원하더냐?"

"그가 먼저 장군님께 검을 겨누었습니다."

"휴……. 얼마나 올 것 같으냐?"

단호한 표정으로 대꾸하는 설영을 한참 동안 쳐다보던 이회옥은 고개를 가로저으며 나직하게 물었다.

설영과 연호의 얼굴에 미소가 어리기 시작했다. 후희일의 병사가 얼마나 될 것인가를 묻는다는 것은 이회옥이 드디어 싸우기로 결심을 했다는 것이었다.

설영이 곧바로 대답했다.

"지금 당장 후희일이 동원할 수 있는 병력은 치주군이니 삼만 정도 될 것입니다."

"삼만이라……. 쉽지는 않겠구나."

"해볼 만합니다. 비록 청주성 내에는 중군과 좌군을 합쳐서 일만의 병력밖에 없지만 청주성은 해자호가 둘러싸고 있어 공략이 쉽지 않은 곳입니다. 그사이 수광현에 주둔하고 있는 우군을 소환하고 철기대와 명안대만 빠른 시일 내에 복귀를 한다면 치주군 따위는 금방 쓸어버릴 수 있습니다."

"그래, 단순히 생각한다면 그러하겠지. 하지만 세상의

일이 어찌 내 생각대로만 전개되겠느냐. 나머지 사주의 군대가 생각보다 빨리 동요할 것이다. 그들은 강성한 평로군의 존재를 그리 달가워하지 않을 것이다."

"그건……."

설영은 일시 말문이 막혔다. 치주군 삼만은 자신의 계획대로라면 충분히 물리칠 수 있었다. 그렇게 되면 나머지 사주의 군대도 자신들과 뜻을 같이할 것이라고 생각했었다.

그러나 이회옥의 말대로 나머지 사주의 군대가 평로군의 존재를 달갑게 여기지 않고 있었다면 이 기회에 후희일의 편을 들어 치주군과 함께 움직일 가능성도 높았다. 그들이 움직인다면 철기대와 명안대, 심지어 수광현의 우군까지도 제때에 복귀하지 못할 수 있었다.

이회옥이 다시 말을 이었다.

"기왕지사 벌어진 일이니 이제 와서 어쩌겠느냐. 진인사 대천명이라고 하였으니 하늘의 뜻이 내게 있다면 기회도 주겠지. 설영은 곧바로 회의를 준비하고, 연호는 잠시 나를 보자꾸나."

"예!"

설영이 대답하고는 즉시 달려 나가자, 연호도 이회옥을 따라 내원으로 향했다.

❖   ❖   ❖

평로치청 절도사 후희일이 치주군을 이끌고 청주성으로 쳐들어온 것은 그날 오시 무렵이었다. 후희일은 자신을 암살하려 한 설영의 목을 내놓고 이회옥도 책임이 있으니 모든 군권을 내놓고 요서로 돌아갈 것을 요구하였다.

그러한 후희일의 요구 조건에 이회옥은 나직하게 코웃음을 흘릴 뿐이었다. 어차피 명분을 쌓기 위한 주장임을 알기 때문이다. 사주의 군대가 움직이기를 기다려야 하는 후희일은 이회옥을 칠 명분이 필요하였던 것이다.

그러나 차분한 대응이 이루어지는 가운데에서도 불안함은 여전히 남아 있었다. 후희일이 정한 시한인 내일 아침 진시까지 수광현에 주둔하고 있던 평로군의 우군이 도착하지 않는다면 이미 사주의 군대가 움직였다는 것을 의미한다.

그렇게 된다면 청주성에 남아 있는 일만의 군사만으로 삼만에 달하는 치주군과 장기전을 벌여야 하는 것이다.

주위가 어둑해지는 술시 무렵이 되자 연호는 치주군과 정면으로 대치하고 있는 서문의 망루에 올랐다. 율리평을 빽빽하게 메운 치주군의 막사와 병사 들의 모습이 보였다.

그들의 뒤로 높다랗게 솟아 있는 노산의 봉우리 너머로 저녁 해가 붉은 노을과 함께 쓰러지고 있었다.

"뭘 그리 골똘히 생각을 하고 있느냐?"

고개를 돌려 보니 설영이 다가오고 있었다.

연호가 씨익 미소를 지어 보이며 말을 건넸다.

"몸도 성치 않으면서 뭐하러 왔어요?"

"충분히 움직일 만하다. 의원의 말이 네가 일찍 조치를 하지 않았다면 쇳독이 퍼져서 위험할 수도 있었다고 하더구나. 고맙다."

"에이, 쑥스럽게 뭘 그런 말을 다 하실까? 그보다 수광현의 우군은 아직 소식 없어요?"

연호의 물음에 설영은 침통한 표정으로 고개를 끄덕이며 말을 이었다.

"그래, 아직은 소식이 없구나."

"흠……. 장군님의 생각대로 나머지 사주의 군대가 움직인 것인가? 수광현이면 반나절 거리인데……."

"아직은 섣불리 판단을 할 수 없구나. 갑작스럽게 전서를 받았으니 전열을 정비할 시간도 필요하겠지. 그보다 장군님이 달리 지시한 것이라도 있느냐?"

설영이 호기심이 어린 표정으로 물었다. 그는 이회옥이 연호를 따로 불러서 무슨 말을 하였는지 궁금한 모양이었다.

연호가 머쓱한 표정으로 입을 열었다.

"아뇨. 별거 아니었어요? 치주군의 분위기가 어떤지 궁금하셨던 모양이에요."

"그렇구나……."

설영이 고개를 끄덕이며 중얼거리자 연호는 시선을 돌려 다시 치주군의 진영을 노려보면서 이회옥이 자신에게 한 말을 떠올려 보았다.

설영에게는 별것 아닌 것처럼 얼버무렸지만, 이회옥이 그에게 해 준 이야기는 상당히 중요한 이야기였다.

이회옥은 사부인 흑 노사가 서찰에서 자신이 사신지안의 소유자인 것 같다는 말을 언급하였다고 전하면서 사신지안에 대해 설명해 주었다.

사신지안은 삼한에서 내려오는 전설과 같은 이야기였다. 청룡, 백호, 주작, 현무의 사신지안을 가진 네 명의 인물은 저마다 특별한 능력과 운명을 지니고 있는데, 만약 연호 자신이 진짜 사신지안의 소유자라면 대단히 의미 있는 일이라는 것이다.

그 이유는 이회옥 자신이 백호지안의 소유자이기 때문이었다. 만약 자신이 사부의 말대로 사신지안의 소유자라면 좀처럼 나타나지 않는 사신지안이 동시대에 나타나는 이변이 생기는 것이었다.

사신지안의 소유자가 동시대에 나타나는 것이 중요한 의미를 지니는 것은 삼한의 전설인 사신지연(四神之緣) 때문이었다. 사신지연은 사신지안의 소유자 네 명이 동시대에 나타나 힘을 합친다면 천하의 주인을 바꿀 수 있다는 전설이었다.

결국 이회옥의 말은 동시대에 두 명의 사신지안이 나타났으니 나머지 두 명이 나타날 가능성이 높다는 것이다. 또한 그것은 곧 삼한의 후예가 대륙의 주인이 될 수 있다는 것을 의미한다는 말이었다.

사신지안과 사신지연의 전설에 대한 이야기를 모두 듣고 나자 연호는 이회옥이 대륙 정복을 꿈꾸고 있음을 알 수 있었다. 백호의 꿈은 천하의 주인이 되는 것이었다. 이회옥은 그와 같은 이야기를 해 줌으로써 자신에게 선택의 기회를 준 것이다.

대륙의 주인이 된다는 것은 당을 멸하고 그의 나라를 세우는 것이다. 역모인 것이다. 그동안 이회옥을 자신의 이상형으로 꿈꿔 왔던 연호였지만 막상 자신의 모든 것을 이회옥과 함께해야 한다고 생각하니 머리가 복잡해졌다.

또한 그에게 있어 애증이 겹치는, 잃어버린 나라 고구려를 대륙의 땅에서 되찾겠다는 이회옥의 꿈은 연호로서는 쉽게 받아들일 수 있는 것이 아니었다. 정작 고구려 황통의 핏줄을 이은 사람은 이회옥이 아니라 연호, 고연호 자신이었기 때문이다.

연호는 머리를 좌우로 세차게 흔들었다. 머릿속에서 복잡하게 뒤엉킨 생각들을 떨쳐 버리기 위해서였다. 어쨌든 지금은 그와 같은 문제보다도 당장 눈앞의 후희일과 치주군을 상대할 궁리를 해야 했다. 적어도 후희일은 연호 자신이 함께할 사람이 절대 아니기 때문이었다.
"뭐하냐?"
설영이 의아한 눈빛으로 쳐다보고 있었다.
연호는 머쓱한 표정으로 대답했다.
"아, 아뇨. 모기가 많아서……. 헤헤! 그보다 그만 내려가서 좀 쉬세요. 어차피 내일 아침까지는 시간이 있으니 어떻게 되겠지요."
"다른 병사들도 모두 네 녀석처럼 속이 편하다면 좋으련만, 병사들이 제법 불안해하고 있구나."
"그게 뭐 아무래도 병세는 저쪽이 훨씬 강해 보이니까요. 그래 봤자 반군들에게도 쩔쩔매던 치주군에 불과한데 말이지요."
"그때와는 상황이 다를 것이다. 후희일이 비록 소인배에 지나지 않지만, 그도 우리 평로군의 무장으로서 군사를 이끌었던 사람이니 말이다."
설영의 말을 들은 연호의 눈에 이채가 스쳤다. 후희일 역시 고구려 무가의 후예이니 당연히 맥궁을 다룰 줄 안다고 하던 이회옥의 말이 생각났던 것이다. 후희일은 의외로 만만하게 볼 자가 아닐 수도 있다는 생각이 들었다.
연호는 고개를 돌려 치주군의 진영이 세워진 율리평 쪽을 쳐다보았다.

이제 완전히 해가져서 어둠에 잠기기 시작한 치주군의 진영은 조용한 적막감에 빠져들고 있었다. 그러나 연호는 그 모습에서 뭔가 기분 나쁜 느낌이 들었다.

연호가 나직하게 말을 건넸다.

"형님, 아무래도 좀 나갔다 와야 될 것 같습니다."

"뭐? 적진을 살피러 간다는 말이냐?"

"예. 그래야 할 것 같습니다."

"갑자기 그게 무슨 말이냐?"

"생각해 보니 저는 명안대잖아요. 그게 우리 명안대의 임무라는 것을 깜빡하고 있었어요. 다녀와서 말씀드릴 게요."

"그래……. 조심하여라."

"옙!"

연호는 가볍게 손을 들어 보이고는 가파른 경사를 이루고 있는 성벽을 빠르게 내려가기 시작했다.

찌르르!

요란한 벌레 소리를 들으며 풀숲 사이에 몸을 숨기고 있던 연호는 조심스럽게 고개를 내밀었다. 십 장 밖에 번초들이 서 있는 모습이 보였다.

번초를 살펴보던 연호의 눈에 이채가 스쳤다. 번초들 중 한 명은 그가 알고 있는 방곽이었다. 연호는 어쩌면 방곽에게서 치주군의 상황에 대한 정보를 들을 수도 있을 것 같다는 생각이 들었다.

　연호가 다시 움직이려는 순간 방곽의 말소리가 들려왔다.

　"에이, 시발! 지지리 복도 없지 말이야. 겨우 귀검랑을 꼬셔서 맥궁을 배워 보나 했는데 말이야. 이게 뭔 짓이냐?"

　"형님은 그자를 생각하면 치가 떨리지 않소? 단칼에 세 명을 베고 달아났다고 하던데. 게다가 만날 우리를 뺑뺑이만 돌렸잖아요."

　"그거야, 귀검랑에게 달려든 놈들이 미친놈들이지! 죽으려고 환장한 거란 말이다. 그리고 우리 뺑뺑이 돌린 거는 어쨌든 귀검랑 말대로 체력이 있어야 맥궁을 쓸 수 있으니 할 수 없잖아."

　"하이고, 형님이 귀검랑하고 뭔 관계라도 되는 것이오? 어찌 그리 그 작자 편을 드시오?"

　"이 자식이 진짜 사람 말을 안 믿네. 귀검랑이 나에게 맥궁에 소질이 있다고 직접 가르쳐 준다고 했다니까!"

　"나중에 가르쳐 주지."

　"그렇…… 흡!"

　대꾸를 하던 방곽이 화들짝 놀라서 헛바람을 삼키며 손으로 급히 입을 막았다.

　연호가 나타나 같이 번초를 서던 막충의 입을 틀어막고는 자신에게 조용히 하라는 듯이 입에다 손가락을 대고 있었다.

연호는 입을 틀어막고 있던 막충을 바닥에 눕히고는 방곽을 쳐다보며 나직하게 말을 건넸다.

"이자는 수혈을 짚어 재웠으니 잠시 후에 깨어날 것이오. 그래, 잘 지냈소?"

"그, 그렇습니다요. 어, 어찌 여기에……."

"그야 뭐 정탐하러 온 것 아니겠소. 그게 내 일이니까 말이오."

"그, 그렇군요."

"그럼 말해 보시오."

"예? 무, 무슨 말씀이신지……?"

방곽이 어리벙벙한 표정으로 말끝을 흐리며 쳐다보자 연호가 짐짓 정색하며 말했다.

"얼마나 온 것이오?"

"삼만으로 알고 있습니다. 치주성의 군사가 모두 동원되었습죠. 참! 큰일 났습니다요. 조금 전에 기습대가 출발하였다고 들었습니다요."

"기습대라니?"

"오늘 밤 기습을 한다고 병사들이 출동을 하였습니다요."

방곽의 말에 연호는 눈을 치켜떴다. 후희일이 얕은꾀를 부리고 있는 것이다.

어쨌든 치주군의 기습 부대는 자신과 마주치지 않은 것으로 봐서 서문을 노리지 않고 다른 쪽을 노리고 있는 모양이었다. 아마도 우회하여 지형이 평탄한 북문 쪽을 노릴 가능성이 컸다.

연호는 다급해진 표정으로 걸음을 옮기려다 방곽을 돌아다보며 말을 건넸다.

"고맙소. 혹시 이번 싸움에 참가하더라도 궁수이니 가급적 뒤쪽에 있으시오. 그래야 나중에라도 맥궁을 배울 것 아니오."

"예. 헤헤!"

방곽은 헤벌쭉 웃음을 보였다. 연호는 나중에라도 그에게 맥궁을 가르쳐 주겠다고 약속을 한 것이다.

▼　　　▼　　　▼

쉬이잉!

불꽃 하나가 하늘 높이 치솟아 오르고 있었다.

"저, 저게 뭡니까?"

"엉? 신호전 같은데……."

목두향이 놀란 표정으로 묻자 강진남이 고개를 갸웃거리며 중얼거렸다.

목두향이 믿기지 않는 표정으로 외쳤다.

"무슨 신호전이 저렇게 높이 올라갑니까요?"

"그, 그러게. 도대체 어디까지 날아가는 거야?"

강진남이 의아한 표정으로 반문하는 순간, 뒤에서 설영의 다급한 외침이 들렸다.

"기습이다! 즉시 대비하라고 고하라!"

"예에?"

"저것은 연호가 날린 신호전이다. 연호 말고 저리 높이 신호전을 날릴 수 있는 이가 있느냐!"

그제야 강진남은 설영의 말을 이해하고는 급히 목두향과 함께 기습을 알리기 위해 다급하게 움직였다.

쉬이잉!

또다시 한 발의 신호전이 날아올랐다.

'북쪽? 북문이구나!'

설영의 눈에 기광이 번뜩이며 북문을 향해 신형을 날렸다. 두 번째 날아오른 신호전은 북쪽을 향해 날아가고 있었던 것이다.

둥! 둥! 둥!

갑작스레 북소리가 울려 대자 평로군의 움직임이 바빠지기 시작했다. 북소리는 적의 공격을 의미하는 것이었다.

"적이다! 궁수대 공격! 적이 부교를 놓지 못하도록 하라!"

잠시 후, 청주성의 북문에서 다급한 외침들이 들려왔다. 치주군의 기습 공격이 시작된 것이다.

"궁수대는 적의 투석기를 공격하라!"

또다시 외침이 들려오기 무섭게 시커먼 돌덩이가 날아들기 시작했다.

꽝! 꽝! 꽝!

어둠 속에서 날아든 돌덩이가 성벽과 평로군 들을 두들기기 시작했다.

평로군이 투석 공격에 우왕좌왕하는 사이 치주군은 뗏목을 해자호에 던져 넣고 밧줄로 묶어 부교를 설치하고 있었다.

평로군으로서는 부교가 설치되는 것을 절대적으로 막아야 했다. 부교만 설치된다면 치주군은 성벽을 쉽게 기어오를 것이다. 특히 북문 쪽의 성벽은 경사가 완만하여 강가의 제방과 비슷한 정도였다.

설영이 북문에 도착하였을 때에는 이미 상당수의 치주군이 부교를 건너 성벽 위에 오르고 있었다.

설영은 신형을 날려 막 성벽 위에 오른 적군 세 명을 순식간에 베어 버리고는 성루 쪽을 쳐다보았다.

성루는 이미 반쯤 허물어져 있었다. 적의 투석 공격에 완전히 당한 모양이었다.

설영은 이를 악다물고는 다시 적들을 베어 내면서 앞으로 나아가기 시작했다.

십여 장을 나아가던 설영의 눈에 북문을 맡고 있던 좌군부장 조인항의 모습이 보였다.

그를 발견한 설영의 눈에 기광이 번뜩였다. 조인항은 장창을 휘둘러 대며 적들을 상대하고 있었지만, 이미 그의 몸에는 적의 화살이 네 대나 꽂혀 있었던 것이다.

설영은 달려드는 적들을 재빠르게 베어 버리고는 조인항의 옆에 내려서며 다급하게 물었다.

"조 장군! 괜찮으십니까?"

"설영! 면목이 없소이다."

"지금은 그런 말씀을 할 때가 아닙니다. 일단 내성으로 물러나서 치료부터 받으십시오."

"그럴 수는 없소이다. 저 간악한 후가 놈을 두고 어찌 물러난단 말이오!"

"그럴 수 있소이다."

설영과 조인항의 고개가 동시에 돌아갔다.

이회옥이 눈에 정광을 뿜어내며 다가오고 있었다.

"자, 장군님을 뵙습니다."

"우리가 한 방 먹었소이다. 하지만, 이 정도에 무너질 평로군이 아니외다. 그러니 조 장군께서는 치료부터 받으시오."

"그것은 아니 될 말입니다. 적의 기습을 막지 못한 자가 어찌 죽음을 피하려 한단 말입니까!"

"기습을 막지 못한 잘못은 내게도 똑같이 있는 것이오. 그러니 내 말대로 하시오. 설영!"

이회옥의 외침에 설영은 조인항의 뒷목을 검병으로 찍어 수혈을 짚어 버렸다.

설영이 병사들에게 조인항을 내성으로 옮기라고 전한 뒤 돌아오자 이회옥이 나직하게 말을 건넸다.

"형님이 제법 용감해졌구나. 신호전을 올린 것은 연호였더냐?"

"예, 갑자기 적진을 살펴보고 오겠다고 가더니 신호전을 올렸습니다."

"역시……."

이회옥이 말끝을 흐리고는 고개를 좌측으로 돌렸다. 좌측의 성벽을 따라 적을 베어 내며 맹렬하게 돌진하는 자가 있었던 것이다. 바로 연호였다.

"귀검랑이다! 귀검랑이 왔다!"

여기저기서 아군 병사들의 환호 소리가 들려왔다.

설영이 피식하고 실소를 흘리며 말을 건넸다.

"호랑이도 제 말하면 온다더니 녀석이 왔군요."

"그래, 슬슬 반격을 하자꾸나. 더 이상 물러설 수는 없는 일 아니냐! 가자!"

"예!"

이회옥이 장검을 뽑아 들고 신형을 날리자 설영이 그의 뒤를 따랐다.

"뭣들 하느냐! 아직도 성문을 열지 못하였단 말이냐!"

"평로군의 저항이 너무 거센 것 같습니다."

후희일이 호통을 치자 원세연이 달려와 고개를 조아리며 대답했다.

후희일이 원세연을 노려보며 다시 말을 뱉었다.

"기습에 성공하고도 여태 성문을 열지 못하다니 그게 말이 되느냐!"

"그것이 귀검랑과 이회옥이 직접 성문을 지키고 있는 모양입니다. 그들을 당해 내기가 쉽지 않은 터라……"

"멍청한!"

후희일은 답답하다는 듯이 말을 뱉었지만 그도 이회옥의 무공이 얼마나 대단한지를 알기에 뾰족한 수가 떠오르지 않았다.

"화시!"

왕이현의 입에서 다급한 외침이 터져 나왔다. 청주성 쪽에서 불이 붙은 화시들이 치주군의 진영을 향해 날아들고 있었다.

후희일이 대수롭지 않다는 표정으로 말을 뱉었다.

"저깟 화시에 뭘 그리 놀라느냐?"

"화시를 날릴 정도면 적이 전열을 정비한 것이 아닐지……"

왕이현이 조심스럽게 말을 하는 도중에 원세연의 입에

서 다시 외침이 터져 나왔다.

"부교들이 불타고 있습니다!"

"이런! 당장 주위의 불을 꺼라!"

후희일이 다급하게 고함을 쳤다. 그는 뒤늦게 화시의 의미를 깨달은 것이다.

사실 후희일이 가장 두려워하는 것은 평로군의 궁수대였다. 평로군의 궁수들은 모두 맥궁을 사용하였다. 사거리가 훨씬 긴 맥궁은 공성전에서 가장 위협적인 무기였다.

성 근처에 도달하기도 전에 맥궁의 공격을 받아야 하는 입장에서는 반격도 하지 못하고 당해야 하는 것이다.

과거 당나라가 고구려를 공격할 때에도 가장 두려워했던 것이 고구려 군사의 맥궁이었다.

그래서 후희일이 택한 것이 야간 기습이었다. 어둠 속에서 기습을 하여 평로군이 활 공격을 할 틈을 주지 않으려던 것이다.

기습은 성공적이었다. 게다가 기마대의 진형을 넓게 벌려 세움으로써 간간히 날아오는 활 공격에는 그다지 피해를 입지 않고 있었다.

그러나 전열을 정비한 평로군이 화시를 날리게 되자 상황이 달라졌다. 치주군의 진형이 평로군에게 노출되는 것이다. 빨리 주변의 불을 끄지 않으면 평로군의 맥궁 공격에 역습을 당할 수 있었다.

쉬익! 쉬익!

날카로운 소성들이 허공에 울려 퍼지자 후희일과 왕이현 등의 안색이 급변하였다. 그들이 있는 곳과 청주성과는 불과 백여 장의 거리였다. 맥궁이라면 백여 장의 거리 정도는 정확한 조준 사격이 가능했다.

그러한 사실들을 입증이라도 하듯이 날아든 평로군의 화살들은 기마대 병사들을 정확하게 꿰뚫고 있었다. 이대로 있다간 청주성에 발을 들여놓지도 못해 보고 기마대가 전멸을 당할 판이었다.

후희일의 입에서 다급한 외침이 터져 나왔다.

"기마대를 물려라! 뒤로 물러나란 말이다!"

치주군이 다급하게 움직이기 시작했다. 기마대가 급히 물러남에 따라 창병들과 검병들도 급히 물러나고 있었다.

청주성을 노려보던 후희일은 아쉬운 표정으로 이를 악물었다. 이미 기습의 묘는 완전히 사라졌고 남은 것은 정공법뿐이었다. 거의 성공할 뻔하였던 청주성 기습 공격이 실패로 돌아가자 더욱 아쉬움이 남는 것이었다.

※　　　※　　　※

"생각보다 피해가 너무 큽니다."
"그래, 그런 것 같구나. 내가 방심을 한 탓이다."

설영의 말에 이회옥은 대답하며 부서진 성벽과 부상자들을 안타까운 표정으로 돌아보았다.
　설영이 침통한 표정으로 다시 말을 이었다.
　"이 상태에서 다시 이번과 같은 기습 공격이 있다면 승리를 장담할 수 없습니다."
　"형님은 다시 기습 공격을 하지는 않을 것이다. 그는 평로군 궁수대의 무서움을 잘 알고 있다. 그래서 치주군도 맥궁으로 무장을 하려고 하였던 것이고."
　"아니, 그걸 알면서도 나더러 치주군에게 맥궁을 가르쳐 주라고 했단 말이에요?"
　연호는 어이가 없다는 표정으로 이회옥을 쳐다보았다. 이회옥은 뻔히 그 자신에게 해가 될 것을 알면서 그와 같은 일을 시켰다는 말이었다.
　이회옥이 피식 실소를 흘리더니 대꾸했다.
　"그래서 너를 보내지 않았느냐. 내가 보기에 너는 욕심이 많아서 절대로 제 것을 남에게 주지 않을 것 같았다."
　"그건 확실히 맞는 말씀인 것 같네요. 어릴 때부터 남의 것만 탐하던 녀석이니 말이에요."
　"엥! 지금 도대체 언제 적 이야기를 하시고 그럽니까? 설영 형님!"
　설영의 놀림에 연호가 눈을 부라리며 대꾸하였다.
　하지만 설영은 연호의 말을 무시하고는 이회옥에게 다

시 말을 건넸다.

"그럼 후희일은 사주의 군대가 도착할 때를 기다려 정공법을 취하려 하겠군요."

"그렇다고 봐야지. 그 사이 우리도 준비를 단단히 해야 한다."

"예, 하나 수광현의 우군이 아직 도착하지 않는 것이 아무래도 마음에 걸립니다. 멀리 나가 있는 철기대와 명안대는 그렇다고 해도 우군은 이미 도착을 해야 하지 않습니까?"

"강진한은 이곳으로 오지 않을 것이다."

"예에?"

설영과 연호는 일만에 달하는 평로군의 우군을 이끌고 있는 우군부장 강진한이 청주성으로 돌아오지 않는다는 말에 화들짝 놀랐다. 그가 이곳으로 오지 않는다는 것은 이미 배신을 했다는 것을 의미하기 때문이다.

설영이 믿을 수 없다는 표정으로 물었다.

"강 장군이 배신을 했단 말입니까?"

"쯧! 강진한이 배신 따위를 할 사람이 아니라는 것은 너도 잘 알지 않느냐?"

"그, 그럼 무슨 말씀이신지?"

"그는 지금 치주성으로 달려가고 있다."

잠시 어리벙벙한 표정을 짓던 설영과 연호는 뒤늦게 이

회옥의 말뜻을 이해하고 두 눈을 휘둥그레 떴다.
 이회옥은 강진한에게 치주군의 출정으로 무주공산이 된 치주성을 치라고 한 것이다. 당장 청주성이 위기에 처해 있음에도 오히려 적의 근거지인 치주성을 치게 한 이회옥의 배포가 놀라웠다.
 연호가 고개를 갸웃하며 물었다.
 "아니, 그러다 청주성을 빼앗기기라도 하면 어쩌려고 그럽니까?"
 "이곳을 빼앗기면 군사들과 달아나서 치주성에 가면 되지 않느냐."
 "예? 그게, 또 그렇게 되는군요."
 이회옥의 대답에 연호는 머쓱해진 표정으로 중얼거렸다. 농담처럼 한 말이지만 이회옥의 말이 틀린 말은 아니었던 것이다.
 설영이 눈에 이채를 띠고는 말을 건넸다.
 "성공만 하면 후희일의 숨통을 완전히 끊을 수가 있겠군요."
 "강진한이 치주성을 빼앗고, 우리가 형님의 공격을 막아 낸다면 아마도 그렇게 될 것이다. 나는 여전히 철기대와 명안대를 믿고 있다."
 이회옥이 담담하게 대답했다.
 연호는 그제야 모든 상황이 이해되었다.

이회옥은 강진한에게 치주성을 장악하게 하여 후희일을 고립시키려는 것이다. 그렇게 된다면 고립된 후희일은 배후의 습격이 두려워 어느 쪽도 제대로 공격할 수 없게 된다.

또한 치주군이 고립되면 다른 사주의 군대들도 함부로 움직이지 못하게 될 것이다. 후희일이 이길 승산이 없어지기 때문이다. 철저하게 힘의 논리를 따르는 그들은 한 발 뒤로 물러서서 관망하는 태도를 유지할 것이 분명하였다.

결국 전쟁은 치주군과 평로군 간의 장기전으로 발전될 것이고, 근거를 잃은 치주군은 더욱 사기가 저하될 것이 분명하였다. 거기에 동북 최강의 기마대인 철기대와 명안대가 가세한다면 승리는 평로군의 것이 확실하였다.

다만 그러한 계책에는 반드시 청주를 지킬 수 있다는 확신이 있어야 했다. 이회옥은 그러한 확신을 가지고 도박을 한 것이다.

연호는 짧은 시간에 그와 같은 판단을 한 이회옥이 새삼 대단하게 느껴졌다.

※ ※ ※

둥! 둥! 둥!
"와! 와!"
북소리가 울리자 철기대의 병사들이 일제히 함성을 지

르며 발을 굴러 댔다. 처음으로 축국 시합에서 명안대를 누른 것이다.

조주한이 터덜터덜 걸어오며 퉁명스럽게 말을 뱉었다.

"시박! 오골계 새꺄, 너 어제도 술 처먹었냐?"

"술은 시발! 어젯밤에 같이 있었잖아요!"

"그런데 시박 새끼가 그걸 놓쳐서 시합을 망치냐! 만날 발만 쳐올리지 말고 대가리도 쓰라고 했잖아!"

"에이, 시발! 습관적으로 발부터 올라가는데 어떡해요!"

"이 새끼가 뭘 잘했다고 꼬박꼬박 말대꾸야!"

조주한이 버럭 호통을 치자 그의 곁으로 다가온 연호가 말을 건넸다.

"에이, 부대주 형님, 그만하세요. 연주 형도 지려고 그런 것은 아니잖아요. 대가리가 안 움직이는데 어떡해요. 오죽하면 닭대가리라고 하겠어요."

"뭐야! 이 새끼가 뒈질래!"

"지랄하고 있네. 네놈이 뭔 재주로 연호를 조지냐? 이 자식이 아직도 연호가 옛날의 꼬맹인 줄 아나……."

"에이, 시발! 그러니까 내가 전부 잘못했어요. 됐어요?"

"그래, 시박 새꺄! 네가 다 말아먹었으니까, 곰탱이 돈도 네가 책임져!"

조주한의 호통에 연호가 화들짝 놀라며 물었다.

"잉? 곰탱이가 돈 걸었어요?"

"그래, 시박! 그것도 닷 냥이나 걸었다. 그 짠돌이가 돈 잃은 걸 알면 우리 전부 패 죽이려고 할 거다."

"쿵! 그럼 진작 말씀을 하셔야죠."

연호가 책망하듯이 말을 하자 강연추가 퉁명스럽게 말을 받았다.

"지랄! 진작 말했으면? 어차피 시합에 졌는데 뭐 뾰족한 수라도 있냐?"

"당연히 있죠. 곰 대주님이 돈 걸은 걸 알았으면 당연히 안 졌죠!"

연호가 천연덕스럽게 대답하자 조주한이 가자미눈을 한 채 연호를 쳐다보며 중얼거렸다.

"어째 말이 좀 그렇다. 설마 일부러 졌다는 말이냐?"

"그야 뭐, 철기대도 한 번쯤은 이겨야죠."

"뭐야! 시박, 너 이 자식! 철기대한테 돈 걸었지?"

"그게, 뭐 어쨌든 딴 돈이 닷 냥은 넘어야 할 텐데……. 헤헤!"

연호가 실실거리며 대답하자 조주한이 죽일 듯이 연호를 노려보다가 고개를 갸웃하며 강연추를 쳐다보았다.

강연추는 연호가 철기대에게 돈을 걸고서 일부러 졌다는 말을 하는데도 별말을 하지 않고 멀뚱멀뚱 딴 곳을 쳐다보고 있었다. 평소의 강연추라면 당연히 길길이 날뛰어야 했다.

조주한이 강연추를 노려보며 버럭 소리를 쳤다.

"오골계 너도 철기대한테 돈 걸었지? 이 자식들이 아주 작정을 했네. 작정을 했어! 몰라, 나는 모르니까 니들이 알아서 곰탱이 돈 돌려줘라잉!"

"나는 연호 이 자식 따라한 것뿐이요."

"그래서 너도 돈 벌었잖아. 시박!"

"그러니까 내가 번 돈을 왜 곰탱이한테 주냐고요!"

"어라 뭔 일이 있나 본데요. 누가 왔나?"

연호가 소란이 일고 있는 연병장 저쪽을 쳐다보며 혼잣말을 중얼거리자 말다툼을 하고 있던 조주한과 강연추도 의아한 표정으로 시선을 돌렸다.

연병장 서쪽 끝에 일단의 행렬이 군사들의 호위를 받으며 지나가고 있었다.

호기심 어린 눈으로 낯선 행렬을 보고 있던 연호는 마침 양무오가 그들에게 다가오자 반색하며 물었다.

"무오 형님! 무슨 일입니까? 저 행렬은 뭐예요?"

"조정에서 칙사가 왔다."

"그래요? 조정에서 칙사가 무슨 일로 왔대요?"

"황제가 이 장군님을 정식으로 평로치청 절도사로 임명하였다. 이정기라는 이름까지 내렸다고 하는구나."

"오! 그렇군요."

"뭐야? 그럼 이제부터 이정기 장군님이라고 불러야 하

는 거야?"

조주한의 말에 양무오가 고개를 저으며 대꾸했다.

"그렇지는 않을 걸세. 장군님이 어떤 사람인데 당나라 황제가 내리는 이름을 덥석 받아서 쓰겠나?"

"하긴 뭐 당나라 조정을 탐탁지 않게 생각하는 분이시니."

"탐탁지 않게 생각하는 게 아니라 그냥 싫어하시는 거지."

조주한과 양무오가 주거니 받거니 하면서 서로 대화를 나누는 동안 당나라 조정의 칙사 행렬을 쳐다보고 있던 연호는 얼마 전에 있었던 평로군과 치주군과의 전쟁을 떠올렸다.

평로치청의 실권을 두고 벌어진 전쟁은 연호의 예상대로 평로군의 완승으로 끝이 났다.

강진한이 이끄는 평로 우군이 치주성을 점령하자 후희일의 치주군은 사기가 급격하게 저하되었다. 게다가 후희일에게 동조하려던 사주의 군대들도 곧바로 지지를 철회하였다. 후희일에게 승산이 없다고 판단한 것이다.

다만 전쟁은 모두의 예상보다 훨씬 일찍 끝이 났는데, 거기에는 연호의 공이 컸다.

연호는 원세연을 회유하여 반기를 들게 만들었던 것이다. 원세연은 치주성을 탈환하겠다는 명분으로 일만의 병사를 이끌고 출정에 나선 뒤 곧바로 투항을 해 버렸다. 그 일이 후희일에게는 치명적이었다.

원세연의 투항 이후, 이미 사기가 떨어질대로 떨어져 있던 치주군은 급속도로 와해되었다. 달아나거나 투항하는 자들이 속출하였고, 후희일은 그 일을 수습할 능력이 없었다.

결국 후희일은 철기대와 명안대마저 돌아왔다는 소문을 듣자 왕이현과 함께 심복 이천 명만을 데리고 남쪽으로 달아나고 말았다.

그렇게 내전을 끝내고 평로치청의 지배자로 복귀하게 된 이회옥은 이제 공식적으로 당나라 조정의 인정을 받음으로써 불과 서른넷의 나이에 이정기라는 이름으로 당나라 제후의 반열에 오르게 된 것이다.

때는 서기 765년 당 대종(大宗) 영태(永泰) 원년 7월의 일이었다.

제9장

봉래항(蓬萊港)

"우와! 무슨 배가 저리 커요?"

연호는 봉래항에 정박해 있는 거대한 상선을 보고는 입을 다물지 못하고 있었다. 배라고는 강이나 호수를 건너는 나룻배밖에 보지 못하였던 연호로서는 수백 명을 싣고 다니는 거대한 상선의 크기에 압도당할 수밖에 없었던 것이다.

연호의 옆에서 배를 쳐다보던 설영이 무덤덤한 표정으로 입을 열었다.

"표식을 보니 아마도 신라로 가는 배인 것 같구나."

"신라……."

연호는 말끝을 흐렸다. 고당전쟁을 이용하여 할아버지의 나라 고구려를 멸망시키고 그 땅의 일부를 차지한 삼한의 한 나라라고 들었다. 그 때문인지 원래 고구려니 당이니 하는 것 따위에 별 관심이 없었던 연호였지만 신라라는 이름을 듣는 순간 저도 모르게 거부감이 느껴졌다.

"뭘 그리 생각하느냐? 그만 가자!"

"예? 아, 예. 근데 평복까지 하고 여기 봉래현에는 도대체 왜 온 겁니까?"

연호가 설영의 뒤에 바싹 따라붙으며 물었다.

설영은 고개를 돌려 연호를 힐긋 쳐다보고는 말을 건넸다.

"이번에 장군님께서 평로치청의 절도사가 되시면서 해운압신라발해양번사(海運押新羅渤海兩蕃使)라는 관직을 제수받으셨다."

"해운압…… 뭐요?"

"해운압신라발해양번사!"

"젠장! 뭔 관직 이름이 그리 어려워요! 근데 그게 뭐하는 관직인데요?"

"해운을 통한 신라, 발해와의 모든 교역과 외교의 업무를 관할하는 직책이라고 들었다."

"그래요? 근데 그거랑 이곳 봉래현과 무슨 상관이 있어요?"

"멍청한 놈! 너는 저기 저 배들이 보이지 않느냐?"

"당연히 보이죠! 좀 많네……."

연호는 봉래항에 정박하고 있는 수많은 배들을 보면서 질린다는 표정으로 대꾸했다.

 설영이 한심하다는 눈빛으로 연호를 쳐다보며 말을 이었다.

 "이곳 봉래현은 등주에서 가장 큰 교역항이다. 신라나 발해는 물론이고 저 멀리 대식국(大食國:지금의 사우디아라비아 지역에 있던 사라센 제국)까지 항해하는 배들이 모두 이곳을 통해 대륙으로 드나드는 곳이란 말이다."

 "아, 그러니까 이곳 봉래현을 포함해서 등주도 이제부터 장군님이 다스리게 된다는 그 말이네요."

 "아직은 등주가 평로치청에 들지 않았으니 딱히 그렇다고는 할 수 없지만 곧 그렇게 될 것이다."

 설영의 말에 연호는 고개를 끄덕였다.

 이회옥은 활발하게 외국과의 교역이 이루어지고 있는 봉래항을 비롯하여 등주의 정세를 미리 살펴보도록 설영에게 지시를 한 모양이었다.

 다시 설영의 뒤를 따라 걸음을 옮기던 연호의 눈에 이채가 스쳤다. 그는 도복을 입은 노인과 무복을 입은 젊은 남녀 한 쌍을 관심 있게 보고 있었는데, 그들 모두 검을 지니고 있었다.

 "형님! 저자들은 뭡니까?"

 연호의 시선을 따라 세 명의 인물들을 쳐다본 설영이

심드렁하게 대답했다.

"태산파의 도사와 그 제자들인 모양이군."

"태산파?"

"태산파는 태산에 자리한 도교를 섬기는 도관이자 검법으로 유명한 무파이다."

"그러니까 저들이 바로 그 사부님이나 형님들이 말하던 무림인이라는 말이네요. 흠……. 그다지 세 보이지는 않는데."

"저들 무림인은 우리와는 다른 자들이니 괜한 호기심을 보이지 마라."

연호가 호기심이 잔뜩 서린 눈으로 태산파의 노도사와 그 제자들을 노려보자 설영은 괜한 시비가 생길까 염려스러운 모양인지 정색하고는 말을 건넸다.

연호는 설영을 신기하다는 듯이 쳐다보며 물었다.

"근데 형님은 어떻게 그런 것을 잘 아세요. 형님도 계속 군문에 있었잖아요."

"그, 그야 나도 무파의 제자이니 그 정도는 아는 것이다."

"그럼 형님도 무림인들처럼 사문도 있고 사형제도 있고 그런 거예요?"

"당연히 사문도 있고 사형제도 있다."

설영의 대답에 연호는 잠시 고개를 갸웃거리더니 다시

말을 건넸다.

"그러고 보니 형님이랑 장군님의 검법이 비슷하던데, 혹시?"

"그래, 장군님이 내게 사형이 되신다."

"아, 그렇구나. 사문의 이름이 뭔데요?"

"가르쳐 주면 네가 아느냐?"

"그야 뭐, 당연히 모르지만, 그래도 궁금하잖아요."

"나의 사문은 을선문이다."

"을선문……. 뭔가 현기가 느껴지는 이름이네요. 쩝! 사부님이 돌아오시면 우리도 사문 이름을 짓자고 할까?"

"객쩍은 소리 그만하고 묵을 객잔이나 찾아보자. 왠지 이곳의 분위기가 심상치 않구나."

혼자 엉뚱한 생각을 하고 있던 연호는 설영의 말에 걸음을 옮기면서 주위를 둘러보았다.

설영의 말마따나 왠지 주위가 어수선해 보였다. 게다가 다시 보니 노도사의 제자들과 같은 복장을 한 젊은이들이 여기저기에서 눈에 띄고 있었다.

"잠깐 멈추시오!"

설영과 연호가 몇 걸음 나아갔을 때 갑자기 두 명의 청색 무복을 입은 자들이 그들을 막아섰다. 그들은 태산파 노도사의 제자들과 같은 복장을 하고 있는 자들이었다.

설영과 연호가 쳐다보자 두 명의 사내들 중에 얼굴에

곰보 자국이 남아 있는 키가 큰 사내가 앞으로 나서며 냉랭한 표정으로 말을 건넸다.

"우리는 태산파의 제자들로 흉악한 음적을 찾고 있소. 잠시 행랑을 풀어 보여 주시오!"

"……"

연호는 순간 기가 차서 말문이 막혔다.

자신은 그렇다 치더라도 설영은 이회옥의 부관이었다. 산동을 지배하는 평로치청의 이인자나 다름없는 사람이었다.

그런데 평로치청의 땅이나 마찬가지인 이곳 등주의 한복판에서 설영의 앞을 막고 행랑을 풀라고 하는 자가 나타난 것이다.

연호가 한 발 앞으로 나서며 냉랭하게 말을 뱉었다.

"미친놈이군……"

"뭣이라!"

차앙! 차앙!

곰보 사내와 그의 동료가 호통과 함께 검을 뽑아 들자 설영이 다급하게 호통을 쳤다.

"연호! 물러서라! 뭔가 오해가 있는 모양인데 우리는 관원이오. 그러니 비켜서시오."

"관원이라면 관인이 있을 것 아니오. 당장 꺼내 보시오."

곰보 사내가 여전히 검을 거두지 않은 채 대꾸했다.

순간 설영의 안색이 살짝 변하였다. 생각해 보니 관인을 챙기지 않은 것이다. 이제껏 갑주와 검으로 모든 것을 말해 왔으니 관내를 벗어나 여행을 할 때는 관인을 챙겨야 한다는 사실을 잊어버리고 있었다.

설영의 표정을 읽었는지 곰보 사내가 코웃음을 치며 말을 뱉었다.

"흥! 관인도 없이 관원을 사칭하는가? 당장 행랑을 풀어 보라!"

"관인인지 뭔지 우리는 그딴 것 모르니 꺼져!"

"죽고 싶으냐!"

연호의 냉랭한 대꾸에 곰보 사내가 검을 내미는 순간, 뒤에서 호통이 터져 나오며 섬광이 번쩍였다.

"갈!"

챙!

곰보 사내는 하얗게 질린 표정으로 연호를 보고 있었다. 섬광이 번쩍이는 것만 느꼈는데 어느새 연호의 검이 그의 목 바로 옆에 멈추어져 있었던 것이다.

반면에 연호도 놀란 표정으로 곰보 사내의 뒤쪽을 노려 보고 있었다. 저만치 떨어져 있던 태산파의 노도사가 날린 검이 정확하게 그의 검을 막아 내고는 다시 날아가 노도사의 손에 들어갔기 때문이다.

봉래항(蓬萊港) 311

태산파의 노도사는 연호에게 다가와 천천히 말을 건넸다.

"빈도는 태산의 광허라고 하네. 검을 거두게."

"연호! 당장 검을 거두어라!"

설영이 나직하게 호통을 쳤다.

연호는 노도사를 묘한 눈빛으로 노려보며 천천히 검을 거두었다.

광허라고 자신을 밝힌 노도사가 다시 말을 건넸다.

"한두 번 사람을 베어 본 솜씨가 아닌데, 사문이 어디인가?"

"우리는 군문에 몸을 담고 있는 사람들이니 오해하지 마십시오."

설영이 급히 나서며 대답했다. 무림인의 생리를 전혀 모르는 연호가 함부로 대꾸를 하여 또다시 그들을 자극할까 싶어 걱정이 된 것이다.

광허 도장은 눈에 이채를 띠고 설영과 연호를 쳐다보더니 고개를 끄덕이며 말을 이었다.

"군문이라……. 사람을 베는 데 한 치의 망설임도 없는 것이 이해가 되는군. 그러나 그 정도의 쾌검이라면 단순히 군문의 사람은 아닌 것 같네만."

"군문의 일이라 더 이상 밝힐 수는 없으니 양해하시길 바랍니다. 서로 오해가 있었던 것 같으니 저희는 이만 가

보도록 하겠습니다."

 설영이 정중하게 말을 건네고는 연호와 함께 걸음을 옮기려 하자 이번에는 광허 도장과 함께 있던 청년이 그들을 막아서며 말을 건넸다.

 "남자치고는 너무 예쁘게 생긴 것 같은데. 정말 군문의 사람이오?"

 "문인!"

 광허 도장이 나직하게 호통을 쳤다.

 하지만 문인이라고 불린 청년은 여전히 설영을 유심히 쳐다보며 말을 이었다.

 "사부님! 음적도 이자와 같이 대단히 예쁘게 생긴 얼굴을 가졌다고 하였습니다."

 "그래요! 이자처럼 여자가 남장을 한 것으로 착각할 정도라고 했어요."

 청년의 옆에 있던 여인도 한마디 거들고 나섰다.

 설영의 표정이 차갑게 굳어지고 있었다. 무림인들과 분란을 일으키지 않으려고 애써 참고 있었지만, 그들을 막아선 두 남녀는 너무 안하무인이었다.

 "말이 지나치군."

 "쌍으로 지랄들을 하네!"

 설영과 연호가 거의 동시에 말을 뱉으며 허리춤으로 손을 가져갔다.

그때 연호의 허리춤에 말려 있는 맥궁을 본 광허 도장의 안색이 급변하였다. 얼핏 보기에 요대와 같이 보이는 맥궁은 최근 산동의 지배자로 부상한 평로군의 상징과도 같은 물건이었다.

설영과 연호의 신분을 짐작한 광허 도장이 두 남녀를 보며 다급하게 호통을 쳤다.

"어찌 그리 경망되게 말들을 하느냐!"

삐익!

갑작스레 날카로운 소성이 앞쪽에서 들리자 광허 도장과 태산파 일행의 안색이 급변했다. 아마도 소성은 그들이 사용하는 신호였던 모양이다.

"아이들이 철이 없어 결례를 하였소이다."

광허 도장이 설영과 연호를 돌아보며 급히 말을 건네고는 앞쪽을 향해 신형을 날렸다. 나머지 태산파의 사람들도 광허 도장의 뒤를 허겁지겁 따랐다.

태산파의 사람들이 달려가는 모습을 지켜보고 있던 연호가 퉁명스럽게 말을 뱉었다.

"무림인은 원래 다들 저렇게 싸가지가 없어요?"

"사람에 따라 다르겠지. 다 그렇기야 하겠느냐. 그 광허 도장만 하더라도 예의를 차리지 않더냐?"

"그건 그렇지만……. 도를 닦아서 그런가?"

"무슨 소리냐?"

"그 광허라고 하는 노도사 말이에요. 분명히 내 검이 빨랐는데……."

"태산파의 장로면 흑 노사께서도 쉽게 상대하지 못할 것이다."

"설마? 우리 사부님이 얼마나 무지막지한데요."

설영의 말에 연호는 도저히 믿기지 않는다는 표정으로 말했다.

설영이 정색하고는 다시 말을 이었다.

"비록 흑 노사께서 그 무위가 추측할 수 없을 정도로 높은 건 사실이지만, 무림이라는 곳은 수많은 기인이사들이 있는 곳이다. 무림이 달리 무림이겠느냐. 그러니 너도 행여 무림인들을 만나게 되면 각별히 조심해야 한다. 너 정도의 무공을 지닌 자들은 길바닥에 깔린 돌처럼 널렸으니까. 그 성질을 죽이지 않으면 제명대로 살기는 힘들 거다."

"쩝, 그런가? 하긴 뭐 이제 겨우 사 년 배웠으니……. 아, 그나저나 사부님은 도대체 어딜 가서 안 오는 거야."

"그만 가자."

설영이 걸음을 옮기자 혼자 투덜거리고 있던 연호도 얼른 뒤를 따랐다.

▼　　　▼　　　▼

연호와 설영이 산동객잔 안으로 들어서자 열두 살 정도 되어 보이는 점소이가 쪼르르 달려와 반갑게 인사를 하고는 그들을 창가 쪽의 자리로 안내했다.

연호가 자리에 앉아 창 쪽으로 고개를 돌리자 봉래항이 훤하게 내려다보였다.

설영도 자리가 마음에 드는지 흡족한 표정으로 점소이에게 은자 한 푼을 쥐어 주면서 말을 건넸다.

"자리가 마음에 드는구나. 묵고 갈 터이니 객방을 두 개 준비하고 요기를 할 만한 것을 좀 가져오너라."

"저기 객방은 남아 있는 것이 하나밖에 없는데요."

"그래? 그럼 그 방을 다오."

"예, 요리는 뭘 준비할까요?"

"너희 집이 뭐가 맛있느냐?"

"저야 다 맛있죠, 헤헤. 그래도 다들 오리 구이가 맛있다고들 하세요."

"그래, 그러면 오리 구이 한 마리하고 소면을 다오."

"예! 금방 차를 내어 올게요."

"어이!"

"예?"

"검남춘 있나?"

"당연히 있죠."

"그럼 그거 한 병 가져와라!"

"예!"

점소이가 쪼르르 달려갔다.

설영이 어이가 없다는 표정으로 연호를 쳐다보며 물었다.

"네가 검남춘이 뭔지나 아냐?"

"뭐긴요! 이태백이 즐겨 마신다는 그 술 아닙니까?"

"호! 네가 어찌 취선옹 이백을 아느냐?"

"이백이 아니라 이태백이라니까요!"

"네 녀석이 그러면 그렇지! 이백이나 이태백이나."

"엥? 둘이 같은 사람이에요? 만구 형님은 이태백이라던데."

"한만구가 네 녀석한테 바람을 넣었구나."

"뭐, 어쨌든 처음으로 오붓하게 한잔하는데 분주나 화주 이딴 거보다는 좋잖아요. 검남춘! 벌써 이름부터가 있어 보이잖아요!"

"오붓하게는 무슨. 그러고 보면 너도 진짜 많이 컸다. 처음 네 녀석을 봤을 때 딱 조금 전의 그 점소이만 했는데 말이다."

"무슨 소리예요. 그보단 컸다고요!"

"그게 그거지, 이 녀석아. 하여튼 얼굴은 새까맣고 눈은 쭉 찢어진 게 독기만 있어 가지고 말도 더럽게 안 듣더니만……."

"이 자식은 왜 빨리 차를 안 가져오는 거야!"

설영이 흐뭇한 표정으로 쳐다보며 말을 하자 연호는 쑥스러운 생각이 드는지 애꿎은 점소이를 원망하며 주방이 있는 쪽을 쳐다보았다.

그때 연호의 눈에 빠르게 이채가 스쳤다. 객잔의 입구로 여섯 명의 덩치 큰 장정들이 들어서고 있었다. 장정들은 모두 검은 무복을 입고 있었는데 흐트러진 걸음걸이로 봐서는 무사로 보이지는 않았다.

'어라? 어디서 본 듯한 면상인데……'

연호가 눈에 이채를 띠었던 것은 여섯 명의 장정들 중에 키가 가장 작아 보이는 자의 얼굴이 왠지 낯이 익었기 때문이다. 그러나 확실하게 누구인지는 생각이 나지 않았다.

연호의 표정이 이상한 것을 느꼈는지 설영도 고개를 돌려 장정들을 힐긋 쳐다보고는 연호에게 말을 건넸다.

"표정이 왜 그러냐?"

"아뇨. 왠지 낯익은 자가 한 명 있는 것 같아서……."

연호가 중얼거리며 대답하는 사이 점소이가 차를 내왔다.

연호는 점소이가 차를 탁자에 내려놓자 나직하게 물었다.

"저치들은 뭐하는 자들이냐?"

"쉿! 말조심해요. 해천방의 사람들인데요. 잘못 보이면 맞아 죽어요."

"해천방? 그게 뭐하는 곳인데?"

"뭐하긴요. 교역도 하고, 고리채도 하고, 그런 곳이죠."

"뭐야? 그럼 한마디로 돈벌레 부하 새끼들이라는 말이네."

연호는 어렸을 때 왕치에게 당했던 기억이 떠오르는지 인상을 잔뜩 찌푸리며 말했다.

점소이가 화들짝 놀란 표정으로 소리를 낮춰 말했다.

"그런 말 하다가는 큰일 나요!"

"알았으니까 그만 가 봐라."

"예!"

점소이가 다시 주방으로 달려가자 연호는 심드렁한 표정으로 찻물을 들이켰다. 아무래도 자신이 착각을 한 모양이었다. 그가 아는 사람 중에, 그것도 이곳 등주에서 그런 일을 하고 있을 사람은 없었다.

잠시 후 점소이가 요리와 검남춘을 내어 오자 연호는 반색하며 말을 건넸다.

"햐! 이 술이 그 검남춘이란 말이네요. 형님 한잔해요. 우리도 이태백인지 이백인지 하는 그 사람처럼 멋들어지게 마셔 봅시다."

"이백처럼 멋들어지게 마시다가 가는 수가 있으니 조금씩 마셔!"

"어? 이태백이 죽었어요?"

"그래, 삼 년 전인가 죽었다고 하더라!"

"뭐, 살 만큼 살았으니 죽었겠죠. 설마하니 검남춘 때문에 죽었겠어요."

말을 하던 연호의 미간이 살짝 찌푸려졌다.

입구 쪽에 앉아 있는 해천방도들이 떠들어 대는 소리가 거슬렸기 때문이다. 그들은 온갖 음담패설을 들으란 듯이 큰소리로 지껄이고 있었다.

연호는 자신의 잔에 술을 따르며 나직하게 중얼거렸다.

"아, 그 새끼들 더럽게 시끄럽네!"

"쓸데없이 사고치지 말고 술이나 마셔라."

설영이 정색하며 말을 건넸다. 괜한 분란을 일으켜 등 주의 사람들에게 주목을 받으면 곤란하기 때문이다.

설영의 말에 건성으로 고개를 끄덕이던 연호는 갑자기 주위가 조용해지자 어리둥절한 표정으로 주위를 둘러보았다. 조금 전까지만 해도 정신없이 떠들어 대던 해천방도들이 모두 입을 닫고 고개를 숙이고 있었다.

연호는 곧 그들이 갑자기 조용해진 이유를 알 수 있었다. 봉래항에서 만났던 태산파의 사람들이 객잔 안으로 들어와 자리를 잡고 있었던 것이다.

태산파 일행은 싸가지 없던 두 남녀와 다른 사내 두 명이었는데 광허 도장과 곰보 사내는 보이지 않았다.
 연호가 턱짓을 하자 설영이 나직하게 대꾸했다.
 "알고 있다. 우리와는 상관없는 사람들이니 신경 쓰지 마라."
 "쩝!"
 연호가 머쓱한 표정으로 술잔을 드는 순간 앙칼진 여자의 목소리가 들려왔다.
 "감히 어딜 쳐다보는 거냐!"
 광허 도장의 여제자가 해천방도들이 있는 쪽을 노려보고 있었다. 그들 중 누군가가 그녀의 심기를 건드린 모양이었다.
 해천방도들 가운데 우두머리로 보이는 대머리의 장한이 급히 자리에서 일어나 고개를 조아리며 말을 건넸다.
 "소저께서 뭔가 오해를 하신 모양인데 그만 노여움을 푸십시오."
 "오해? 저놈이 음흉한 눈으로 나를 힐끔거리는 것을 똑똑히 봤거늘 어디서 헛소리를 하는 것이냐?"
 그녀가 가리킨 해천방도는 바로 연호가 얼굴이 낯익다고 생각했던 그자였다.
 지목을 당한 해천방도가 자리에서 일어나 다급하게 손사래를 치며 말했다.

"아, 아닙니다요. 음흉한 눈으로 보다니요. 전 다만 소저께서 너무 아름다우시기에……"

짝!

광허 도장의 제자들과 함께 있던 태산파의 사람들 가운데 맨끝에 앉아 있던 자가 변명하던 해천방도의 뺨을 후려갈겨 버렸다.

"컥!"

"그 더러운 입으로 감히 누구를 희롱하려는 것이냐!"

태산파의 사내는 호통을 치며 다가갔고, 곧 뺨을 맞고 나가떨어진 해천방도를 발로 짓밟기 시작했다.

그 모습을 본 연호는 나직하게 혼잣말로 중얼거렸다.

"동료가 당하고 있는데도 구경만 하고 있다니 쥐새끼들만도 못한 놈들이네……"

"그만큼 무림인이 두려운 거겠지."

"홍복?"

자신의 대꾸를 들으며 술을 들이키던 연호가 갑자기 눈을 빛내며 중얼거리자 설영은 의아한 표정으로 그를 쳐다보았다.

연호가 갑자기 자리를 박차고 벌떡 일어나자 설영이 다급하게 외쳤다.

"뭘 하는 거냐!"

"저놈, 저 새끼 홍복이에요!"

"홍복? 그게 누구……."

설영이 어리둥절한 표정으로 묻는 사이, 연호는 이미 태산파와 해천방도들이 있는 곳으로 다가가고 있었다.

"어이! 이제 그만 좀 하지!"

나직한 호통이 연호의 입에서 흘러나오자 모두의 시선이 그에게 집중되었다.

그러나 연호는 남들의 시선은 아랑곳하지 않고 바닥에 쪼그리고 앉아 쓰러져 있는 해천방도의 얼굴을 유심히 쳐다보고 있었다.

잠시 후 연호는 얼굴에 묘한 웃음을 띠며 입을 열었다.

"유홍복. 너 이 새끼, 홍복이 맞지?"

"여, 연호? 저, 정말 연호냐?"

"그래, 이 새꺄! 형님이시다!"

"연호야!"

유홍복은 코피를 줄줄 흘리면서도 누런 이를 훤히 드러내며 반갑게 외쳤다.

유홍복을 안아 일으키려던 연호의 검미가 꿈틀거렸.

태산파의 사내가 여전히 유홍복의 가슴을 발로 밟고 있었던 것이다.

연호가 싸늘한 어조로 말을 뱉었다.

"어이! 그 발 좀 치우지!"

"어이?"

태산파의 사내는 기가 차다는 표정으로 연호를 노려보더니 느닷없이 연호의 얼굴을 향해 발을 내질렀다.

 연호는 고개를 슬쩍 틀어 사내의 발을 흘리고는 신형을 튕기듯이 일으키며 어깨로 사내의 허벅지를 들어 올려 버렸다.

 태산파의 사내가 중심을 잃고 비틀거리자 연호가 더욱 안으로 파고들며 오른발 뒤꿈치로 상대의 왼쪽 오금을 찍어 버렸다.

 콰직!

 "커헉!"

 뼈가 부러지는 소리와 함께 태산파의 사내는 신음을 내지르며 그 자리에 주저앉아 버렸다.

 차앙!

 다른 한 명의 태산파 사내가 검을 뽑아 들자 다급한 호통이 터져 나왔다.

 "그만!"

 호통을 친 사람은 문인이라고 불렸던 광허 도장의 제자였다.

 자리에서 일어난 그는 연호에게 포권하며 말을 건넸다.

 "다시 보는군요. 혹시 청주에서 오셨습니까?"

 "그렇소."

 "하하하! 역시 사부님의 말씀이 맞았군요. 반갑소이다.

제남 곽가장의 곽문인이라고 하외다."

 광허 도장의 제자가 자신의 신분을 밝히자 연호는 멀뚱멀뚱한 표정을 지었다.

 하지만 어느새 그의 곁에 다가온 설영은 안색이 가볍게 변하였다. 제남 곽가장은 산동 최고의 부호로 알려진 곽여기의 장원으로 산동제일장이라고 불리는 곳이었다.

 곽문인이 다시 말을 건넸다.

 "하하하! 이거 청주에서 오신 분들이신지 모르고 실례가 많았소. 이 아이는 동생인 곽소화라고 하외다."

 "곽소화예요. 좀 전에는 실례했어요."

 "모르고 한 일이니 개의치 마시오."

 "그러지 마시고 저희와 합석을 하십시다."

 곽문인의 말에 난색을 표하던 설영은 유흥복을 일으키고 있는 연호를 흘깃 쳐다보더니 다시 말을 건넸다.

 "일행이 지인을 오랜만에 만난 것 같아 곤란할 것 같소. 지금은 다친 이를 먼저 돌봐야 할 것 같습니다. 호야, 그 사람을 객방으로 옮겨라!"

 "꼬마야! 객방이 어디냐?"

 유흥복을 부축하고 있던 연호는 슬쩍 태산과 일행을 쳐다보고는 점소이를 불렀다.

 연호가 황급히 달려온 점소이의 안내를 받아 객방으로 향하자 설영은 포권을 하며 곽가 남매에게 인사를 건넸다.

"그럼 다음에 기회가 있으면 뵙지요."
"하하하! 이거 아쉽군요. 그럼!"
곽문인이 포권하며 인사를 건네자 설영은 신형을 돌려 연호의 뒤를 따랐다.

❖　　　❖　　　❖

"괜찮냐?"
"어, 견딜 만하다. 근데 어떻게 된 거냐? 도대체 어디 있었던 거야?"
"그냥 군에 들어가 있었다. 너야말로 어떻게 된 거냐? 그 해천방도는 뭐냐?"
"아, 그, 그냥……."
유홍복이 머뭇거리며 말끝을 흐리자 연호는 살짝 인상을 찌푸렸다. 아무래도 유홍복은 떳떳하지 못한 일을 하고 있는 것 같았다.
그때 설영이 굳어진 표정으로 객방의 문을 열고 들어서자 연호가 급히 일어나며 말을 건넸다.
"형님, 죄송합니다."
"됐다. 오랜만에 지인을 만난 것 같으니 할 수 없지 않느냐?"
"홍복! 인사 드려라. 내가 모시고 있는 형님, 아니 상관이시다."

"유홍복입니다."

"고향 친구예요. 불알친구."

"그렇구나. 다친 곳은 괜찮으냐?"

"예, 어릴 때부터 맞는 데는 이골이 난 놈이니 괜찮아요. 근데 그 태산파의 싸가지가 왜 갑자기 그런데요?"

"뭘 말이냐?"

"갑자기 친한 척하면서 실실거렸잖아요."

"우리 신분을 짐작한 모양이더구나. 아마 광허 도장이 눈치채고는 말을 해 준 것 같다."

연호는 그제야 고개를 끄덕였다.

설영과 자신이 평로군의 사람이라는 것을 알고는 함부로 대하지 못한 모양이었다. 아무리 태산파라고 해도 산동의 지배 세력으로 떠오른 평로군에 대해서 모를 리가 없는 것이다.

설영이 다시 말을 건넸다.

"나는 잠시 돌아보고 올 터이니 친구와 이야기를 나누고 있어라."

"어디 가시게요?"

"태산파가 왜 이곳 봉래현에서 소란을 피우는지 좀 알아봐야겠다."

"예, 다녀오세요."

연호는 설영이 밖으로 나가자 다시 유흥복을 쳐다보며 말을 건넸다.

"말해 봐라. 어떻게 된 거냐? 너 혼자 이리로 온 거냐?"

"오기는 다 왔지. 근데 너도 참 대단하다."

"뭐가?"

"안 궁금하냐?"

유흥복의 말에 연호는 잠시 침묵하였다. 그도 집 소식이 너무 궁금하였다. 그러나 혹시나 안 좋은 소식을 들을까 봐 선뜻 물어보지 못하고 있었던 것이다.

연호가 굳어진 표정으로 입을 열었다.

"다들 잘 계시지?"

"휴……. 네가 떠나고 얼마 지나지 않아 막 노야가 고호촌 일대의 땅을 사들여서 모두 쫓아냈다. 덕분에 나랑 우리 가족도 이곳 봉래까지 흘러들어 온 거다. 너희 집은 그때 북쪽으로 간다고 들었다."

"북쪽으로?"

"그래, 우리 아버지가 아무래도 이쪽에 유민들이 많으니 살기 좋지 않겠냐고 했는데, 네 어머니가 오히려 유민들이 많아서 싫다고 하신 모양이더라."

"그랬구나. 혹시 어디로 갔는지는 모르지?"

"으응, 미안하다. 그 이후로 소식은 못 들었다. 윤호 형이 진짜 너 많이 찾았는데……."

"형이……."

"그래, 네 아버님도 상심이 크셨는지, 결국……."

유홍복이 말끝을 흐리자 연호의 표정이 차갑게 굳어 버렸다. 불길한 예감이 그의 뇌리로 파고들었던 것이다.

"결국이라니? 무슨 소리야!"

"휴……. 네가 떠나고 두 달 후에 돌아가셨다. 술을 너무 많이 드셔서 술병이 나신 거라고 하더라."

"아버지가……."

연호는 말끝을 흐리며 고개를 숙였다.

심장의 박동은 급격히 빨라지고 가슴이 찢어질 듯이 아려왔다. 통곡을 하고 싶은데 입 밖으로 소리가 나오지 않았다.

그동안 너무나도 많은 죽음들을 보았기 때문에 사부인 흑 노사의 말대로 죽음에 익숙해진 것일지도 몰랐다.

하지만 부친의 죽음은 그 죽음들과는 달랐다. 처음 접해 보는 혈육의 죽음이었다.

그에게 아버지란 존재는 늘 애증이 겹치는 존재였다. 술에 취해서 가족들을 괴롭힐 때면 차라리 아버지가 세상에 없었으면 하는 철없는 생각을 한 적도 있었다.

그러나 진심으로 그것을 바란 적은 단 한 번도 없었다. 누구보다도 존경하고 사랑하던 아버지이기에 말이다.

"호야······."

유홍복이 나직하게 부르는 소리에 연호는 고개를 들었다. 그의 눈은 붉게 젖어 있었다.

유홍복이 침통한 표정으로 다시 말을 건넸다.

"우리 아버지랑 동네 사람들이 뒷산 비룡소 부근에 묘를 썼다고 하시더라."

"그랬구나. 아저씨께 고맙다고 전해라. 참, 어디 사시냐? 나중에 한 번 찾아뵈어야지."

"동문 밖에 있는 저자에서 장사하신다."

"장사?"

"어, 교자랑 전병이랑 파는 조그만 가게인데, 어머니 솜씨가 좋은지 제법 잘 된다."

"그렇구나. 네 어머니가 원래 음식 솜씨는 좋았지. 홍박이가 신나겠구나."

"안 그래도 그 녀석 너무 살이 쪄서 돼지가 되어 간다."

"어릴 때부터 먹을 것을 어지간히 좋아하더니······."

말을 하던 연호는 다시 목이 메어 왔다. 동생 운호가 생각난 것이다. 삶은 감자를 하나 더 먹었다고 미안해하던 녀석이었다. 이제는 제법 많이 컸을 건데 하는 생각이 들자 미치도록 보고 싶었다.

잠시 침묵하고 있던 유홍복이 다시 말을 건넨다.

"그나저나 너는 어떻게 지냈냐? 군에 있었다면 혹시 그 평로군에 있었던 거냐?"

"그래. 평로군에 있다."

"역시 그랬구나. 네가 사라지고 나서 혹시나 네가 평로군을 따라간 게 아닐까 하는 생각을 했었거든. 그 사람들이 널 구해 줬었잖아. 뭐, 어린 네가 군에 들어갈 리가 없다는 생각에 말은 안 했지만 말이다."

"그래, 평로군에 넣어 달라고 떼를 썼지. 그래서 그냥 평로군을 따라다니며 지냈다. 그런데 너 혹시 왕치처럼 그런 일 하냐?"

"그, 그게……. 왕치처럼 사람들 막 괴롭히고 그런 거는 아니고 그냥 해천방에서 일한다."

연호의 물음에 유홍복이 살짝 난색을 표하며 대답했.

잠시 유홍복의 표정을 살피던 연호가 다시 물었다.

"해천방이란 곳이 뭐하는 곳인데?"

"그냥 교역 상단이야. 신라나 발해와 교역을 하는 곳이지. 부업으로 다른 일도 조금 하기는 하지만 주로 하는 일은 교역이야."

"그럼 너는 거기서 뭐하는데?"

"그냥 일꾼이지. 짐도 나르고 하면서 시키는 일도 이것저것 하고 그러지 뭐."

"고리채 못 갚은 사람들 찾아가서 깽판치고 하는 그런 짓은 아니지?"

"야! 나 같은 놈이 무슨 힘이 있어서 그런 일을 하냐. 그런 일이나 염전 관리 하는 사람들은 따로 있어."

유홍복이 말도 안 된다는 표정으로 대답하자 연호가 눈에 이채를 띠고는 다시 물었다.

"교역 상단이라면서 염전도 관리하냐?"

"그럼, 당연하지! 염전이 얼마나 돈이 되는데. 나도 잘은 모르는데, 사람들이 염전은 소금밭이 아니라 금 밭이라고 하더라. 무지하게 돈이 되는가 봐. 아까 그 싸가지 없는 년놈들 있잖아."

"누구? 태산파의 그 싸가지 없는 년놈들?"

"그래, 그 곽가장 새끼들 말이야. 그 곽가장이 왜 산동에서 제일 부호인 줄 아냐? 곽가장이 염전을 제일 많이 가지고 있다더라. 사실 우리 해천방도 그 곽가장 하부 조직이란 말도 있던데. 뭐, 진짜인지는 모르겠고. 아무튼 염전이 큰돈이 되는 건 분명하다니까."

유홍복은 열을 내며 이야기를 하였지만 연호는 다소 심드렁한 표정을 짓고 있었다. 어렸을 때에는 유홍복과 마찬가지로 어지간히 돈에 욕심이 많았던 그였지만, 이젠 별로 흥미가 없는 것이다.

유홍복은 한참 동안 연호에게 돈이 되는 교역 사업과 염전 등에 관해 이야기한 후에 다시 보기로 하고 돌아갔다.

유홍복은 어렸을 때를 떠올리고는 다시 연호와 함께 뭔가 돈되는 일을 하고 싶어 하는 눈치였다.

덜컹!

문이 열리면서 설영이 들어서자 멍하니 앉아 있던 연호는 자리에서 일어나며 말을 건넸다.

"미안해요. 일부러 자리를 피해 주지 않아도 되는데."

"아니다. 술이나 마저 마시자."

"어? 이거 아까 먹던 검남춘이네요."

"그래, 비싼 술인데 마저 먹어야지."

설영이 검남춘과 함께 구운 오리 구이를 바닥에 펼쳐 놓자 연호의 눈에 이채가 스쳤다. 설영은 먹다 남은 것이라고 했지만 오리 구이는 온기가 전해지고 있었다. 아마도 새로 사 온 모양이었다.

연호가 배시시 웃으며 말을 건넸다.

"내가 술 먹고 싶어 하는지 어떻게 아셨어요?"

"오는 길에 네 친구를 만났다."

설영은 무덤덤하게 대답하면서 연호의 잔에 술을 따라 주었다.

연호와 설영은 그 이후로 한참 동안 말없이 서로 주거니 받거니 하면서 술을 마셨다.

술이 떨어지자 연호가 내려가서 술을 더 사 왔다. 연호는 그냥 술이 마시고 싶었다.

설영도 그 심정을 짐작하는지 아무것도 묻지 않았다.

새로 사 온 술마저 떨어지자 연호가 다시 일어섰다.

설영은 여전히 꼿꼿하게 앉아 있었다. 비틀거리며 걸음을 옮기려던 연호가 고개를 갸웃하였다. 앉아 있는 설영의 표정이 이상했던 것이다.

연호가 허리를 숙여 얼굴을 가까이 대고 살펴보니 설영은 앉은 채로 잠이 들어 있었다.

연호는 피식하고 실소를 흘리며 설영의 뒤로 돌아가서 그를 안아 들었다. 설영은 취해서 완전히 잠이 든 것 같았다.

설영을 침상에 눕힌 뒤 이불을 덮어 준 연호는 설영을 얼굴을 빤히 쳐다보았다. 남자치고는 너무 예쁘게 생긴 설영의 얼굴은 술에 취해 홍조가 어린 탓인지 평소보다 훨씬 더 예뻐 보였다.

연호는 심장의 박동이 빨라짐을 느꼈다. 설영의 작고 도톰한 입술이 유난히 도드라져 보였다. 연호는 천천히 고개를 숙여 설영의 얼굴 가까이로 입을 가져갔다. 왠지 설영의 긴 속눈썹이 파르르 떨리는 것 같아 보였다.

"고마워요. 위로해 줘서……."

설영의 귓가에 나직하게 속삭인 연호는 일어나서 조용히 객방을 빠져나왔다.

바닷가에 인접해서 그런지 아직 여름이 채 끝나지 않았

음에도 밤공기가 서늘하게 느껴졌다.

가볍게 몸을 부르르 떨며 이층의 난간으로 다가간 연호는 군데군데 횃불을 밝히고 있는 봉래항을 무심하게 내려다보며 기지개를 켰다.

창! 창! 창!

병장기가 부딪치는 격렬한 소리에 기지개를 켜고 있던 연호는 의아한 눈빛으로 시선을 돌렸다.

우측의 선착장 앞 공터에서 일단의 무리들이 격렬하게 싸움을 벌이고 있었다.

잠시 그 모습을 보던 연호의 눈에 호기심이 어렸다. 군의 전투만 겪어 온 그는 갑자기 무림인들의 싸움이 궁금해진 것이다.

연호는 묘한 웃음을 흘리며 싸움이 벌어지고 있는 선착장을 향해 신형을 날렸다.

〈『대륙풍』 제2권에서 계속〉

대륙풍

1판 1쇄 찍음 2009년 9월 26일
1판 1쇄 펴냄 2009년 9월 30일

지은이 | 임홍준
펴낸이 | 정 필
펴낸곳 | 도서출판 **뿔미디어**

기획, 편집 | 김대식, 허경란, 장상수, 권지영, 심재영, 장보라
관리, 영업 | 김미영
출력 | 예컴
본문, 표지 인쇄 | 광문인쇄소
제본 | 성보제책사

출판등록 | 2002년 9월 11일 (제1081-1-132호)
주소 | 부천시 원미구 중동 1058-2 중동프라자 402호 (우)420-023
전화 | 032)651-6513 / 팩스 032)651-6094
E-mail | BBULMEDIA@paran.com

값 8,000원

ISBN 978-89-6359-213-8 04810
ISBN 978-89-6359-212-1 04810 (세트)

※파본은 본사나 구입하신 서점에서 교환하여 드립니다.

※이 책은 (도)뿔미디어를 통해 독점 계약되었습니다.
저작권법에 의해 보호를 받는 저작물이므로 무단 전재와 무단 복제를 엄금합니다.